Die Nordsee

S. FISCHER

FELICITAS HOPPE

Die Nibelungen

Ein deutscher Stummfilm

S. FISCHER

Aus Verantwortung für die Umwelt hat sich der S. Fischer Verlag zu einer nachhaltigen Buchproduktion verpflichtet. Der bewusste Umgang mit unseren Ressourcen, der Schutz unseres Klimas und der Natur gehören zu unseren obersten Unternehmenszielen. Gemeinsam mit unseren Partnern und Lieferanten setzen wir uns für eine klimaneutrale Buchproduktion ein, die den Erwerb von Klimazertifikaten zur Kompensation des CO_2-Ausstoßes einschließt.

Weitere Informationen finden Sie unter:
www.klimaneutralerverlag.de

FSC
www.fsc.org
MIX
Papier aus verantwortungsvollen Quellen
FSC® C083411

Originalausgabe
Erschienen bei S. FISCHER
2. Auflage September 2021

Satz: Dörlemann Satz, Lemförde
Druck und Bindung: CPI books GmbH, Leck
Printed in Germany
ISBN 978-3-10-032458-0

Für Uwe Johnson

Nur Helden fürchten sich nie,
deshalb schreiben sie
keine Bücher

INHALT

DER RHEIN

Wie sich die Schätze zu Worms am Rhein versammeln

Sicher ist nur: Es gab eine Zeit, da gehörten alle Schätze der Welt einer Frau. Bis sie sich, ihrer überdrüssig, eines Tages auf und davon machten, sich an verschiedenen Orten versteckten und die Zauberer aller Länder bezahlten, um verzaubert und nicht gefunden zu werden. Wird der Zauber aber eines Tages gelöst, verwandelt sich der Schatz in natürliches Gold und kann nach Hause getragen werden.

Dort allerdings muss er gefüttert werden, sonst zerfällt er zu Asche oder wird jedenfalls krank oder entwischt und stellt sich am Wegrand auf, um sich seine Nahrung selbst zu erbetteln. Oder wird Söldner, zieht in den Krieg, verliert ein Bein und erscheint hässlich hinkend auf der nächstbesten Hochzeit, versetzt Braut und Gäste in Angst und Schrecken, trinkt, bis er ziemlich redselig wird und verrät, er sei in Wahrheit ein Schatz und seine Knochen aus purem Gold.

Der Bräutigam, in der Regel ein Offizier zweiter Klasse, schlägt ihm entschlossen den Kopf ab: Zwischen Kopf und Hals stecken drei goldene Münzen, heute kleinster Teil einer größeren Sammlung, die sich inzwischen im Museum für Gegenwartskunst in Basel befindet und für Besucher nicht zugänglich ist. Allerdings, so verriet mir einer der Wärter vertraulich, wäre es wohl besser gewesen, man hätte den Söldner lebendig gemästet, um ihn später, vor Publikum, festlich zu schlachten: Dann wäre er Rheingold gewesen.

Aber das Schatzwesen ist unberechenbar, mit eigenem Willen und Gedächtnis begabt, flüchtig und wechselhaft. Der Schatz spielt nämlich gern die dreizehnte Fee, lässt sich gern bitten, kommt nicht auf Bestellung, und bittet man ihn, kommt er immer zu spät, immer erst dann, wenn die Köpfe der Gäste schon auf der Tischplatte liegen. Denn der Schatz hat seinen eigenen Kopf und seine eigene Art, Geschäfte zu machen, mit der man nur mühsam ins Gespräch kommt. Und leider die Neigung, sich ständig zu trennen, sich unablässig weiter zu teilen, um überall und nirgends zu sein.

Früher sei das noch anders gewesen, die Schätze hätten sich nicht so herumgetrieben, seien einfach zu Hause geblieben. Nur einmal im Jahr, meistens im Sommer, sagte der Wärter, wenn die Tage länger und die Nächte schlafloser werden, bekamen sie Heimweh nach den anderen Schätzen, brachen aus allen Ländern der Welt auf und trafen sich alle an einem Ort, den keiner von ihnen preisgeben durfte. Sicher ist nur, es zog sie zum Rhein, in die Nähe von Worms, wo sie Jahr für Jahr, völlig unbehelligt, immer dasselbe Stück zur Aufführung brachten, immer wieder von vorn.

Zuschauer waren nicht zugelassen. Unermüdlich selbstbegeistert spielten die Schätze nur das, was sie waren, nicht, was andere sind. Nicht Könige, sondern Kronen, nicht Köpfe, sondern Helme, nicht Ritter, sondern Schwerter und Rüstung, nicht Finger, sondern Ringe, nicht den Hals, sondern seine Ketten, nicht Trinker, sondern den letzten Becher, nicht Fischer, sondern Angeln und Netze, nicht Schneider, sondern Schere und Nadel, nicht Baumeister, sondern Treppen und Brücken, nicht Priester, sondern Weihrauchfässer, nicht Präsidenten, sondern deren letzte Verfassung, nicht den Tod, sondern seine Sensen und Gärten.

Andere hatten sich ganz auf die Kleidung verlegt, auf Kostüme, Anzüge, Mäntel und Stiefel, auf Hauben und Bischofsmützen in Rot, auf verspätete Kragen mit Pelzbesatz *(Marke Guillotine)*, auf Richterroben mit Beffchen, Uniformen mit seidenen Schleifen und Orden aller Klassen, goldene Fransen, die jeden Teppich zum Fliegen bringen. Wieder andere gaben Hausrat und Möbel, Throne und Betten unter Decken aus Samt, hohe Eichentische, durch die längst der Wurm und der Wind geht, unter Tüchern aus Leinen, auf denen schwere Bestecke liegen, Löffel aus angelaufenem Silber, Gabeln und Messer, die besonders schwierig zu spielen sind, weil unklar ist, welchem Zweck sie dienen: dem Essen oder dem Töten?

Am liebsten aber geben sie Wörter. Sätze dagegen nie, denn die Schätze, sagte der Wärter, sind durch und durch lyrisch gestimmt und unablässig damit beschäftigt, ihr Geheimnis immer vollkommener und ihre Auffindung damit völlig unmöglich zu machen. Nur sei ihr Erfindungsgeist gefährlich, denn möglich ist, dass sie sich eines Tages in eine rationale Zahl verwandeln oder womöglich in ein Gedicht, in ein einziges Wort, in eine einzige Silbe, die reine Formel, immer kleiner und kleiner, bis sie am Ende niemand mehr sieht und niemand versteht, nicht einmal sie selbst.

Weshalb eines Tages einer von ihnen, vermutlich der Algorithmus mit dem Spitznamen Goldene Dreizehn, das Spiel plötzlich satthatte, vielleicht weil er Angst hatte, ganz zu verschwinden. Möglich ist aber auch, dass er bloß neugierig war. Und so stahl er sich von der Truppe weg und machte sich, als Tourist verkleidet, auf den Weg nach Worms, um dort den Dom zu besichtigen; und wäre wohl unerkannt geblieben, hätte es nicht zu regnen begonnen und sein Leichtsinn ihn dazu verführt, vor dem Portal, auf der Treppe zum Dom, vor

Publikum seinen Schirm aufzuspannen, und der war innen ganz mit Gold ausgeschlagen.

Das konnte natürlich nicht unentdeckt bleiben. Erst einer, dann zwei, dann fünf, dann zehn, die Menge wuchs, wurde groß und bedrohlich, der Kreis immer enger, bis der Schatz sich vollkommen eingekeilt fand. Für einen Schatz eine entsetzliche Lage, sagte der Wärter. Denn bestechen ließ sich die Menge nicht; schließlich war sie nicht auf den Schirm aus, sondern auf sein Geheimnis. Und so nahmen sie ihn entschlossen gefangen, sperrten ihn in einen Käfig und stellten ihn neben dem Domportal aus.

So steht er jetzt da, der letzte Ketzer im Käfig, drei Tage, drei Nächte, im strömenden Regen und ganz ohne Schirm; denn den Schirm hatten die Wormser ihm weggenommen, um ihn gewinnbringend zu versteigern, was ihnen aber kein Geld einbrachte, denn unter dem Hammer des höchsten Gebots zerfiel er zu Asche, weil ihn vorher niemand gefüttert hatte. Was die Goldene Dreizehn betrifft, so schwieg sie in ihrem Käfig beharrlich und gab keinen der Brüder und Schwestern preis. Weder die Formel noch den heimlichen Ort ihres Spiels.

Kein einziges Wort kam ihr über die Lippen. Und so darf man wohl sagen, dass sie als Held starb und nicht als Verräter, wie man bis heute fälschlich behauptet. Vielleicht starb sie auch gar nicht, sondern magerte einfach bloß ab und schlüpfte im Morgengrauen des vierten Tages, als es endlich aufgehört hatte zu regnen, dünn wie sie jetzt war, durch die Käfiggitter, um sich fortan ihre Nahrung am Wegrand selbst zu erbetteln. Denn um Söldner zu werden, war sie zu schwach, man hätte sie umgehend ausgemustert.

Den leeren Käfig aber kann man noch heute auf dem Domplatz zu Worms bewundern, wo er längst Teil eines Stückes geworden ist, das sich inzwischen wieder großer Beliebtheit erfreut. Alle Plätze im Voraus verkauft, unbezahlbar bis in die hinteren Ränge, noch die Stehplätze werden heftig umkämpft. Sicher ist nur, dass niemand weiß, wer die Darsteller sind, weil Schätze begnadete Falschmünzer sind und ihre Zuschauer gern aus der Ferne foppen, indem sie Münzen mit Kronen in Umlauf bringen, deren Könige niemals an die Macht kommen werden.

Das Programmbuch behauptet das Gegenteil, allein durch sein Gewicht. Denn es wird jedes Jahr dicker, unaufhörlich dehnt es sich aus und wächst, bis es kaum noch zu bändigen ist; weshalb am Ende des Stückes, wenn alle tot sind und auf der Bühne nicht Sieger, nur deren Köpfe noch liegen, der Regisseur an die Rampe tritt und mit großer Geste unter Applaus das Buch in den Rhein wirft. So treibt es jetzt langsam von Worms rheinabwärts, bis die kräftigen Mündungsarme des Flusses in den Niederlanden die Nordsee erreichen, wo sich das Buch, kurz hinter Isenstein, für immer aus unseren Augen verliert, um sich im Land der Nibelungen, endlich erschöpft, zum Schlafen zu legen.

Wie Siegfried am Hof zu Worms erscheint

Und jetzt darf endlich der Held auf die Bühne, den das Publikum auf Jahre im Voraus gebucht hat. Der Jubel ist groß, denn man erkennt Siegfried sofort, obwohl er dunkelhaarig und klein ist. Man sieht ihm förmlich beim Wachsen zu und wie sein Haar dabei immer heller wird, bis es sich, jetzt schon beinahe blond, vor lauter Eifer und Tatkraft, Stufe für Stufe zum Dom hinauf, in steile goldene Locken legt. Dazu passend die Augen: Drachenaugen, tiefblau das eine, hellgrün das andere, fast so grün wie sein Jagdkostüm. Eindeutig Sohn eines Königs aus Xanten, der selbst niemals ein König sein wird, weil er die Jagd dem Regieren vorzieht, immer Angriff und Schwert. Der Jäger wächst, und die Könige schrumpfen.

Höchste Zeit also, dass ihm jemand zu tun gibt. Nur wer? Und was? Ist nicht schon alles getan? Hat er nicht längst den Drachen erschlagen, ihm die Augen genommen, in seinem Blut gebadet, mit einem Lindenblatt sein Schicksal besiegelt, zwei Könige, vierzehn Riesen erschlagen und Hunderte von den Nibelungen? Nicht zu reden von einem Zwerg namens Zorn, den er eigenhändig gehäutet hat, um sich unter der geliehenen Haut kurzfristig zum Verschwinden zu bringen.

Wenn die Bühne sich dreht, und sie dreht sich andauernd, erscheint eine Höhle, wo, trotz der Hitze in ein Schaffell gehüllt und den Kopf unter einer roten Mütze, die, mehr Sack als Mütze, kaum die Augen frei gibt, Zwerg Zorn für die nächsten vier bis fünf Stunden (je nachdem, wie lange das Stück sich noch hinzieht) damit beschäftigt sein wird, im Schein seiner beweglichen Bergmannslaterne Münzen auf kleine Haufen zu schichten und immer wieder von vorn zu polieren. Dabei murmelt er Zahlen, vielleicht auch Wörter, leise gekrächzt, womöglich gereimt, Buchhaltung wahrscheinlich, die niemand versteht, nicht einmal die in den vorderen Reihen. Nur hin und wieder, wenn er den Kopf hebt und die Mütze nach oben schiebt, um sich über die Augen zu wischen, denn die Arbeit ist mühsam (ein deutsches Gewitter liegt in der Luft), schnappt man hier und da ein paar Reimwörter auf: Mütze und schütze, Gold auf rollt, Drachen und wachen, Herd auf Schwert, Not auf Tod und Sage auf Klage.

Wer ein Opernglas hat, kann im Hintergrund, also dort, wo das bloße Auge nicht hinreicht, auf einer Stange einen graubraunen Falken entdecken, der mit knapper Not einem Albtraum entronnen ist: Das Gefieder gerupft und die Augen trüb, wirkt der Falke leblos, wie ausgestopft. Aber hin und wieder erhebt sich Zwerg Zorn und wirft ihm unter scharfen Kommandos ein paar Münzen zu. Der Vogel versucht, sie mit dem Schnabel zu haschen, aber das Kunststück gelingt nicht, immer fallen die Münzen daneben. Fluchend erhebt sich der Zwerg, sammelt sie auf und beginnt, sie wieder von vorn zu polieren.

Auf den Falken kommen wir später zurück. Denn bevor uns jetzt dieser heulende Zorn in eine Erzählung verschlägt, die nicht Teil der Heldenerzählung ist, sondern Teil der Geschichte der Bergarbeiter und Söldner, der Schatzgräber und ärmlichen Knochenverwalter, einer Geschichte, die sicher ergreifend wäre, aber nicht dem Charakter des Abends entspricht, dreht sich die Drehbühne weiter, um den

Widersacher ins Spiel zu bringen, den die Zuschauer mit großem Applaus empfangen, denn heute Abend sieht Hagen besonders schön aus.

Nicht dass er sich etwa verändert hätte, er ist ganz der Alte, denn er hat gar kein Alter. Nur sein Haar wird jedes Jahr dünner und seine Stirn etwas höher. Übrigens eine schöne Stirn, die hohe Stirn eines alterslosen Bestatters mit sehr viel Erfahrung, der seine Lehrjahre irgendwo im europäischen Ausland verbracht hat; eine Stirn, hinter der nicht gegrübelt wird, weil Hagen sich auskennt und weiß, was zu tun ist, wenn alle anderen noch mit Klagen beschäftigt sind. Weshalb diese Stirn fast Zuversicht ausstrahlt, einen unaufdringlichen Glanz, in dem sich das Publikum gerne spiegelt, weil der Widersacher ihm seit Jahren treu bleibt.

Die verlässlichste Figur in der ganzen Geschichte, ein Mann wie ein Pfosten: nicht zu ermüden, nicht zu betrügen, lässt sich nicht täuschen, zu nichts überreden, ist nicht zu bestechen, unmöglich zu rühren, dient nur sich selbst und jener Kraft, die ihm erlaubt, jederzeit ohne Schlaf auszukommen. Der hat keinen Schlaf, keine Träume, hat nichts zu besprechen, nichts zu bereden, schmiedet Tag und Nacht Pläne und schreitet zur Tat.

Kein Zweifel, das Publikum liebt ihn. Denn nicht der Töter des Drachens, nicht der Bärenjäger und Zwergenhäuter, nicht der Besitzer des größten Schatzes der Welt, den niemand jemals zu heben imstande sein wird, sondern sein Mörder, der Schatzvernichter, ist sein heimlicher Held, der jetzt so lässig nach vorn an die Rampe tritt. Er muss nicht einmal die Stimme heben, denn der Widersacher wird niemals laut, er wird grundsätzlich leiser; fast flüstert er schon, doch man versteht jedes Wort. Noch auf den hinteren Rängen begreift man sofort, dass dieser Mann einen Auftrag hat.

Und es wird still. Sogar Siegfried verstummt. Während Hagen sich langsam umdreht, die drei gastlich schrumpfenden Könige Gunther, Gernot und Giselher (die übrigens Kellnerkostüme tragen) so entschieden wie sanft auf die Seite schiebt, um endlich den Jäger zu begrüßen, indem er flüchtig, wie nebenbei, die linke Hand hebt. Eine Art leises Winken, aus einer anderen Zeit, in eine andere Welt, bevor er leise und freundlich, fast nachsichtig sagt: Gebt dem Jungen ein Schiff!

Wie Siegfried den doppelten Hochzeitseiner besteigt

Ja, gebt mir ein Schiff! Am besten den doppelten Hochzeitseiner, um für uns beide auf einmal zu werben: um Brunhild für Gunther und um Kriemhild für mich. Lasst mich in Siegfrieds Drachenhaut schlüpfen, damit ich unterwegs endlich wachsen kann, damit ich mich endlich ins Ruder lege, um mich der Truppe noch anzuschließen, anstatt mich einfach so treiben zu lassen, flussabwärts von Basel in Richtung Worms. Doch vermutlich bin ich spät dran, denn die Truppe ist längst unterwegs, längst vorbei an den Niederlanden, auf dem Weg in die Nordsee und von dort aus weiter nach Isenstein, weil König Gunther sich das so in den Kopf gesetzt hat.

Fährmann, bring mich nach Worms! Aber kein Fährmann

in Sicht. Der Fluss ist die Fähre, und ich bin der Fährmann, obwohl ich die Hand nicht vor Augen sehe. Ich lausche den leisen Schlägen der Ruder, die ich ins trübe Rheinwasser tauche; ein Wasser, das dunkle Befehle erteilt und ungeteilten Gehorsam verlangt: Ruder links, Ruder rechts, die Hand an die Riemen, die Schmerzen vergessen, die schwieligen Finger, das taube Herz, den Kater von gestern, den steifen Hals und das klopfende Knie.

Vergiss das Museum für Gegenwartskunst! Vergiss deinen Hunger und, weit schlimmer, den Durst. Auf deinen Durst kommen wir in der Pause zurück. Bis dahin leg dir einen Stein unter die Zunge, der führt auch Wasser. Aber hörst du mir überhaupt zu? Ja, Vater Rhein, ich höre dir zu, nur kann ich in kein Gespräch mit dir eintreten, weil ich die Königin sonst aus Augen verlöre, die Einzige, die mich am Leben erhält, weil sie mir, dem Nichtschwimmer, alles zugleich ist: Schutz und Schirm gegen Wind und Wetter, die Einzige, die mir sagen kann, wohin ich tatsächlich unterwegs bin.

Denn unsere Herzen schlagen im selben Takt, obwohl ich sie nie gesehen habe, während du jeden Tag die Ehre hast, an ihren hohen Fenstern vorbeizufließen. Für den Fall, dass sie einmal ans Fenster tritt, winkt sie dir vielleicht sogar zu, von oben nach unten, aus einer anderen Zeit, aus einer anderen Welt. Wärst du kein Fluss, sondern ein See, dann könntest du sie in Ruhe betrachten. Auch sie könnte dich in Ruhe betrachten, ihr könntet euch gegenseitig betrachten und dabei langsam in ein Gedicht verwandeln. Aber weil du ein Fluss bist und weitermusst, hast du die Königin vermutlich niemals gesehen, du weißt also gar nicht, wie schön sie ist. Denn in Wahrheit interessiert sie dich gar nicht, weil du ins Meer münden willst, um zu einer anderen Königin überzusetzen, die Gunther sich in den Kopf gesetzt hat.

Ich dagegen will einfach nach Worms, um Kriemhild mit eigenen Augen zu sehen. Sie sitzt in der Nibelungenwerkstatt und näht: In der Linken die Elle, in der Rechten ein Stück schimmernder Schneiderkreide, misst sie die prächtigen Stoffe aus und hat dabei einen Mann vor Augen, der ein hellgrünes Jagdkostüm trägt. Obwohl sie ihn nie gesehen hat, kennt sie seine Maße genau. Und um sie herum an die dreißig Frauen, die dasselbe tun wie die Königin: messen, zeichnen, falten und schneiden, vier mal vier Kleider für einmal vier Männer, die unter dem Fenster damit beschäftigt sind, ihre Reise nach Isenstein zu planen.

Enttäuschtes Murmeln auf allen Rängen. Den Auftritt hat man sich anders gewünscht, mehr Pomp und Posaune, mehr Licht unterm Fenster. Stattdessen Zwielicht, lautlose Dämmerung. Die Königin ist nämlich beschäftigt, nicht bei sich, sondern ganz bei der Sache. Und wenn wirklich wahr ist, was man erzählt, dass also, von jetzt an gerechnet, dreißig Frauen und eine Königin, bevor sie vier Männer nach Isenstein schicken, damit sie dort Schrecken durch Schönheit verbreiten, sieben mal sieben Tage lang mit nichts anderem als damit beschäftigt sein werden, Kleider zu nähen, Gewänder aus weißer arabischer Seide, Mäntel aus grüner Zazamankseide, unterfüttert mit Fischhäuten aus dem Ausland, besetzt mit Krägen aus Hermelin und mit Mantelaufschlägen aus kohlschwarzem Samt (unbezahlbar, wie mir der Wächter in Basel verriet), von den Knöpfen und Stickkanten ganz zu schweigen, dann muss ich mir keine Sorgen machen, ob ich noch rechtzeitig ankommen werde.

Denn in sieben Wochen kann ich es schaffen, selbst wenn ich beide Ruder verlöre. Nur dass es mir völlig unmöglich ist, sieben Wochen zu warten. Königin, hol mich nach Worms, damit ich dir endlich zu Füßen sitze, um dir Stoffe und Kreide zu reichen, Bandmaß und Elle, Schere, Nadel und Faden, bis ich endlich selbst der Faden werde, den du durch deine Nadel ziehst. Aber bevor du mich einnähst, in einen Mantel aus grüner Zazamankseide (weil Grün die Farbe der Hoffnung ist), halte mich kurz ins Zwielicht der Werkstatt, liebevoll wie eine kurzsichtige Frau, die umso zärtlicher liebt, was sie nicht sieht.

Tatsächlich, jetzt hat sie sich umgedreht, sie hat mich gehört und sofort begriffen, dass ich gar nicht nach Isenstein will, sondern dass ich seit Jahren davon träume, endlich sesshaft zu werden, dass ich davon träume, mich in einen See zu verwandeln, um sie für immer zu betrachten und für den kurzen Rest meines Lebens endlos um ihre Hand anzuhalten. Weil jeder Held weiß: Nicht die Fahrt ist gefährlich, sondern die Ankunft, nicht der Fluss, sondern sein Ufer, nicht das Meer, sondern die Küste.

Denn auf der Fahrt zu sterben, im Rhein zu ertrinken, wäre ein Leichtes, nichts würde dabei verloren gehen, nicht der Traum noch der Zwerg noch der Falke, weder Hand noch Gesicht noch der Traum meiner Königin; nur ihr Gesichtsausdruck würde sich leicht verändern, sobald sie erführe, dass ich untergegangen bin, bevor wir uns überhaupt kennenlernten. Aber das wäre kein Unglück, ich ginge glücklich auf Grund, käme endlich zum Stillstand und würde mich irgendwo in der Nähe von Worms auf dem Boden des Rheins in ein Gedicht verwandeln.

Wäre ich ernsthaft meiner Königin treu, dann würde ich hier auf der Stelle, zwischen Basel und Worms, einfach ins Wasser springen, um der Geschichte entschieden ein Ende zu machen, um meinen Zorn zu befreien und den Falken wieder zum Fliegen zu bringen. Doch ich kann beim besten Willen nicht springen, meine Sehnsucht ist einfach zu groß;

ich hänge am Leben und an meinem lachhaften Ehrgeiz, unterwegs die Goldene Dreizehn zu finden. Und so treibe ich weiter, während die Nibelungenwerkstatt sich dreht, dreißig Frauen und eine Königin, die langsam und feierlich unter leiser Musik in einem dichten Nebel verschwinden. Dunkelheit. Stille. Danach eine Windmaschine und Rauschen.

Wie der Laie aus Worms das Publikum zum Schunkeln bringt

Kein Zweifel, das Meer, auf das das Publikum jedes Jahr sehnsüchtig wartet. Denn erst auf dem Meer kommt das Drama so richtig in Gang. Nichts gegen Seen und Gedichte und das süße Antlitz der Königin, nichts gegen den Fluss, der fahrende Ritter auf Linie bringt; aber erst im Meer entscheidet sich wirklich, wer schwimmen kann und wer untergeht. Werft also endlich Licht auf die Bühne, damit uns oben ein graublauer Himmel erscheint und unten grünschwarzes Wasser.

Der Jubel ist groß, man erkennt die Nordsee sofort, weil sie sehr hohe Wellen schlägt, steile Kronen aus gelbem Schaum, die jede Nacht neue Opfer fordern, erst gestern sind wieder zwei Sänger ertrunken. Was den Männern nichts ausmacht; schließlich haben sie sich auf den Weg gemacht, um sich ganz der Gefahr hinzugeben. Nur die Pferde sind unruhig, weil sie keinen Sinn für Seereisen haben, sie fürchten den Abgrund unter den Wellen, und ihre Furcht ist berechtigt.

Nervös, eng aneinandergeschmiegt, so stehen sie jetzt da, vier mal vier goldene Hufe am Heck, unter der Last ihres rotgoldenen Zaumzeugs, in das silberne Glöckchen eingenäht sind, die die ganze Fahrt über leise klingeln (Wir kommen, wir kommen!), während die Männer sich schwer in die Ruder legen, die gleichfalls aus Gold sind. Eine kleine schwere Galeere aus Gold. Fast meint man, die Männer singen zu hören, nur versteht man nicht, was, weil der Wind sich andauernd dreht.

Fährmann, bring uns nach Isenstein! Aber wer kann ernsthaft nach Isenstein wollen? Sie müssen ja wollen, weil Gunther es will, denn Gunther ist König, und sein Wunsch ist Befehl, darauf aus, eine große Geschichte zu schreiben, der selbst Siegfried sich beugen muss, weil Siegfried die Schwester des Königs will. Selbst wenn man dem König ein Opernglas gäbe oder kurzfristig Hagens Weitsicht liehe, damit der König schon aus der Ferne sieht, was in der Ferne auf ihn zukommt, kein Traum, sondern eine kahle Insel, ohne Farbe und Landschaft, reine, nackte Natur, mit einer steil in den Himmel ragenden Burg, deren Zinnen mit Königsköpfen geschmückt sind, lauter Köpfe, die längst keine Kronen mehr tragen, leblos wie ausgestopfte Falken, ohne Waffen und Flügel, wäre von Umkehr keine Rede.

Im Gegenteil. Der Tod seiner Vorgänger spornt ihn nur an, ihr Schicksal reizt und beflügelt ihn, lässt das Blut in seinen Adern noch schneller fließen und lauter rauschen und taucht Brunhild, deren Namen sein Schiff trägt, in ein umso helleres Licht. Nur ist hell gar kein Ausdruck, weit besser: strahlend! Seht genau hin, sie steht schon am Ufer, von oben bis unten in Weiß gehüllt, völlig unbewaffnet, ganz

Unschuld und Sehnsucht. Jetzt winkt sie sogar, die Botschaft ist einfach, sie kann ihren Werber kaum noch erwarten.

In Wahrheit ist allerdings gar nichts zu sehen, nur das Meer und in der Ferne die Insel, eine uneinnehmbare Festung. Kein Zweifel, dass hier ein König rudert, der zu viel Phantasie hat, sich folglich zu viel aus Frauen macht und sich kurzfristig für unsterblich hält; und solange er sich für unsterblich hält, lässt der Tod ihn nur umso kräftiger rudern. Übrigens ein sportlicher Tod, ein fairer Tod, der sich genau an die Regeln hält, der das Spielfeld und seine Grenzen kennt.

Unter Wasser sähe er vermutlich anders aus, weil er ein Unterwassertod wäre. Aber hier an Bord ist er einer von ihnen, einer von uns; er könnte sogar einer der Zuschauer sein, ein uns unbekannter mutiger Mann, eine mutige Frau aus dem Publikum, den oder die (eine Idee der Regie) man kurzfristig auf die Bühne bittet, gleich nach vorn an den Bug, mitten hinein in die Wasserarena. Auf den ersten Blick eine Herausforderung, auf den zweiten eine einfache Übung; denn den Tod zu spielen ist keine Kunst, eine Anfängerrolle, reines Schülertheater. Schüler und Laien, so lehrt die Erfahrung, spielen den Tod seit jeher am besten, selten, dass einer von ihnen versagt. Sie sind einfach unbefangener, eifriger, unvorbelastet. Frei von jeder Rollenerfahrung, tauchen sie tiefer und gehen immer auf Grund. Der Profi dagegen stellt sich den Tod bloß vor, anstatt ihn ernsthaft zu spielen.

Genau genommen spielt er ihn nie, weil sein Schauspielerehrgeiz ihn daran hindert, die Sache selbst auf die Bühne zu bringen, während der Laie ganz bei der Sache ist, weil er am wirklichen Leben hängt. Der Tod ist nämlich ein Laie aus Worms, in einem billigen Trainingsanzug von Woolworth, aus der Fußgängerzone von nebenan, burgundisch nachempfundene Farben, die, sobald er ins Wasser fällt, für immer verblassen. Aber er wird nicht fallen, und fiele er, dann könnte er schwimmen, schließlich hat er den Jugendschwimmer, und auf das alte Abzeichen ist noch immer Verlass.

So sitzt er jetzt da, der geliehene Spieler, vorne am Bug, und spielt den besten Tod aller Zeiten, einen untrainierten, freundlichen Tod, der nicht glänzen will, sondern unaufdringlich Kommandos gibt, ohne jemals die Stimme zu heben. Er muss weder schreien noch brüllen, weder den Wind noch die Wellen besiegen; denn der Tod ist kein Held, sondern bloß sein Souffleur, der an einem kurzen Abend auf der Bühne in Worms lediglich darauf achten muss, nicht aus dem Takt der Geschichte zu kommen. Bis es, kurz vor der Ankunft auf Isenstein, plötzlich zu regnen beginnt und das Publikum nach Schirmen verlangt.

Also gebt ihnen Schirme, damit sie den Tod möglichst trocken betrachten, damit auch die in den hinteren Reihen hinter dem Vorhang aus Regen sehen, wie Hagen unter den Todeskommandos im traumhaft biegsamen Schatten von Siegfried, der so unbesiegbar wie sterblich ist, deutlich langsamer als die anderen drei rudert, irgendwie lustloser, träger, obwohl ihm nicht das Geringste entgeht. Keine Frage, dass der diplomierte Bestatter jeden Abend von neuem versucht, dem Tod von der Schippe zu springen; aber Dankwart, sein Bruder, rudert für zwei, Gunther für drei und Siegfried für zwölf.

Wie schön sie rudern, im strömenden Regen, im Heulen des Windes, unter der leisen, freundlichen Stimme des Todes, mehr Lob als Kommando, beinahe alle im selben Takt. So schön, dass auch das Publikum mitrudern will; fast beginnt es schon unter den Schirmen zu schunkeln, als wären Hagen von Tronje, der Tod und der Teufel, der Held und sein König nichts als Karnevalisten und das Meer keine Nordsee, sondern Väterchen Rhein, und das schwankende Boot nur ein Ausflugsdampfer; und die Brautwerbung eine Kaffeefahrt, ziemlich nass, aber lustig.

Und jetzt schunkelt es wirklich, das Publikum, standfest und rheinisch, neigt sich erst langsam nach vorn, dann wieder nach hinten, dann nach links, dann nach rechts, leiht dem Nachbarn freundlich den Ellenbogen und dem Chor auf der Bühne die Stimme des Volkes: Fährmann, bring uns nach Isenstein! Selbst die in den hinteren Rängen und die auf den Stehplätzen haben sich ganz dem Fahrtwind und den Wellen verschrieben. Und längst einer anderen Königin. Einer Königin, die nicht die Nadel führt, sondern das Schwert.

Zwillinge aus einem Ei

Denn es gab eine Zeit, da gehörten alle Köpfe der Welt einer Frau, die sich bis heute in Worms nicht besetzen lässt. Brunhilds Waffen sind einfach zu schwer, völlig unmöglich, sie auf die Bühne zu bringen: den maßlosen Schild, den drei Männer kaum tragen, die Harpune aus Gold, die hundert nicht heben, und den riesigen Stein, den selbst Siegfried ohne Zorn nicht vom Fleck bringen kann. Doch wirklich untragbar ist nur ihre Schönheit, weshalb die Bühne plötzlich aus den Angeln gerät – ein leises Knirschen, nicht mehr als ein Seufzer, bevor sie aufhört, sich weiterzudrehen. Sie steht einfach still.

Die Bühne steht still, die Zeit steht still, die ganze Geschichte steht still. Sogar die Nordsee steht still, während der obere Rhein anfängt, Eis auszubilden. Auch mein Boot füllt sich langsam mit eiskaltem Wasser, denn der Wärter hat mich schlecht ausgestattet: leckes Holz, morsche Ruder, keine Strömung und keine Windmaschine. Und aus dem Publikum nicht das leiseste Flüstern vor dieser großen Kulisse aus Stille und Eis; selbst die auf den Stehplätzen fangen an zu frösteln, weil sie begreifen, dass es kein Entrinnen mehr gibt, weil jetzt die eiskalte Königin kommt.

Aber es ist nicht Brunhild, es ist nur ihr Schatten, der sich langsam hinter der Bühne erhebt, der wächst und sich ausdehnt, immer höher und breiter, bis er schließlich auch die oberen Ränge erreicht und von dort aus den ganzen Himmel ausfüllt. Man sieht ihren Locken beim Wachsen zu, höher und prächtiger als jede Krone, eine wachsende Kathedrale aus Haar. Wie gut, dass man nur ihren Schatten sieht und nicht ihre Augen, denn wer einmal in diese Augen geblickt hat, für deren Farbe kein Dichter zuständig ist (was nur die Dichter behaupten), hat aus einem Brunnen getrunken, der menschlichen Durst niemals stillen kann, sondern ihn nur umso stärker entfacht.

Je mehr der Held trinkt, umso durstiger wird er, bis er sich so tief über den Brunnenrand beugt, dass er unweigerlich abstürzen muss. Aber wen jagen diese Augen tatsächlich? In Wahrheit jagt Brunhild nur einen einzigen Gegner, ihren eigenen Schatten; nicht den Mann, den sie liebt, sondern den Doppelgänger, den grünen Verräter, der unter der Tarnkappe in den Schatten eines anderen tritt, der Siegfrieds Zorn noch nicht kennt, seine zweite Haut und sein zweites Gesicht.

Ach! Was für herrliche Zeiten das waren, als es noch keine Schatten gab, keine Brautwerber und keine doppelten Hochzeitseiner, als Brunhild und Siegfried noch Kinder waren, alles in allem: nicht Mann noch Frau, weder Feinde noch Werber, nur das Brüderchen und sein Schwesterchen, Brunhild die Schwester und Siegfried das Reh. Wild entschlossen, niemals erwachsen zu werden, spielten sie nichts als sich selbst, immer wieder von vorn, immer ein und dasselbe Lied: Kinder, wie schön ist Isenstein!

Man sieht sie durch Feuer und Wasser reiten, durch eisige Landschaften voller Vulkane. Hitze und Kälte sind ihnen fremd, gleich stark und gleich mächtig, gleich groß und gleich prächtig, immer zusammen und immer allein, im selben Bett, doch nichts als Geschwister, Zwillinge aus ein und demselben Ei, die sich flüsternd die alten Geschichten erzählen, in denen die Zeit nicht vergeht und die Botschaft lautet: Versprich mir, dass du mich niemals verlässt.

Zuschauer waren nicht zugelassen, Besuche von auswärts sind nicht erwünscht. Die Zeit steht still, die Nordsee steht still, kein Widersacher, der den Zwillingsschlaf stört, kein Schwert, das die alten Drachen weckt. Ein reines Leben aus Unschuld und Sehnsucht, das nicht auf die Bühne zu bringen ist. Bis eines Tages der Zauber gelöst wird und die Bühne sich wieder zu drehen beginnt, weil sich der Held überraschend nach auswärts verliebt hat. Denn Siegfried hat seinen eigenen Kopf und zum Unglück die Neigung, sich ständig zu trennen. Die Liebe verwandelt ihn in natürliches Gold, er kann endlich nach Hause getragen werden, an den Hof von Worms, wo eine Frau sitzt, die seine Maße kennt, obwohl sie ihn nie gesehen hat.

Wie Siegfried seinen Zorn häutet

Unter den Zuschauern kommt langsam Unruhe auf, denn seit Gunther sein Schiff verlassen hat und feindlichen Boden unter den Füßen, ist die Phantasie ihrem König abhandengekommen, schlagartig begreift er, was wir alle längst wissen: Nicht die Fahrt ist gefährlich, sondern die Ankunft, nicht das Meer, sondern die Küste. Auf der Überfahrt sterben, in der Nordsee ertrinken, wäre verglichen mit dem, was jetzt kommt, ein Leichtes gewesen. Nichts wäre dabei verloren gegangen, nicht der Traum, nicht sein Kopf, nicht der Hof von Worms, weder Gernot noch Giselher, auch nicht Kriemhild und erst recht nicht der Falke, der längst in eine andere Richtung fliegt.

Die ganze Mannschaft wäre fröhlich singend auf Grund gegangen, samt Pferden und Glöckchen. Aber jetzt sind sie da, sie sind noch am Leben, genau wie ihre vierfache Angst. Dicht aneinandergedrängt, die Nacken verspannt, die Fäuste lachhaft fest um die Waffen gewickelt, so stehen sie da. Selbst Hagens Stirn legt sich plötzlich in Falten, während Dankwart sein Auge nicht von den Burgzinnen wendet, mechanisch zählt er die Köpfe, immer wieder von vorn, Buchhaltung wahrscheinlich, die niemand versteht, nicht einmal die in den vorderen Reihen.

Nur hin und wieder, wenn er den Kopf hebt und sein Visier nach oben schiebt, um sich über die Augen zu wischen, denn ein Gewitter liegt in der Luft, schnappt man hier und da ein paar Zahlen auf, jedes Mal eine andere Zahl, weil er zu keinem Ergebnis kommt, es sind einfach zu viele. Einzig Siegfried gibt sich heiter und harmlos, während er immer noch Gunthers Steigbügel hält und sich freundlich, fast musikalisch vor Brunhild verneigt, damit sie endlich begreift, dass hier ein anderer steht: nicht der Held ihrer Kindheit, kein Zwillingsbruder, sondern ein Eigenmann, die zweite Stimme, Gunthers Vasall.

Brunhilds Stirn bewölkt sich, ihr Auge bewölkt sich, ihre Brust bewölkt sich, ihre scheinbare Unschuld und Sehnsucht bewölkt sich. Und auf Gunthers Gesicht malen sich Angst und Schrecken. Schrecken und Angst. Keiner, der es nicht sieht. Hagen sieht es, Dankwart sieht es, und Siegfried sieht es erst recht, weshalb er sich, unter Verbeugung und Vorwand, mit den lautlosen Schritten des Jägers vom Schauplatz entfernt, während die Bühne sich dreht, um uns wieder die Höhle zu zeigen, in der Zwerg Zorn immer noch fluchend seine Münzen poliert.

Aber er ist nur noch halb bei der Sache, denn er riecht den Verrat schon von weitem, der Held will sich seine Tarnkappe holen. Längst hat Siegfried die Höhle erreicht, doch sein Zorn ist hellwach und schneller als er: Der Zwerg springt ihm zwischen die Schulterblätter und beißt sich in seinem Nacken fest, bis es Siegfried endlich gelingt, ihn über die Schulter bei der Mütze zu fassen und nach vorne zu reißen; packt seine Gurgel, schleudert und würgt ihn, der nach Leibeskräften um sich schlägt, bis er ihm, halb erstickt, vor die Füße fällt.

So liegt er jetzt da, Siegfrieds hässlicher Zorn, und bettelt um Nachsicht und Gnade. Doch Jäger sind nun mal auf Beute aus, weshalb Siegfried entschlossen sein Messer zückt und von oben nach unten, vom Scheitel zur Sohle, dem Zwerg seine kostbare Haut abzieht, um sie sich selbst überzustülpen und sich kurzfristig zum Verschwinden zu bringen, während der gehäutete Zwerg an die Rampe kriecht und dort fluchend nach seinem Schaffell sucht. Aber noch bevor er das Schaffell gefunden hat, um seine Niederlage damit zu bedecken, dreht sich die Bühne, und als wäre er gar nicht weg gewesen, ist Siegfried schon wieder in Isenstein, hat sein Schiff festgemacht und steht unsichtbar, als Schatten von Gunther, zwischen Hagen und Dankwart, der noch immer die Zinnen und Köpfe zählt, während Brunhild sich für ihren letzten Kampf einkleiden lässt.

Wie Brunhild ihre wahre Gestalt zeigt und das Publikum seinen Drachen vermisst

Seht sie, da kommt sie: die grausamste Königin der Geschichte, die teuerste Schneiderstrophe von allen, die das Wormser Budget seit Jahren an seine Grenzen bringt. Selbst versteckt unter einem Mantel aus Zazamankseide, unterfüttert mit Fischhäuten aus dem Ausland, besetzt mit Krägen aus Hermelin und mit Mantelaufschlägen aus schwarzem Samt, sind ihre Arme weißer als die weißesten Arme der weißen Damen von Worms! Macht also das Übermaß voll: Legt ihr einen Gürtel aus Gold um die Hüften und setzt ihr einen Helm auf den Kopf, der jeden Dichter blendet, der unberufen versucht, die Schönheit Islands in Worte zu fassen.

Einzig Frau Kettelhut hat Einspruch erhoben: Wozu diese endlosen Schneiderstrophen, die selbst ein rheinisches Publikum unnötig ermüden? Fuchs und Jäger in einer Person, trägt Brunhild ein so schlichtes wie einfaches Jagdkostüm, an den Rändern des Kragens und an den Ärmelaufschlägen mit rötlich glänzendem Fell besetzt. Schließlich weiß sie genau, gegen wen sie hier antritt, gegen einen als König verkleideten Eigenmann, der unter der Tarnkappe hinter der Maske des Königs verschwindet.

Ein so ungleicher wie vergeblicher Kampf, schon verloren, weshalb Brunhild schlicht und einfach darauf verzichtet, sich in drei Runden besiegen zu lassen. Noch bevor der Kampf wirklich begonnen hat, erhebt sie sich, entfernt sich vom Schauplatz und schlägt sich lässig den Staub aus Kleidern und Fuchsfell, bevor sie sich würdevoll nicht vor Gunther, sondern vor seinem Schatten verneigt, der mit schnellen Schritten die Bühne verlässt.

Enttäuschtes Murmeln auf allen Rängen, denn den Zweikampf hat man sich anders gewünscht, etwas mehr Aufwand, ein bisschen mehr Blut. Freundlicher Achtungsapplaus immerhin für Zwerg Zorn, der auf Krücken gestützt an die Rampe tritt und mit großer Geste sein verschmiertes Schaffell ins Publikum wirft. Dagegen anhaltender Sonderapplaus für den Laien aus Worms, der sich glücklich und nass immer wieder von vorne verbeugt, weil er sich von seiner Rolle nicht trennen kann. Er kann gar nicht aufhören, sich zu verbeugen, bis ihm eine Frau aus der ersten Reihe endlich entschlossen eine Rose zuwirft, damit er sich wieder aufrichten kann.

Man sieht ihm förmlich beim Wachsen zu, während er die

Rose triumphierend in die Höhe hält, um sie schließlich, gut sichtbar, hinter das Jugendschwimmerabzeichen zu stecken, bevor er, Kusshände werfend, endlich die Bühne verlässt. Das Publikum ruft ihn pfeifend und klatschend zurück, weil er einer von ihnen ist, weil sie wissen, er würde es wieder tun: Er würde immer wieder von vorn im strömenden Regen von Worms nach Isenstein rudern, um die Besucher unter Schirmen zum Schunkeln zu bringen, obwohl er so gut wie Hagen weiß, dass irgendetwas an der ganzen Geschichte nicht stimmt.

Denn wo ist eigentlich der Drache geblieben, für den das Publikum jedes Jahr im Voraus bezahlt? Nichts gegen höfisches Personal und gute Manieren, aber der Drache ist nicht verhandelbar, der Drache ist eine Verbindlichkeit. Als unverzichtbarer Teil der ganzen Geschichte muss er grundsätzlich *vor* der Pause erschlagen werden, auf offener Bühne, von einem einzigen Mann, mit einem Schwert namens Balmung.

Ach Kinder!, was für Zeiten das waren, als es noch richtige Drachen gab, die mit Pomp und unter Posaune mit ihren langen beweglichen Pappmachéschwänzen auf deutschen Bühnen für Angst und Schrecken sorgten. Nicht nur unten im Zuschauerraum, sondern vor allem bei jenen, die im Stummfilm ihres Inneren hockten, mitten im sprachlosen Zentrum des Bösen, in einer Höhle aus Hartholz und Maschendraht, wo die Flüstertüte jeder Regie versagt, weil ein einziger Schwanzschlag in die falsche Richtung selbst dem stärksten Siegfried die Knochen bricht.

Denn um den behäbigen Drachen in Gang zu bringen, damit er bis an den Rand eines Tümpels kommt, der jene sprudelnde Quelle ersetzen soll, von der bis heute im Original die Rede ist, braucht es mindestens zwanzig Männer;

während in seinem schlecht ausgeleuchteten Innenleben zehn weitere schwitzende Bergleute sitzen, die stöhnend damit beschäftigt sind, die Befehle eines Regisseurs auszuführen, der sich den Drachen zwar in den Kopf gesetzt hat, aber sein wahres Wesen nicht kennt.

Denn die Bestie ist ihrer Natur nach harmlos, sie will gar nicht kämpfen, sie ist müde und träge, Hüterin eines uralten Schatzes, von dessen Wert sie nichts weiß. Sie weiß auch nicht, dass ihr Ende naht, wenn ein blonder Ritter auf einem weißen Schimmel in Erfüllung eines fadenscheinigen Auftrags die künstliche Quelle erreicht, an der sie ihren tierischen Durst stillen will. Und sie weiß nichts von der Linde, in deren Wipfel zwei Männer sitzen, die mit nichts anderem beschäftigt sind, als den einzigen Moment zu erhaschen, in dem die Zeit sekundenlang stillstehen muss, damit ein einziges Blatt unbemerkt lautlos zwischen die Schulterblätter des Helden segelt, um dort endlich zum Stillstand zu kommen.

Obwohl der Drache vollkommen ahnungslos ist, ist die Aufgabe des Helden alles andere als einfach, denn es geht nicht um Mut, sondern um Präzision: Trifft er nämlich sein linkes Auge nicht, hinter dem, im Innern des Drachen, der Drahtzieher der vertrackten Mechanik sitzt, der, sobald Siegfrieds Schwert das Auge erreicht hat, mit dem Taschenmesser des Mörders in eine Schweineblase sticht, die (ein Trick der Regie) eine milchige Flüssigkeit entlässt, die denen da draußen anzeigen soll, dass das Zentrum des Untiers getroffen ist, muss der Kampf wieder von vorne beginnen.

Doch der Held ist tüchtig. Der Angriff gelingt schon im ersten Anlauf, das Schwert trifft mitten ins tiefblaue Auge, der halbblinde Drache weint Kummer und Milch und knickt, von seiner plötzlichen Niederlage selbst überrascht, langsam und schmerzhaft ein: erst in den Vorder-, dann in den Hinterbeinen, während eine Tonne bernsteingelbes Glyzerinblut in den kleinen künstlichen Tümpel fließt und Siegfried sich ziemlich beeilen muss, um seinen nackten Oberkörper unter das ausströmende Blut zu halten, denn der Vorrat ist knapp.

Nur das Lindenblatt spielt nicht so ganz mit, denn das Lindenblatt hat seine eigene Ehre und will sich dem Willen des Regisseurs nicht beugen; immer wieder fliegt es woandershin, mal in den Tümpel, mal auf den faltigen Hals des sterbenden Drachen, der keine Sekunde lang daran denkt, in seinem eigenen Blut zu baden. Denn es geht nicht um Rettung, sondern um die Erlösung vom Amt: Endlich erlöst von der Bewachung des Schatzes, stößt der Drache unter Feuer und Schwefel bloß einen leisen erleichterten Seufzer aus und legt sich für immer zum Schlafen.

Fragen

Im Schlaf des Drachen erheben sich für die Nachwelt Fragen wie diese: Welcher Held ist unbesiegbar und sterblich zugleich? Wie schlachtet ein Offizier zweiter Klasse? Wie sieht ein Unterwassertod aus? Wie geht man singend auf Grund? Haben Pferde wirklich Angst vor dem Meer, und läuten Glöckchen tatsächlich auch unter Wasser? Wie hoch ist eine Kathedrale aus Haar, und wie jagt man seinen eigenen Schatten? Welche Farbe haben die Haare von Brunhild? Tragen Köpfe auch unter Wasser noch Kronen? Darf eine Kopfjägerin Königin sein? Darf sie ihr eigenes Brüderchen jagen? Und wieso liegt sie mit ihm im selben Bett?

Ist Kriemhild tatsächlich schöner als Brunhild? Ist Kriemhild nicht einfach nur besser gekleidet, weil sie aus einer Gegend kommt, wo man Wein anbaut, statt Harpunen zu tragen? Hat ein Lindenblatt nicht seine eigene Ehre? Und welches Wasser führt dieser seltsame Brunnen, der menschlichen Durst nicht stillen kann? Was ist aus dem Schirm der Goldenen Dreizehn geworden? Und wo ist, last, but not least, dieser Käfig geblieben, der angeblich noch heute auf dem Domplatz von Worms zu bewundern ist?

Lauter Fragen, die nach einer ehrlichen Antwort verlangen, während ein freundlicher Bauchladenmann die Gäste mit Hagen-Pils und Nüssen versorgt und kleine Tüten mit Weingummidrachen verteilt, auf denen der Name des Sponsors vermerkt ist (eine Pharmafirma aus Basel), während man in der Umkleide damit beschäftigt ist, Brunhilds gestürzte Kathedrale aus Haar wieder himmelwärts nach oben zu bürsten, denn schließlich soll in Kürze geheiratet werden.

Wormser Doppelhochzeit

Die Bühne dreht sich, der Nebel verschwindet und macht endlich Platz für die Heimkehrerhelden: für den strahlenden Gunther, den erleichterten Dankwart, für Hagen und seine grübelnde Falte, für Siegfried und sein jagdgrünes Lachen, das bis in die oberen Ränge zu hören ist, während sich Brunhild den Staub aus dem Fuchsfell schlägt und freihändig das feindliche Ufer betritt, ohne die festliche Menge auch nur eines einzigen Blickes zu würdigen.

Trotzdem Blicke die Menge. Denn dem Budget zum Trotz hat Frau Kettelhut ganze Arbeit geleistet, um die Bühne zwischen Ufer und Dom in das fröhlichste Weinland der Welt zu verwandeln: Der Himmel über Worms ist in ein berauschendes Meer aus Farben gekleidet, grauschwarze Wolken auf tiefrotem Grund, darüber eine goldene Sonne, die gerade im Begriff ist, unterzugehen, und die alles doppelt zum Glänzen bringt. Selbst die Bauern und Knochenverwalter, die ärmlichen Bergarbeiter und Söldner und die gehäuteten Zwerge (alle in frische Felle genäht) bringt sie an diesem Abend zum Strahlen. Und mit letzter Kraft strahlt auch das jubelnde Volk, unterbezahlte Statisten und Hochzeitsgäste, die schunkelnd den Weg zum Dom hinauf säumen, flankiert von einem Meer aus blaugrünen Stoffen, das sich bis in die vorderen Ränge ergießt.

Ich höre das Rauschen der Schleppen der Kleider, das

Raunen der Menge, ich rieche die Mischung aus falschen Farben, ich sehe, wie Brunhild und Kriemhild sich voreinander verbeugen und so tun, als wären sie kurzfristig Schwestern, als wäre das Ganze nichts als ein Spiel: Gibst du mir Siegfried, dann geb ich dir Gunther, du gibst mir den Gürtel, und ich geb dir die Hand. Sie hören gar nicht mehr auf mit Verbeugen, weil es leichter ist, auf den Boden zu starren, anstatt sich in die Augen zu blicken, weshalb ihre Stirnen jetzt fast schon den Boden berühren und ihre Kronen ineinandergeraten, zwei Gabeln, die ihre feindlichen Zinken auf ein und derselben Serviette ablegen, die noch unbenutzt neben den Tellern liegt.

Aber noch bevor sie sich wieder aufrichten können, verwandelt sich das Heimkehrerschiff in eine blaugrüne Kutsche, aus der überraschend ein entzückendes Zwillingspaar springt, fünfte Klasse wahrscheinlich, Gewinner des ersten Preises des alljährlichen Wettbewerbs des Rudi-Stephan-Gymnasiums Worms. Ach!, wie sehr ich diese Kinder beneide, weil ich selbst nie die Gelegenheit hatte, Blumen zu streuen oder Schleppen zu tragen, während sich unter der sinkenden Sonne von Worms die Schleppe plötzlich in den Schwanz eines Lindwurms verwandelt, der gegen zwei Kinder antreten muss, mit denen er nicht gerechnet hat. Einzig mit Pappmachéschwertern bewaffnet, richten sie ihre Zwillingskraft auf zwei feindliche Schleppen auf dem Weg zum Altar.

Ein ungleicher Kampf, der sicher zugunsten des Drachen ausginge, würde die Windmaschine nicht plötzlich verstummen und die Bühne zurück in die höfische Ordnung bringen. Erleichtert stecken die Zwillinge ihre Schwerter weg und greifen beherzt nach den Blumenkörbchen. Langanhaltender Zwischenapplaus, vermutlich von dort, wo die Eltern sitzen. Schließlich haben sie ihre Kinder seit Jahren trainiert, wie man Blumen streuend aus Kutschen springt, Drachen erschlägt und Schleppen trägt, um am Ende des Weges vor einem Altar in die Knie zu gehen, für den das Budget nicht mehr ganz gereicht hat.

Denn auf der Freilichtbühne vor dem Dom zu Worms steht, mehr Schafott als Altar, nichts als ein einfacher Holzklotz, und neben dem Klotz ein Theaterpriester, der, mehr Henker als Priester, eine hohe und pechschwarze Kochmütze trägt und (unter schwerer Orgelmusik) die hochzeitsüblichen Fragen stellt, kurzatmig, gehetzt, als wäre ihm die Aufgabe lästig, als nähme er bloß eine Bestellung entgegen, um nach dem doppelten windigen Jawort möglichst schnell in seine Küche zurückzukehren.

Nur Hagen, der zwischen Gernot und Giselher den dritten Trauzeugen gibt und reglos neben dem Hochzeitsschafott steht (während die Sonne hinter der Bühne im Rhein versinkt und ein Heer von Fotografen den Dom überschwemmt), geht als Einziger ernsthaft ins rechte Knie, um (was weder der Priester noch die Gäste bemerken, sondern nur der fahrende Sänger) König Gunther sein Jawort zu geben. In guten wie in schlechten Tagen. Bis dass der Tod den Dienstmann vom König scheidet.

Zu Tisch

Aber wer redet von Scheidung und Tod, wenn die Männer nur noch an Betten denken, um jeder für sich seinen Schatz zu heben? Doch solange das Publikum König ist, ist weder an Betten noch Schlaf zu denken. Die Bühne dreht sich entschieden weiter, um uns endlich die Hochzeitstafel zu zeigen, an der kein Platz verhandelbar ist: In der Mitte des Tisches sitzt Siegfried in Grün, daneben Kriemhild in Weiß, daneben Gunther in Blau und Brunhild in Rot, am unteren Ende Hagen in Schwarz, am oberen Ende Gernot und Giselher in ihren gescheckten Kellnerkostümen.

Ganz Worms läuft das Wasser im Mund zusammen, denn auch bei Tisch hat Frau Kettelhut getan, was sie konnte, und eine schneeweiße Tafel gedeckt, auf der sich Braten an Braten reiht, Lämmer an Rinder, Fasane an Hühner in dampfenden Soßen, flankiert von elektrisch flackernden Kerzen in mannshohen Leuchtern, umzingelt von blitzenden Messern und Gabeln, von schimmernden Krügen aus Theaterkristall und von Gläsern, an denen silberne Glöckchen hängen (Wir kommen, wir kommen!), die zur Feier des Tages für eine kurze Nacht lang versprochen haben, darauf zu verzichten, sich selbst zu spielen.

Bedient wird die Tafel, wie jedes Jahr, von den Zwergen, die Siegfried aus Nifelheim mitgebracht hat. Unermüdlich umkreisen sie den gleißenden Tisch, um die Flaschen und

Gläser zur Ordnung zu rufen und Messer und Gabeln auf Linie zu bringen. Denn am Tisch herrscht längst nicht mehr höfische Sitte, sondern Chaos, Tumult. Höchste Zeit also, dass sich Gunther an seine Pflichten erinnert und sich erhebt, um die letzte Flasche zu öffnen und auf zwei Königinnen auf einmal zu trinken.

Wobei er, trunken vor Glück, längst im Begriff ist, sich zu verwandeln. Erst in die Flasche, dann in das Glas und danach in einen einfachen Wein aus der Gegend, in eine vorfreudig schimmernde Flüssigkeit, die, goldgelb wie der Schatz, rot wie sein Blut und schwarz wie die erste Hochzeitsnacht, zum ersten Mal einen menschlichen Mund berührt: erst den Mund, dann die Lippen, die sie vorsichtig teilt, um zwischen den Lippen die Zähne zu fühlen, danach die Zunge, danach die Kehle, danach das Herz, um schließlich, knapp am Herzen vorbei, in den Gürtel der Königin zu fließen, von wo aus sie sämtliche Glieder erfasst, so dass dem König plötzlich ganz maßlos warm wird und fast schon zumute, als säße er nicht mehr oben am Tisch, sondern läge längst neben der Königin.

Aber wie er da so neben der Königin liegt, fast schon am Ziel seiner Wünsche, packt ihn plötzlich die Angst, und er beginnt zu frieren, denn seine Angst ist splitternackt wie er selbst, weil er rein gar nichts zu fassen bekommt: nicht die Lippen, nicht die Kehle und ihren herrlichen Gürtel erst recht nicht, von ihrem Herzen gar nicht zu reden. Denn neben ihm liegt nicht die Königin, sondern ihr Schatten. Ein Schatten ohne Körper und Farbe. Krone und Zepter in einer Person, ganz Auge und Angriff, ist sie längst im Begriff, den trunkenen König in seiner Hochzeitsnacht an den erstbesten Nagel zu hängen, an einen Nagel, der nichts als sich selbst spielt, weil er weiß, dass er länger leben wird als sein König.

Das Publikum begreift die Lage sofort: Die Männer rücken dichter zusammen, und die Frauen spannen die Schirme auf, weil alle ahnen, was in dieser Nacht auf sie zukommt: Gunther ahnt es, Gernot ahnt es, Giselher ahnt es, Dankwart ahnt es, und Hagen weiß es. Nur Kriemhild und Siegfried sind nach wie vor ahnungslos mit sich selbst beschäftigt: Auge in Auge, Siegfried der Falke und Kriemhild der Arm. Denn hier seht ihr zwei, die jenseits von Priester, Altar und Schafott immer noch an die Gegenwart glauben, an eine Ewigkeit, die auch der Tod nicht scheidet.

Der Laie aus Worms weiß es allerdings besser: Mit dem Plot vergänglicher Liebe vertraut, sitzt er längst wieder unten im Publikum, um Nüsse zu knacken, Bier zu trinken und auf den fallenden Vorhang zu warten. Aber solange der König nicht geht, darf der Vorhang nicht fallen, solange das Bett des Königs nicht warm wird, bleiben auch alle anderen Betten kalt. Warum hebt Gunther also nicht einfach die Tafel auf und spricht das erlösende Zauberwort: Kinder, ins Bett! Es ist seine Angst, die altbekannte vierfache Angst aller Kinder, die alles wollen, bloß nicht ins Bett: aus Angst vor dem Ende, aus Angst vor der Nacht, aus Angst vor dem Traum und aus Angst vor dem Nagel.

Da springt plötzlich im Zentrum der festlichen Tafel eine verborgene Luke auf: Einbeinig, fürchterlich abgemagert, unrasiert und ziemlich schlecht riechend, die entzündeten Augen tief in den Höhlen, in der Linken die Krücke, in der Rechten den Helm, erscheint die ungeladene Goldene Dreizehn, mit der an diesem Abend niemand gerechnet hat: Die Musik verstummt, der Rhein fängt an, frisches Eis auszubilden, die Bestecke beginnen zu frösteln, die Gläser klirren, das Tischtuch gefriert, und die Servietten der Damen fallen zitternd zu Boden.

Die Zwerge und Schafe erkennen ihre Heimkehrerschwester sofort und heißen sie fröhlich willkommen, springen selbst auf den Tisch und setzen ihr einen Krug an die Lippen, aus dem sie in gierigen Zügen trinkt, bis sie so redselig wird, dass sie sich dazu hinreißen lässt, zu behaupten, sie sei in Wahrheit ein Schatz und ihre Knochen aus purem Gold. Die Köpfe erwachen, die Schatten erheben sich wieder, der ganze Festsaal gerät in Bewegung. Auch das Publikum ist wieder hellwach und ruft wie ein Mann nach dem Schwert.

Nur Gunther zögert. Schließlich ist er kein Offizier zweiter Klasse, sondern ein König und weiß genau, dass es klüger wäre, die Goldene Dreizehn als Gast zu empfangen, um sie in Seelenruhe zu mästen und eines schöneren Tages, vor einem weit größeren Publikum, festlich zu schlachten. Aber das rheinische Publikum scharrt bereits mit den Füßen und ruft wieder und wieder im Chor: Schlagt ihr den Kopf ab!

Kopf oder Brot

Einzig Hagen begreift den Auftrag sofort, weil er genau weiß, dass sein Herr in seiner ersten und einzigen Hochzeitsnacht nicht zuschlagen wird und dass auch Siegfried nicht zuschlagen kann, weil Siegfried kein König ist, sondern ein Jäger, der Schätze nur auf freier Wildbahn verfolgt und folglich niemals dazu imstande wäre, einen einbeinigen fröhlich trinkenden Krüppel, der nichts spielt als sich selbst, ohne Vorwarnung hinterrücks zu erlegen.

Aber das Wormser Publikum geht inzwischen aufs Ganze, droht mit den Schirmen, grölt nach dem Schwert und gerät dabei fast wie von selbst ins Schunkeln. Was die Goldene Dreizehn wenig beeindruckt, schließlich war sie im Krieg und ist eine von ihnen; ein Held aus dem Volk, der sich nicht nach Blut, sondern nach Bier mit Bratwurst sehnt. Und so sitzt sie auch da: in der Linken die Krücke, in der Rechten die Flasche, der letzte Nibelunge auf seinem letzten Bein, der weder den Tod noch das Publikum fürchtet, weil er, wie alle Sänger und Schätze, nur auf der Durchreise ist. Schließlich ist es nur noch eine Frage von Stunden, bis er für immer zu Staub und Asche zerfällt.

Doch bevor die Goldene Dreizehn tatsächlich in Versuchung gerät, ihr letztes Bein herzugeben, erhebt sie ihr Glas auf die Königin. Nicht auf Königin Kriemhild, sondern auf den Schatten von Königin Brunhild. Der goldene Krüppel prostet der verratenen Königin zu. Und der Schatten der Königin prostet zurück. Schatz und Schatz haben einander ein Zeichen gegeben. Aus einer anderen Welt, einer anderen Zeit.

Und es wird still auf der Bühne. Auch im Publikum wird es still. So still, dass, wer ein Ohr dafür hat, das Fallen einer Stecknadel hören könnte, die bereits im Begriff ist, jener Nagel zu werden, den einer der Arbeiter hinter der Bühne eben noch in die dünne Wand schlagen wollte, die Gunthers Hochzeitsbett von der Schwelle trennt, auf der, das Schwert auf den Knien, sein Eigenmann sitzt, Hagen von Tronje, der, ohne das Schwert oder die Stimme zu heben, leise sagt: Gebt ihr ein Stück Brot!

Denn nur, was man füttert, kann man gewinnbringend

schlachten, das weiß jede Hexe. Und die Goldene Dreizehn weiß es erst recht, weshalb sie nicht die geringsten Anstalten macht, das Brot aus der Hand des Wärters zu nehmen, obwohl ihr schon das Wasser im Mund zusammenläuft. Schließlich hat sie, genau wie ich, schon seit Tagen nichts mehr gegessen, nichts unter der Zunge als einen Stein, der zwar unablässig die Phantasie in Gang hält, aber Hunger und Durst nicht stillen kann.

Trotzdem greift sie nicht zu. Auch sie hat schließlich ein Jawort gegeben, hat schon vor Jahren versprochen, ihre Brüder und Schwestern nicht preiszugeben, auch nicht den geheimen Ort ihres Spiels. Nur im alleräußersten Fall eines Falles darf sie dem Widersacher ein Rätsel stellen, um ihren Kopf und ihr einziges Bein zu retten, mit dem sie jetzt zurück auf die Tischplatte springt, um endlich vom Opfer zum Dichter zu werden und den Widersacher und Schatzvernichter vom Henker zum Kandidaten zu machen.

Denksport statt Kampfsport. Was ist das: Ist nicht am Leben und ist noch nicht tot, ist verdurstet und hat keine Not, ist ein König und hat kein Land, ist ein Schwert, aber hat keine Hand, ist ein Jäger und hat keine Meute, ist ein Krieger und hat keine Beute, ist ein Bräutigam ohne Braut, ist ein Mensch ohne Haut, ist ein König und hat keine Krone, ist ein Spieler, aber hat keine Karten, ist ein Gärtner und hat keinen Garten, hat einen Kampf, aber keinen passenden Drachen, ist ein Fährmann, aber hat keinen Lohn, ist ein Sänger, aber hat keinen Ton, ist ein Fluss ohne Ufer, ein Pfeil ohne Schuss, ein Schatz ohne Kammer, ist eine Witwe und hat keinen Jammer, ist ein Unglück, aber hat keine Klage, ist eine Antwort, aber hat keine Frage, nichts als ein Witz, aber ohne Gelächter, ist ein Schaf und hat keinen Schlächter, ist ein Schlaf und hat keinen Traum, ist ein Blatt und hat keinen Baum, ist ein Vater und hat keine Kinder, ist ein Mantel, doch hat keinen Kragen, ist ein Siegfried und hat keinen Hagen. Wer will darauf die Antwort wagen?

Hagen steckt sein Schwert in die Scheide, erhebt sein Glas und klopft dem schlecht verkleideten Schatz freundschaftlich auf den Stumpf seines verlorenen Beins. Die Goldene Dreizehn stöhnt leise auf – denn er hat den Kopf des Nagels getroffen, an dem heute Nacht ein burgundischer König hängt.

Licht aus

Macht also besser das Licht aus! Denn was jetzt kommt, will ich wirklich nicht sehen. Ich will nicht dabei sein, wenn meine über alles geliebte Königin sich Mund an Mund mit dem flüchtigen Wanderfalken von der Tafel erhebt, nur weil ich einfach nicht schnell genug war, mich rechtzeitig in ein Gedicht zu verwandeln und den Rhein für immer zum Stillstand zu bringen. Ich will, dass Dunkelheit über der Bühne herrscht, wenn Siegfried und Kriemhild den Festsaal verlassen. Ich will, dass die Königin aus meinen Träumen verschwindet und für immer zu Staub und Asche zerfällt. Ich will allein sein in meinem Hochzeitseiner, allein mit meinen Gedanken und Träumen, allein auf dem Rhein, auf dem Weg in die Nordsee, wo ich endlich aufhören darf, der letzte Sänger zu sein, und mich für immer zum Schlafen lege.

Und das Licht geht aus. Kein Stern mehr am Himmel. Zum ersten Mal bin ich wirklich allein zwischen Basel und Worms. Den Kopf am Bug, die Füße am Heck und die Hände im Nacken, lasse ich mich ruderlos treiben und schließe die Augen. Ich schließe die Augen und male mir aus, was in der Ferne zu sehen wäre. Was die Sache nicht einfacher macht, weil auf der Bühne niemals zu sehen sein wird, was mein Kopf und mein Herz sich ausmalen können, in allen nur erdenklichen Farben: die schreckliche doppelte Hochzeitsnacht.

Ich kann sie nicht sehen, dafür kann ich sie hören. Selbst mit beiden Händen fest auf den Ohren höre ich alles übergenau: Ich höre das Tropfen des Regens auf den Zuschauerschirmen, ich höre das leise Lachen der Königin, ich höre das Rauschen der Schleppen der Kleider und wie sie jetzt langsam zu Boden gehen, um sich zwischen den leeren Waffenröcken zum Schlafen zu legen, die von Kriemhild in der Kemenate zur Rechten, die von Brunhild in der Kemenate zur Linken.

Ich höre das Lachen des Königs und den Lockruf des Jägers, ich höre das Flügelschlagen des Falken, das Rascheln der Tücher, das Jammern der Kissen, das Flüstern der Decken, das Gemurmel der Wände und das aufgeregte Flackern der Kerzen. Ich höre das leise Seufzen der rechten Braut und das laute Schlagen und Fluchen der falschen zur Linken, ich höre den schweren Atem im Nacken von König und Jäger, den Triumph auf der rechten und den Niedergang auf der linken Seite; und ich höre das Händeringen der Wärter und Wächter, die, das Schwert auf den Knien, an ihren niedrigen Feuern sitzen, mehr Asche als Glut, und darauf warten, dass die nächtliche Schlacht endlich vorbei ist und morgen wieder die Sonne aufgeht.

Aber die Nacht ist lang und gefüllt mit Halslöserätseln, voller Anlauf und Angriff, voller Widerstand und Verteidigung, erst die Hoffnung, danach die Enttäuschung; nichts als Versuche, immer wieder von vorn, von oben bis unten, von hinten und vorn; der eine schafft es im Traum, der andere nicht. Dabei liegen wir hier, vom Rhein aus betrachtet, eigentlich alle im selben Boot, unter demselben sternlosen Himmel, in meinem doppelten Hochzeitseiner, in dem ich, dem Original zum Trotz, immer noch verzweifelt versuche, mir ein besseres Ende einzubilden, nicht zu sehen, was ich nicht sehen will, und nicht zu hören, was selbst die auf den billigen Plätzen hören.

Aber wer es nicht hören will, muss es fühlen. Ich jedenfalls fühle und höre genau, wie unruhig mein Herz schlägt, denn in dieser Nacht gehört der Wanderkönig aus Xanten zwei Frauen auf einmal. Weshalb er sich jetzt, nach getaner Tat, neben Kriemhild (die längst glücklich im Schlaf liegt) erhebt, um ein letztes Mal seinen Zorn zu häuten und, ein letztes Mal unsichtbar, den Eigenmann eines Königs zu spielen, der seiner Königin nicht gewachsen ist.

Wie gut, dass man nur ihre Schatten sieht und nicht ihre Augen, denn wer einmal in diese Augen geblickt hat, hat aus einem Brunnen getrunken, der menschlichen Durst niemals stillen kann. Gunther trifft es zuerst, er stürzt in die Tiefe. Er stürzt, und die Bühne gerät aus den Angeln, ein leises Knirschen, nicht mehr als ein Seufzer, bevor sie endlich aufhört, sich weiterzudrehen. Sie dreht sich nicht mehr. Sie steht einfach still. Aber bevor er glücklich ertrinken könnte, wird er von Brunhild nach oben gezogen, gefesselt, geknebelt und zum Trocknen an einen Nagel gehängt.

Der Rest der Nacht gehört dem Anfang vom Ende, Siegfrieds und Brunhilds Geschwisterschatten, die ein letztes Mal gegeneinander antreten müssen, das Brüderchen gegen sein Schwesterchen. Ach, Kinder, wie schön war Isenstein! Aber wir sind jetzt nicht mehr in Isenstein, am Hof von Worms herrschen andere Regeln. Siegfried nichts als ein Eigenmann und Brunhild die Eigenfrau eines Königs, der selbst den Nagel beherrscht, an dem er eben noch hing.

Wild entschlossen, endlich erwachsen zu werden, spielen sie in dieser doppelten Hochzeitsnacht zum ersten Mal nicht mehr sich selbst, sondern sind im Begriff, sich endlich in natürliches Gold zu verwandeln, in einen Schatz, der nicht mehr auf Wanderschaft geht, sondern für immer König Gunther gehört. Gemeinsam jagen sie ihren letzten Drachen und gehen beide auf Grund: Brunhild verliert ihre Kraft und Siegfried seine Unsterblichkeit, für die Schwester des Königs, die nebenan im Bett liegt und von einem zerrupften Falken träumt, der einen Ring und einen Gürtel im Schnabel trägt und sich in höchster Gefahr befindet.

Das Geschäft unter Männern ist aufgegangen, auch wenn Gunther für seine Hochzeitsnacht einen Preis bezahlt hat, der ziemlich hoch ist, denn Brunhilds Gürtel und Ring liegen, zusammen mit Gunthers Hochzeitsnagel, längst im Museum für Gegenwartskunst, kleinster Teil einer kostbaren Sammlung, die, wie mir der Wärter aus Basel verriet, auch in der Pause nicht zugänglich ist.

Bataille Royale

Erschöpft wache ich auf zwischen Basel und Worms und stelle fest, dass ich nicht mehr allein bin. Vorne am Bug sitzt mein alter Freund Hagen und mischt seelenruhig seine Karten, immer wieder von vorn, bis der Stapel sich in zwei gleich große Hälften teilt, in sechzehn und sechzehn, in das einzige Spiel, auf das sich Hagen versteht: *Leben und Tod*.

Für alle, die keine Karten spielen: *Leben und Tod* (auch *Bataille Royale*) ist ein Spiel für zwei Kinder, in dem die höfischen Farben keine Rolle mehr spielen, es regiert einzig die Zahl. Das Ass ist die höchste, die Sieben die niedrigste Karte. Sämtliche Karten werden ausgeteilt, jeder Spieler erhält ein Päckchen von sechzehn, das er verdeckt vor sich auf den Tisch legen muss. Die Spieler decken die obere Karte auf. Die höhere Karte gewinnt. Decken beide Spieler den gleichen Wert auf (zum Beispiel zwei Dienstmänner / Buben), kommt es zum Kampf.

Hagen winkt mich heran. Und wie ein Schlafwandler erhebe ich mich, gehe vor ihm ins Knie, und wir beginnen zu spielen, Hagen der Große und Siegfried der Kleine. Nach wie vor gewinnt die höhere Karte, und Hagens Karten sind immer höher als meine: Ich bin die Sieben und Hagen die Acht, ich bin der Bube, er ist der König, ich bin der König und Hagen das Ass. Aber solange noch eine Karte im Spiel ist, kann auch ich noch gewinnen und bleibe mit von einer

Partie, die sich bis in die Ewigkeit hinziehen könnte, ein Turnier ohne Ende, weil mal der eine, mal der andere kurzfristig ins Knie geht, nicht um zu fallen, sondern um sich immer wieder von vorn zu erheben und in die Mitte des Platzes zurückzukehren.

Natürlich nichts als Geplänkel, reines Vorspiel, Theater, Getue – bis plötzlich die doppelte Dame ins Spiel kommt, Herz gegen Kreuz oder Pik gegen Karo, zwei Damen, die hier vorne am Bug so dicht nebeneinanderliegen, als lägen sie beide im selben Bett. Aber plötzlich erheben sie sich, werden groß und größer und wachsen schattenhaft über sich selbst hinaus. Ihre Kronen beginnen zu schwanken, ihre Münder verzerren sich, ihre Lider beginnen zu zwinkern, zu schlagen, weshalb sie, um sich nicht ins Gesicht zu sehen, sich nachhaltig voreinander verbeugen, fast berühren die Stirnen den Boden.

Aber noch bevor sie sich wieder aufrichten können, kommt es, die Spielregel will es so, unausweichlich zum Kampf: Visiere nach unten (zwei verdeckte Karten), danach die spitzen Zungen nach vorn, um mit der dritten Karte endlich Flagge zu zeigen, die Visiere wieder nach oben zu schieben und den Tatsachen ins Gesicht zu sehen. Tatsache ist: Wir haben schon wieder zwei doppelte Karten. Hagen Pik Acht und ich die Acht Kreuz. Also wieder die Visiere nach unten, wiederum zwei verdeckte Karten. Danach die Flagge: Hagen Pikbube, ich Bube in Karo. Die Spannung ist inzwischen unerträglich geworden, mir ist heiß, ich habe entsetzlichen Durst; ich will endlich trinken, endlich diesen Stein unter der Zunge loswerden, der längst kein Wasser mehr führt, sondern bloß meine Spucke. Aber Hagen, der niemals Durst hat, bleibt seelenruhig sitzen und schiebt sein Visier einfach wieder nach unten.

Denn Hagen weiß genau, wie man spielt, lässt sich viel Zeit mit der nächsten Karte; als lägen in seiner Hand nicht bloß Karten, sondern das Schicksal einer ganzen Nation. Dabei weiß er genau, dass diese Karten, seinem Willen zum Trotz, nichts sind als Karten. Ja, verdammt nochmal, Hagen, so viel muss doch klar sein, wir spielen bloß Karten, schließlich weißt du so gut wie ich, dass nur einer von uns beiden gewinnen kann, ich oder du, du oder ich, weil es die Spielregel nun mal so will.

Weshalb Hagen jetzt, mit einer raschen Bewegung, seine nächste Karte wie einen halbtoten Mann vom Bauch zurück auf den Rücken dreht und mir den letzten noch im Spiel verbliebenen König zeigt: Kreuzkönig. Schwarz, bärtig und feierlich, auf dem Kopf die Krone und in der Linken das Zepter. Und ich (mehr Schüler als Spieler) versuche, gegenzuhalten, versuche, die Karten gegen die Zeit zu schlagen, zähle schwer atmend langsam leise bis drei, bevor ich die letzte Karte, die mir geblieben ist, gleichfalls vom Bauch auf den Rücken drehe, um endlich mein wahres Gesicht zu zeigen. Und klatsche vor Überraschung und Freude laut in die Hände: Unter dem offenen Visier meiner letzten Runde liegt das rote Herzass!

Herzass! Das Herz hat gewonnen! Mein Herz gewinnt wirklich, ich bin gerettet, ich bin wieder am Leben! Ich bin noch am Leben und richte mich auf, spucke den Stein in den Rhein und fege mit leichter Hand, jetzt schon beinahe fröhlich, die Karten zusammen, um sie wieder zu bündeln und neu zu mischen, während der Scheinwerfer langsam zu wandern beginnt, unser Boot verlässt und sich zurück auf die Bühne richtet, wo allmählich die Sonne aufgeht.

Und Hagen lacht. Tatsächlich sehe ich Hagen zum ersten Mal lachen, während seine Falte sich plötzlich zu kräuseln beginnt, wie ein lebendiges Wesen läuft sie durch sein Gesicht und wechselt die Seiten. Als hätte sie beschlossen, nicht länger Dienstmann zu sein, sondern endlich ihr eigener Herr. Wahrscheinlich nichts als eine Idee der Regie oder ein launisches Spiel von Schatten und Licht. Und doch kommt es mir vor, als hätte sie Hagens Gesicht für immer verlassen und bewegte sich deutlich in meine Richtung.

Aber das alles ist nichts als ein Kartenspiel: *Leben und Tod*, mit dem wir uns einfach die Zeit vertreiben in dieser endlosen langen Hochzeitsnacht, in der wir nur Wärter und Wächter sind, die den alten Schatz von früher bewachen, den man besser nicht weckt. Und um ehrlich zu sein: Weder Hagen noch ich wollten jemals nach Isenstein, wir wollten bloß einer Königin dienen, die wir beide niemals zu fassen bekamen: Keiner von uns besäße jemals die Kraft, mit einem leibhaftigen Schatten zu schlafen.

Denn Hagen sucht nicht das Abenteuer, sondern, genau wie ich, nach einer einfachen Ordnung, die es längst nicht mehr gibt und die es auch nie wieder geben wird, weil es sie niemals gegeben hat. Die Feuer erlöschen, die Dienstmänner lassen sich Kaffee servieren, und neben Siegfried (als wäre der Mann gar nicht weg gewesen) erwacht in der Kemenate der rechten Braut, in einem Nachthemd der Marke Kettelhut, eine Königin, die, noch im Halbschlaf, ihrem Schatz durch das feuchte Gefieder geht und leise fragt: Was gibt es zum Frühstück?

Hagen lacht, spuckt die Glut aus, nimmt mir zweimal sechzehn Karten aus der offenen Hand und wirft sie in hohem Bogen über den Bug in den Rhein. Aber das Spiel ist nicht zu Ende, das Spiel geht noch weiter. Die Gesichter wie Rückenschwimmer nach oben, treiben die Karten langsam rheinabwärts, bis die kräftigen Mündungsarme des Flusses in den Niederlanden die Nordsee erreichen, wo sie sich kurz hinter Isenstein aus unseren Augen verlieren, um sich im Land der Nibelungen endlich erschöpft zum Schlafen zu legen, während der todmüde Hagen das Schwert von den Knien nimmt, mir die rechte Hand auf die Schulter legt und leise, fast freundlich sagt: Junge, du machst dich.

Frühstück vor Dom

Aber bevor wir gemeinsam einschlafen könnten, wird in Worms bereits die Frühstückstafel gedeckt. Selbst wer kein Opernglas hat, erkennt den Übereifer der Zwerge sofort: Andauernd fällt irgendetwas daneben, immer geht irgendetwas zu Bruch, während Gernot und Giselher (die immer noch Kellnerkostüme tragen) verzweifelt versuchen, für eine Ordnung zu sorgen, die ihrem schlechten Gewissen geschuldet ist. Schließlich haben sie in der letzten Nacht ihre einzige Schwester verhökert, an einen dahergelaufenen König verschachert, der behauptet, der Besitzer des größten Schatzes der Welt zu sein.

Und da kommt er auch schon, der grüne Schatz, der Sieger der Nacht: von Müdigkeit keine Spur, auf dem Kopf seine prächtige Morgenkrone, die sich in steile goldblonde Locken legt, sich himmelwärts ausdehnt und wächst, immer breiter und höher, während die Brüder zusehends schrumpfen, unter Tabletts mit Orangen, Kaffee, frischen Croissants und Joghurt, flankiert von Spiegeleiern mit Speck, die Siegfried gierig verschlingt, während Gunther lustlos in einem Schälchen stochert, das vermutlich nichts als Schonkost enthält.

Denn wie die Erfahrung lehrt und Frau Kettelhut weiß, gibt es am Morgen danach keine Paare mehr, sondern nur Sieger oder Verlierer. Höchste Zeit also, dass endlich die Frauen kommen, die in der Regel am besten wissen, wer die Sieger und wer die Besiegten sind, ob der Hausherr sein Spiel verloren hat oder ob es nicht doch der Gast sein wird, der am Ende die Zeche zahlt, weil sein sorgloser Leichtsinn ihn dazu verführt hat, kurzfristig selbst den Hausherrn zu spielen und in der Nacht nebenbei die Betten zu wechseln. Auf den ersten Blick nichts als Gefälligkeit, eine Handreichung, freundliche Hilfestellung, ein harmloser Trick, ein flüchtiger Dienst unter Männern in Not.

Auf den zweiten allerdings der Anfang vom Ende, der hässliche Wurm im Frühstücksapfel, den Giselher in höfische Happen teilt, um sie Gunther unter die Körner zu schieben. Denn es ist nicht die Nacht, es ist der Morgen danach, an dem das Unglück sein frisch rasiertes Gesicht zeigt. Nicht der Schatten macht hässlich, sondern die Sonne, nicht die Dunkelheit, sondern das Morgenlicht. Der Feind geht bekanntlich nicht in der Nacht um, sondern am Morgen danach: ohne Nebelmaschine und tröstliches Zwielicht, ohne das schläfrige Murmeln des Rheins und die Tarnhaut frisch gehäuteter Zwerge.

Doch noch halten sich Kriemhild und Brunhild bedeckt, noch sitzen sie höfisch und höflich beim Frühstück, noch grüßen sie freundlich das Publikum, noch führen sie zierlich die Tassen zum Mund, noch zuckern sie nach und senken freundlich die Stimmen, während der Laie aus Worms,

Wirt und Wettbüro in einer Person, den Zuschauern bereits kleine Zettel zuschiebt, auf denen sie mit einem Kreuz (für Kriemhild rechts und für Brunhild links) ihre Kandidatin markieren sollen.

Rheinischer Ablasshandel, was sonst? Denn obwohl der Fall inzwischen fast tausend Jahre zurückliegt, hält Frau Kettelhut eisern am Zickenkrieg fest. Um ihn zu voller Wirkung zu bringen, hat sie für einen Laufsteg aus Eis plädiert, der, wie jede große Metapher, das Budget der Regie in Verlegenheit bringt: Woher eine Eisbahn mitten im Sommer, die nicht nur die Eismaschinen zum Äußersten treibt, sondern allem voran die beiden Damen, die die Königinnen geben müssen?

Nicht genug damit, dass sie schön sein müssen, hochgestimmt, erhaben und klug, dabei bissig, wendig und tückisch zugleich, dürfen sie diesmal nicht auf ihre Zungen vertrauen, sondern müssen auf die Ausdauer ihrer Knöchel setzen. Nicht die mit der schärferen Zunge gewinnt, sondern die mit den besseren Nerven, mit den schärferen Kufen, mit dem dickeren Fell, mit dem festeren Anzug, der den Körper gegen den Wind auf offener Bühne verteidigt, der naturgemäß immer von vorne kommt.

Sicher ist nur, dass die gewinnt, die sich heute Abend auf dem Eis nicht überrumpeln lässt, die, weil sie den glatten Untergrund kennt, nicht überstürzt aus der Rolle fällt, nicht vor der Zeit ins Königsknie geht und, weit schlimmer, nicht in die Falle des Trainers, der, im Kostüm von Frau Kettelhut, breitbeinig, dienstbar und selbstgefällig, in der Hand eine vergoldete Flüstertüte, hoch über der Eisbahn vor dem Domportal thront.

Ohne Zweifel ein alter Schüler von Hagen, der weiß, wie man ohne Nachsicht und Gnade permanent Leistung durch

Unruhe stiftet, während er ohne Schonung und Rücksicht selbst das kommentiert, was noch gar nicht zu sehen ist, sondern was er selbst zu sehen wünscht: zwei verkaufte Bräute, die ohneeinander nicht atmen können, weil sie wie an ein und derselben Nabelschnur an ihrem gemeinsamen Unglück hängen: Kriemhild an Siegfried und Brunhild an Gunther, Eigenfrau gegen Eigenfrau, Kriemhild in Grün und Brunhild in Blau, in zwei Anzüge aus Neopren eingenäht, auf den Rücken die Wappen ihrer Hochzeitsgeschenke: Kriemhilds Falke und Brunhilds Harpune. Das Publikum jubelt und pfeift und schwenkt begeistert die Fahnen, die eine Hälfte flaggt blau, die andere grün, je nachdem, wohin sie ihr Kreuz gesetzt haben.

Noch halten sich die beiden bedeckt und drehen auf dem Eis vor dem Dom ihre musikalischen Kurven, als käme es nicht im Traum darauf an, welche von beiden als Erste ins Ziel geht, welcher von beiden als Erstes die Luft ausgeht und welcher es auf dem vereisten Laufsteg tatsächlich gelingt, die andere sanft an die Seite zu drücken, bevor sie die Schwelle zum Dom erreicht; reine Performance, nichts als ein harmloses Alltagsgeschäft zwischen zwei Frauen, die kurz nach dem Frühstück, unterwegs zu den neusten Schnäppchen von Woolworth, in ein Gespräch über Mode und Preisgunst treten.

Brunhild rutscht aus

Doch der Augenschein trügt. Denn nur eine von beiden hat den Trumpf im Ärmel, der uns die ganze Geschichte aufschließen wird. In Wahrheit treffen sich auf dem Laufsteg zu Worms zwei Königinnen, die nur zum Schein auf Schlittschuhen stehen und nur zum Schein ihre Pirouetten drehen, mit denen sie das Publikum davon ablenken sollen, um was hier wirklich gespielt wird: um Leben und Tod.

Es fällt kein einziges Wort. Eisige Stille herrscht auf dem Laufsteg zwischen zwei rennenden, rasenden Königinnen, die ihren Atem nicht an Gerede verschwenden, sondern an nichts als die olympisch reine Figur: zwei kämpfende Körper, sprechende Bilder, ein deutscher Stummfilm, mit dem die alte Frau Kettelhut ein letztes Mal ihre Position verteidigt, mit jedem Schritt, jedem Blick, mit jeder Wendung und Drehung kurz vor dem Stolpern, mit jedem falschen Lächeln beim Knacken der Finger, beim leisen Schmerz in den knickenden Knöcheln, bei jeder Finte und jedem Ausweichmanöver. Moderator und Einpeitscher in einer Person, ist sie unermüdlich damit beschäftigt, zwei Kampfmaschinen in Gang zu halten, die, so unerbittlich wie elegant, den Titel der ersten Nacht verteidigen.

Ach, was für herrliche Zeiten das waren, als Brunhild und Kriemhild noch sportlich waren, nichts als olympische Schneiderstrophen, Geschöpfe einer Kostümbildnerin, die auf ihre eigene Art gegen den Drachen kämpfte, den man damals noch für den wahren Feind hielt, für den nach außen gestülpten Innenraum eines alten Dramas. Die Füße im Museum für Gegenwartskunst, Kopf und Herz dagegen noch immer in Worms, sehe ich durch mein Opernglas die als Erschöpfung getarnte Verzweiflung der Frauen genau, die sich, je länger sie über die Eisbahn laufen, allmählich in ihre eigenen Schatten verwandeln.

Ich sehe die Nadel im Kragen von Kriemhild und den schmerzenden Nagel in Brunhilds Ferse. Und ich sehe Zwerg Zorn am Rand der Bühne, der, in ein frisches Schaffell gehüllt, immer wieder von vorn Siegfrieds Münzen poliert. Ich sehe den blaugrünen Zwillingsfalken, der sich, zweifach gerupft, über der Bühne erhebt, um endlich das Spielfeld des Untergangs zu verlassen. Nur Hagen ist nirgends zu sehen, doch ich weiß genau, dass er da ist. Er sitzt in der Nibelungenwerkstatt und näht an einem Kleid, das nur Kriemhild vollenden kann, an einem einfachen grünen Jagdkostüm, das allerdings erst dann wirklich fertig sein wird, wenn meine Königin den wunden Punkt gesetzt hat, den ersten und letzten Treffpunkt des Helden: jenes einfache Kreuz, das zwischen den Schulterblättern des Drachentöters Treue und Verrat in Einklang bringt.

Mundwerk statt Handwerk

Denn das Publikum will immer alles auf einmal: den Kopf und das Herz, den süßen Gesang und seine schlechte Besprechung, die Konferenz und die Stille, Predigt und Yoga, lautes Gemetzel und Flüstertüten, das große Drama und das leise Gedicht, den unsterblichen Helden und sein menschliches Antlitz, Kunst und Verständnis in einer Person, das fröhliche Team unter strenger Regie, das Rätsel samt Lösung, tiefen Trost und federleichte Erbauung. Und am Ende ein Gespräch zwischen sämtlichen Rängen, Augenhöhe zwischen Basis und Thron, an einem Tisch, der so groß und so rund sein soll, dass selbst für Bauern und Zwerge noch Platz daran wäre.

Und nicht nur für die Bauern und Zwerge, sondern auch für die Bergarbeiter und Söldner, für all diese ärmlichen Knochenverwalter, die nur deshalb so selten das Wort ergreifen, weil sie nach tausend Jahren im Untergrund, nach all den Jahren unter der Erde, nach all der hitzigen Goldsucherei, nach so viel Hunger und Durst in der Finsternis, nach so viel Schlaflosigkeit und verprellten Träumen, sprachlos und schüchtern geworden sind und das grelle Scheinwerferlicht fürchten, das sie unvermutet in ein Recht setzen will, das sie niemals besaßen.

Sie haben gegraben und können nicht sprechen, sie schürfen Gold und können nicht glänzen. Wie sollten sie jetzt ihre Stimme erheben, um ein Wort zu ergreifen, das ihnen niemals gehört hat? Wie kämen sie dazu, eine Meinung zu haben, die ihnen genauso wenig gehören würde wie die verkaufte Haut von Zwerg Zorn, aus der man bis heute die windigen Helden von morgen schneidert? Zwerg Zorn weiß genau, woher der Stoff kommt, weil er sein Geld seit gut tausend Jahren nicht auf, sondern unter der Erde verdient, wo man immer noch die Sprache der Handwerker spricht, die bis heute kein Mensch versteht: die Sprache von Hammer und Amboss, von Schwertern, die niemals sich selbst gehören und denen naturgemäß völlig egal ist, wer sie in welcher Flamme gehärtet und in welchem Wasser gelöscht hat, weil sie niemals einen Gewinn davon hatten.

Aber die Zuschauer rufen nach Mundwerk statt Handwerk, nach einem handfesten Streit. Bedrängt von ihrem eigenen Zorn, der, in enge kleine Büros gesperrt, fünf Tage die Woche, von morgens um neun bis abends um fünf, nichts als schürfen und schwitzen muss, suchen sie auf der Bühne nach Ausgleich. Schließlich haben sie für den Abend bezahlt und einen ehrlichen Ablass erworben: Die Rampe soll endlich den Frauen gehören, Gift und Galle sollen sie spucken, nach Titeln und neuer Vorherrschaft schreien, Gunther entlarven und Siegfried enttarnen und ein Gewitter zwischen zwei Königinnen entfachen, von denen nur eine die echte, wahre und richtige ist.

Doch weil die Königinnen längst auf dem Zahnfleisch gehen, verschwenden sie keine Sekunde an das gesprochene Wort. Die Krone fest auf der Stirn, ist Brunhild inzwischen kurz davor, unter einem stürmischen Nordmeer graublauer Fahnen das Ende des Laufstegs zu erreichen, während sich die Träger der grünen Fahnen hinter lautstarken Seufzern aus Mitleid verschanzen. Da holt Kriemhild wider Erwarten auf und verwandelt sich auf den letzten Metern in eine rasende Gegnerin, in eine hellblaue Schönheit, die auf den Flügeln ihres gerupften Falken gegen die letzte Harpune antritt: Mit einem lauten Schrei stürzt sie von seitwärts auf Brunhild hinab und trifft von hinten ihr feindliches weißes Genick. Brunhild pariert den Schlag mit Bravour und läuft einfach weiter. Krone an Krone, Hüfte an Hüfte und Knöchel an Knöchel laufen die Königinnen ins Ziel, beide auf einmal und beide in Bestzeit, wie Frau Kettelhuts Stoppuhr verrät.

Große Stille am Ende des Laufstegs, auf dem die beiden Lieblingsköniginnen der deutschen Geschichte endlich für immer zum Stillstand kommen. Sie stehen still. Sie erheben sich nicht. Sie blicken sich nicht ins Gesicht. Sie blicken auf ihre Füße. Doch bevor sich beim Blick in den eiskalten Spiegel womöglich die Einsicht breitmachen könnte, dass heute Abend keine von beiden gewinnt, zieht Kriemhild hinter dem Reißverschluss den Trumpf der vergangenen Nacht hervor, um in der Morgensonne vor den Stufen des Doms das Geheimnis der letzten Nacht endlich für alle sichtbar zu machen: Brunhilds Tarnhaut, den Gürtel, damit endlich geschieht, womit selbst Frau Kettelhut nicht mehr gerechnet hat, sondern nur der intime Kenner des Originals: Brunhild rutscht aus.

Das letzte Kreuz

Brunhild rutscht aus, knickt lautlos über den rechten Knöchel nach links und geht in die Knie, in beide auf einmal, das Schwesterchen vor dem Brüderchen. Die blauen Fahnen sinken lautlos zu Boden, und die grünen erheben sich wieder. Und für Sekunden friert das Bild auf der Domschwelle ein, bevor die große Schmelze beginnt, das leise Tropfen und Regnen, während die Zuschauer wieder ihre Schirme aufspannen und sich die Bühne ins Zwielicht des Anfangs zurückdreht. Denn in ihrer stürmischen Hochzeitsnacht sind Kriemhild die Farben abhandengekommen, sie kann das Grün vom Blau nicht mehr trennen.

Na gut, ich geb's zu, ich war bei der Farbenwahl nicht dabei. Nicht beim Drachenkampf unter der Linde, nicht bei Siegfrieds erfrischendem Bad im Blut seines Opfers, das ihn kurzfristig unsterblich gemacht hat, und auch nicht bei der Brautwerbung unter der Haut von Zwerg Zorn. Ich kenne Isenstein nur vom Hörensagen, und bei der Doppelhochzeit in Worms bin ich auch nicht gewesen. Doch selbst in einem Boot ohne Ruder, mit nichts als einem Stein unter der Zunge, sehe ich durch mein beschlagenes Opernglas Kriemhilds Zögern genau.

Und ich sehe noch mehr: Ich sehe, wie Hagen, als Beschützer des Helden getarnt, von links die Nibelungenwerkstatt betritt, um Siegfrieds letztes Hemd für die Jagd in Auftrag zu geben. Ich sehe, wie Kriemhilds Nadel sich abwechselnd erst senkt und dann hebt, wie ihre Hand zwischendurch in der Luft hängen bleibt, um ihr Kreuz erst auf die linke, dann auf die rechte Schulter zu nähen, weil sie sich nicht entscheiden kann; bis sie sich endlich entschließt, das Kreuz einfach zwischen die Schultern zu sticken, mitten ins Zentrum des Lindenblatts, an die einzige ernsthaft verwundbare Stelle.

Königin, rufe ich leise, was tust du? Willst du uns alle ins Unglück bringen? Aber die Königin hört mich nicht. Denn in Kriemhilds Werkstatt ist Hagen der Sieger. Von der Eisbahn erschöpft, setzt die verratene Königin nicht auf den König, nicht auf ihre Brüder, sondern auf den letzten und einzigen Eigenmann, der ihr verspricht, das grüne Kostüm zu retten.

Kriemhilds Kreuz auf dem Hemd des jagdgrünen Helden ist bis heute das einzige Rätsel geblieben, das selbst die Goldene Dreizehn nicht lösen kann, weil es sich hinter einem anderen Rätsel verbirgt. Hinter der Stirn eines alterslosen Bestatters. Nicht zu ermüden, nicht zu betrügen, nicht zu bestechen, täuscht, überredet und besticht nur sich selbst. Und mit dem letzten Stich läuft Hagen ins Ziel, um ein letztes Mal auf die Jagd zu gehen. Nichts als ein Ausflug ins Grüne, mit einem kleinen Picknick danach, das den einen König vom anderen trennt, den grünen Hochstapler von einem echten Burgunder, der jetzt aus dem Zwielicht nach vorn an die Rampe tritt und unter leiser Verbeugung sagt: Gebt dem Jungen ein Pferd!

Wie Siegfried verdurstet

Auftritt der Chor der rheinischen Jäger. Mit einem altbekannten Lied auf den Lippen, das sich ohne Aufwand und Probe vom Blatt singen lässt: Denn was gleicht schon auf Erden dem Jägervergnügen, und wem sprudelt der Becher des Lebens so reich? Nur wohin mit Siegfrieds brennendem Durst, den der Becher des Lebens nicht stillen kann? Da hilft nur der Zirkus, ein riesiger Bär mit einem großen goldenen Ring in der Nase, den die drachenerprobten Zwillingskinder von rechts nach links über die Bühne ziehen, um den Helden auf seine letzte Probe zu stellen.

Es springen die Bluthunde von der Kette, die Zwillinge lassen den Bären los, und alle Jäger stoßen ins gleiche Horn, während die Bühne sich dreht, um ein letztes Mal mit Pomp und Posaune den Blick auf den Helden freizugeben: Ach, Kinder! Wie schön dieser Siegfried ist, die schönste Schneiderstrophe von allen, Angriff und Schwert in einer Person! Schaut genau hin und stellt ein letztes Mal fest: Sein Schwert hängt ihm fast bis hinab zu den Sporen, sein Horn ist aus Gold, sein Rock aus Fischotterhaut, sein Hut aus Zobel und sein Köcher aus stinkendem Pantherfell, das alle Tiere der Welt anlockt.

Denn Jäger sind nun mal auf Beute aus, weshalb Siegfried entschlossen sein Messer zückt und dem Bären seine Bärenhaut abzieht, um sich kurzfristig selbst zum Verschwinden zu bringen. Aber noch während er damit beschäftigt ist, dem Untier sein ehrliches Fell abzuziehen, ist er schon nicht mehr ganz bei der Sache; immer heftiger quält ihn sein schrecklicher Durst, laut ruft er nach Wein. Und obwohl die Zwerge und Köche bereits seit Stunden damit beschäftigt sind, Hirsche und Schweine auf die Lichtung zu schleppen, und der Picknicktisch bereits zum Bersten gefüllt ist, lassen die Mundschenke auf sich warten.

Angeblich nichts als ein kleines Versehen, falsche Lieferung, falscher Wald. Also hält Hagen mit einer Quelle gegen, die angeblich gleich nebenan taufrisches Wasser führt. Über der Bühne gerät der Falke in Aufruhr, Kriemhild dreht sich stöhnend im Halbschlaf, und Brunhild verschließt sich in einer Kammer, aus der sie für den Rest des Abends nicht mehr auftauchen wird, während Gunther und Hagen durch mannshohes Kunstgras laufen, kein Kampf, sondern nichts als eine harmlose Wette: Wer zuerst an der Quelle ist, dem sollen der Sieg und die Haut des Bären gehören.

Keine Frage, wer von den dreien der Schnellste ist: Ich sehe durch mein Fernglas genau, wie Siegfried nur zum Schein träumend im Gras liegen bleibt, um seinen Gegnern den Vortritt zu lassen, und schließlich trotzdem als Erster (in voller Montur) die Quelle erreicht; denn er ist nun mal einfach der Beste der Besten, Hase und Igel, Bär und Held in einer Person. Und so steht er auch da, lehnt lässig den Speer an die Linde und legt seinen herrlichen Schild daneben.

Steht da und wartet, vorbildlich höflich: Obwohl sein Durst ihn fast zu überwältigen droht, will und wird er nicht vor seinem König trinken. Der dankt es ihm übel und stillt in aller Ruhe seinen eigenen Durst, um Hagen genügend Zeit zu lassen, Siegfrieds Schwert und Speer auf die Seite zu schaffen, auf einer Nebenbühne in Deckung zu gehen, seinen eigenen Speer in Stellung zu bringen und auf das magische Kreuz auszurichten. Als wüssten wir nicht alle genau, was jetzt kommt. Schließlich sind wir seit Jahren darauf vorbereitet und haben Karten für die erste Reihe bestellt, um dem Bestatter dabei zuzusehen, wie er, jedes Jahr in einem neuen Kostüm, am Ende immer denselben Speer wirft, um die Geschichte zurück in die alte Ordnung zu bringen.

Der Wurf lässt allerdings auf sich warten, weil die Liedertafel Worms-Pfiffligheim einfach nicht aufhören kann, den Tod eines Helden zu besingen, den sein Widersacher noch gar nicht zur Strecke gebracht hat. Scharrende Füße unter sämtlichen Sitzen, als selbst nach dem dritten Johotralala! Hagens Speer immer noch auf seiner Schulter liegt. Der Widersacher wirft einfach nicht! Vielleicht ist er bloß müde geworden, kann auch sein, er hat den Freischütz satt oder ist über die Jahre kurzsichtig geworden und findet den wunden Punkt nicht mehr, weil er das Kreuz unter dem Lindenblatt nicht mehr erkennt; weshalb er von seiner Nebenbühne dem Helden einfach seelenruhig dabei zusieht, wie der sich in ein durstiges Tier verwandelt, das sich gierig über die Quelle beugt, um zum ersten und letzten Mal aus ihr zu trinken und endlich von seiner Rolle erlöst zu werden.

Doch während Siegfried sich jetzt über die Quelle beugt, geschieht, womit niemand gerechnet hat: Der Held kann nicht trinken, denn die Quelle friert ein. Die ganze Geschichte friert ein und verwandelt sich in einen blanken Spiegel, in dem das Publikum plötzlich sein eigenes Gesicht sieht, seinen eigenen Durst, seine eigene Lust auf Totschlag und Mord. Auf seinem langen Weg zwischen Alpen und Nordsee hat der Rhein seinen Abschied aus der Erzählung genommen und sich kurzfristig dazu entschlossen, sein Amt in Worms nicht mehr auszuüben.

So stehen sie jetzt da, ohne Quelle, ohne Ufer und Mündung, der grüne Held und sein Widersacher, beide mit einem Stein unter der Zunge, der schon seit Stunden kein frisches Wasser mehr führt; bis Hagen entschlossen aus seiner Deckung tritt und leise zu lachen beginnt. Zwischen Heldennase und Kinn beginnt sich die alte Falte zu kräuseln, läuft wie ein lebendiges Wesen durch sein Gesicht und wechselt die Seiten zwischen Dienstmann und Herr. Und während Hagen Siegfried jetzt dabei zusieht, wie er langsam verdurstet, beginnt er, sich dunkel daran zu erinnern, dass es weder der Bär noch der Speer, weder das Kreuz von Kriemhild noch Brunhilds Ehre und auch nicht die Treue zu König Gunther, sondern sein Durst nach Freundschaft und Treue ist, der den grünen Helden zur Strecke bringt.

Von Mord kann also gar keine Rede sein. Der Held hat sich einfach etwas zu weit nach vorne gebeugt und im Spiegel der Quelle zwei Augen erblickt, für deren Farbe kein Dichter mehr zuständig ist. Große Stille. Und leise Enttäuschung auf sämtlichen Rängen, denn die Abonnenten halten Vater Rhein bis heute die Treue, selbst die Presse- und Freikarten sind sitzen geblieben, obwohl man sich Siegfrieds Tod anders gewünscht hat: mehr Treue zum Stoff, also weniger Eis, und etwas mehr Handlung und Blut.

Einzig der Chor aus Worms-Pfiffligheim hält tapfer dagegen: Frisch auf, ihr lieben Brüder, ergreifet das Geschoss und jagt die wilden Hunde auf frisches Wildbret los! Aber die matten Hunde sind nicht mehr zu wecken, weil sie unter dem Eis der deutschen Geschichte ihre Witterung längst verloren haben. Denn es ist nicht die Jagd und nicht die Lust auf den Tod, sondern einzig der Durst nach einem unsterblichen Helden, der die Geschichte bis heute am Leben hält.

Denn auch der Durst ist ein Laie aus Worms, und der

Durst seiner Vorgänger spornt ihn nur an, endlich das Rätsel der Goldenen Dreizehn zu lösen, die jetzt, kurz vor der Pause, völlig unvermutet wieder auf der Bühne erscheint, um stockbetrunken, gestützt auf den Arm des Bauchladenmannes, ein letztes Mal ihren Schirm aufzuspannen, während Hagen lässig nach vorn an die Rampe tritt, seinen Speer ins Publikum wirft, sein unbeflecktes Schwert zurück in die Scheide steckt und laut und vernehmlich sagt: Schatz, bring mir ein Bier!

Pause

In der Umkleide herrscht gehobene Stimmung. Siegfrieds Tod ist vom Tisch, während der Bestatter bei Bratwurst und Bier nicht nur uns, sondern auch seinen Fans lautstark erklärt, dass die ganze Geschichte nicht stimmt: Erfahrungsgemäß ist es nämlich völlig unmöglich, nach der Pause in einer einzigen Nacht den Schatz von Worms nach Lochheim zu bringen, weil sich im Lauf von über sechstausend Jahren der Flusslauf des Rheins verändert hat, und zwar dergestalt, dass der Schatz inzwischen vermutlich mehrere Meter unter dem Boden auf Land liegt, weshalb man ihn nicht heben, sondern bloß ausgraben müsste. Sollten Teile davon noch versteckt existieren, werden sie vermutlich irgendwann auch gefunden. Allerdings geben die Behörden keine Grabungserlaubnis, weil einzig der Fund in der Lage ist, die Theorie zu beweisen. Bis dahin gilt weiter: rätseln und hoffen. Denn der Nibelungenschatz hat heute schätzungsweise einen Wert von über vierhundert Millionen Euro.

Soweit der Botenbericht des Hagen von Tronje. Und hier der Steckbrief von dem, der ihn spielt: Geboren 1955 am Deutschen Eck, Schauspielausbildung in Wien, danach Engagements in Berlin, Bochum und Stuttgart, um, auf Zuruf aus Worms, endlich Hagen zu werden.

Frage: Was bedeutet diese Rolle für Sie? Antwort: Wenn ich Hagen spiele, darf ich sein, was ich bin, verlässlich gefährlich, der Inbegriff eines bösen Onkels, gewalttätig und unberechenbar, wie gleich nach der Pause, kurz nach Beginn des zweiten Akts, wenn ich nach erfolgreicher Schatzversenkung und nach der Überquerung der Donau das Floß eigenhändig in Stücke zerhaue und einen Kaplan unter Wasser bringe, um seine Rückkehr für immer unmöglich zu machen. Dass er trotzdem gerettet wird, steht auf einem anderen Blatt.

Frage: Haben Sie, den Kaplan mal beiseitegelassen, kein Problem mit der Gewalt der Figur? Antwort: Als Rheinländer habe ich kein Problem mit Gewalt, sondern ein Problem mit der Donau. Obwohl ich in Wien studiert habe, ist mir die Donau bis heute fremd, wie der ganze Osten insgesamt. Gegenfrage: Wenn man dem Original glauben darf, hat Hagen nicht nur die ganze Welt bereist, sondern ist in seiner Jugend auch eine Zeitlang Geisel am Hof der Hunnen gewesen. Hagen ist also ziemlich herumgekommen. Antwort: Der Rheinländer an sich ist eher sesshaft. Sobald er die Donau erreicht, ist er desorientiert. Das macht die Rolle zu einer Herausforderung.

Frage: Können Sie Ihr Problem mit der Donau etwas genauer erklären? Immerhin rangiert sie, jedenfalls was ihre Länge betrifft, zwar hinter der Wolga, aber ganz klar vor dem Rhein. Antwort: Der Rhein ist männlich, die Donau ist weiblich, ihr fehlt also klar die verlässliche Basis. Sie hat keinen Charakter. Spätestens in Immendingen verschwindet sie in irgendwelchen Felsspalten. Vierzig Kilometer später taucht sie dann plötzlich unter falschem Namen als Aach wieder auf und fließt kurzfristig in den Bodensee, um dann, genau wie der Rhein, irgendwann in die Nordsee zu münden. Sie ist also nichts als ein Nebenfluss.

Einwand: Bekanntlich mündet die Donau ins Schwarze Meer. Antwort: Die Mündung der Flüsse ist genauso wenig gesichert wie ihre Quellen. Sind Sie jemals in Passau gewesen, wo die Ilz und der Inn angeblich die blaue Donau ergeben? Da hat irgendein Geograph oder Geologe einen Winkel zwischen zwei Flüssen vermessen, daraus dann mathematisch einen Hauptfluss gebastelt und ihm den Namen DONAU gegeben. Aber wer sagt uns, dass der richtig gerechnet hat?

Nachfrage: Die Quellen des Rheins sind doch auch nicht

gesichert? Antwort: Flussbiographien sind reines Theater, Geographen sind Regisseure der Natur. Nicht erst seit dem Nibelungenlied stehen sich Rhein und Donau als Antagonisten gegenüber, misstrauisch wie zwei Könige. Das Drama ist also vorprogrammiert. Als Schauspieler steigt man in jeden Fluss, was allerdings nichts daran ändert, dass man Vorlieben ausbildet, auch wenn das dem Regisseur nicht gefällt.

Einwurf: In diesem Fall einer RegisseurIN! Antwort: Ob Mann oder Frau, ist doch völlig egal: Theater ist grundsätzlich autoritär! Regietheater ist ein lachhaftes Schlagwort, von ein paar Leuten in die Welt gesetzt, die offenbar kein Latein mehr können. Regie kommt von regere, regieren, und bezeichnet ursprünglich eine indirekte Steuer im Wirtschaftssystem des Feudalismus. Das sagt ja wohl alles. Davon sind auch die Flüsse betroffen.

Frage: Und Sie haben die Deutungshoheit über den Rhein? Antwort: Seit Jahren kämpfe ich, in ständig wechselnder Besetzung, gegen einen angeblich unbesiegbaren Helden. Die Siegfriede kommen und gehen, Hagen dagegen bleibt. Außerdem sorge ich verlässlich dafür, dass den Schatz, den ich nahe meiner Geburtsstadt Biebesheim versenkt habe, auch in Zukunft niemand wird heben können. Solange ich auf der Bühne stehe, wird niemand die legendäre goldene Rute finden.

Frage: Und wie fühlt sich das an? Antwort: Hagen geht es nicht um Gefühle. Siegfried ist tot, erschlagen, erstochen, meinetwegen auch einfach verdurstet. Vielleicht ist er auch einfach bloß eingeschlafen, was allerdings bekanntlich wenig Wirkung auf einer Bühne entfaltet. Der Mensch ist und bleibt nun mal theatralisch und sucht immer nach einem Spezialeffekt. Wie Siegfried wirklich zu Tode kommt, ist schlicht eine Frage der Dramaturgie. Hagen ist kein Mörder, sondern bloß ein Vollstrecker, den lediglich interessiert, wie er den Schatz auf die sichere Seite bringt. Frage: Geht das etwas genauer? Antwort: Haben Sie jemals von einem Schatzräuber gehört, der in einem Interview sein Versteck preisgibt?

Frage: Und welche Rolle spielen die Frauen dabei? Antwort: Das Problem ist Kriemhild, nicht Brunhild. Spätestens nach dem Tod von Siegfried ist Brunhild definitiv aus dem Rennen, während Kriemhild erst jetzt zu ihrer richtigen Form aufläuft. Sie weiß genau, dass der Schatz de jure natürlich ihr gehört und dass sie damit tatsächlich etwas aus- und anrichten kann. Brunhild gibt auf, sie wird depressiv, Kriemhild dagegen hat einen Plan. Die gegnerische Linie verläuft also nicht zwischen Siegfried und Hagen, sondern zwischen Hagen und Kriemhild. Bei allem Aufwand, den das Epos betreibt, um von der großen und wahren Liebe zu sprechen: Es geht nicht um den Mann, es geht um den Schatz. Aber das Publikum ist nun mal auf Liebe aus, und ich werde den Teufel tun, seinem Wunsch nicht zu entsprechen. Außerdem lese ich meinen beiden jüngeren Kindern jeden Abend vor dem Einschlafen das Nibelungenlied vor.

Und die schlafen dabei tatsächlich ein? Antwort: Ob Sie es glauben oder nicht: Sie lieben es! (lacht) Frage: Haben Ihre Kinder Sie jemals als Hagen von Tronje auf der Bühne erlebt? Antwort: Ich habe drei Kinder zwischen zehn und zwanzig, von denen sich keins auch nur entfernt für das Theater interessiert. Aber das kann sich ja ändern. (lacht) Meine zweite Frau sitzt jedenfalls immer vorn in der ersten Reihe und hat bis heute keine Aufführung ausgelassen.

Frage: Und was hält Ihre Frau von Hagens Hauen und Stechen? Antwort: Meine Frau ist Kostümbildnerin und nach wie vor verliebt in die große Show, sie kann Ästhetik und Wirklichkeit trennen. Sie erkennt die Leistung hinter der Maske. Frage: Und worin besteht diese spezifische Leistung? Antwort: Sie besteht darin, sich selbst zu vergessen. Hagen zu sein bedeutet, die Gewalt als Kunstform auf die Bühne zu bringen. Frage: Was genau meinen Sie mit der Kunst der Gewalt? Antwort: Das reine Glück der Sinnlosigkeit, ein Ende, das niemand versteht. Frage: Und Sie wollen es auch nicht verständlich machen? Antwort: Helden sind nicht dazu da, verstanden zu werden.

Frage: Sie kennen Ihren großen Vorläufer Hans Adalbert Schlettow aus dem Film von Fritz Lang? Antwort: Wer kennt den nicht, den kopieren doch alle. Oder haben Sie jemals einen Hagen ohne Augenklappe gesehen? Einen Hagen, der nicht der Böse sein muss, sondern vielleicht sogar attraktiv aussieht? Meinen ersten Hagen habe ich vor knapp zwanzig Jahren gegeben; da musste ich noch etwas mehr tun, um die berühmte Falte zum Einsatz zu bringen. (lacht) Die Augenklappe hat die Regie mir dieses Jahr leider verboten. Inzwischen herrscht eine andere Kleiderordnung. Aber Hagen wird immer der Alte bleiben. Das Böse kommt in jedem Kostüm durch.

Frage: Sie kennen die Gottbegnadeten-Liste? Antwort: Diese sagenumwobene Liste von Goebbels? Auf der angeblich nur die Besten der Besten stehen? Natürlich kenne ich die, nur dank der Gnade der späten Geburt stehe ich nicht drauf. Aber bevor wir jetzt auf die deutsche Treue im Kessel von Stalingrad kommen, muss ich leider zurück auf die Bühne, um den Schatztransport im nächsten Akt zu überwachen. (lacht)

Einwand: Sie versuchen, der historischen Dimension auszuweichen! Antwort: Ich weiche nicht aus, ich walte nur meines Amtes, oder, um es mit Hagen zu sagen: Ich tue nur meine Pflicht! Nachfrage: Das ist jetzt nicht Ihr Ernst? Antwort: Das ist nicht mein Ernst, das ist mein Text! Letzte Frage: Aber bevor Sie jetzt gehen, um Ihre Pflicht zu erfüllen, verraten Sie uns bitte noch kurz, was Sie seit mehr als zwei Jahrzehnten dazu bringt, immer wieder den Hagen zu geben. Letzte Antwort: Das alte Lieblingsspiel meiner Kindheit: Schätze und Schiffe versenken!

Für Siegfried, Jahrgang 1989, geboren in Bonn, Schauspielstudium in Berlin, danach Engagements in Hamburg und Wien, ist der Abend so gut wie beendet. Dunkelhaarig und muskulös, überraschend klein und gesprächsbereit, ist er in der Umkleide damit beschäftigt, das Fell des erlegten Bären zu bürsten und sich das falsche Gold aus den Locken zu waschen.

Frage: Wie fühlt es sich an, jeden Abend mit dem Tod um die Wette zu laufen? Antwort: Tod ist nicht gleich Tod. Der Tod ist nach wie vor großes Theater, selbst dann, wenn so getan wird, als wäre das nichts, als stürbe man einfach so nebenbei. Heute stirbt man ja, wenigstens hierzulande, fast immer hinter geschlossenen Türen. Auf der Bühne dagegen ist der Tod noch von gestern, also nach wie vor eine Sache der Öffentlichkeit.

Frage: Und da wünscht man sich einen großen Auftritt? Antwort: Wer träumt nicht davon, wenigstens einmal im Leben hinterrücks erschlagen zu werden? Dafür braucht man natürlich den passenden Partner. Einwand: Der hat Sie heute Abend aber ziemlich erbärmlich verdursten lassen. Antwort: Sich erschlagen zu lassen ist reiner Sport! Dagegen überzeugend als Held zu verdursten, das ist hohe Kunst! Vermutlich bin ich genau deshalb Schauspieler geworden. Für mich ist Siegfried eine Herausforderung, eine perverse Erlösung.

Schöner als der Tod an der Quelle ist nur der Kampf mit dem Drachen davor.

Frage: Können Sie das genauer ausführen? Antwort: Vermutlich geht das auf meine Kindheit zurück, auf die üblichen Ritterspiele: ein Ungeheuer, das die Prinzessin raubt, und ein Ritter, der sie zu retten versucht. Frage: Waren Sie damals unsterblich? Antwort: Unsterblichkeit ist ein Kindertraum! Heute weiß ich, wie verletzbar und verletzlich wir sind, das macht uns ja menschlich. Die Möglichkeit einer Berührung, die Kontaktaufnahme mit dem wirklichen Leben, da ist man doch immer in Todesgefahr. Deshalb bin ich so abergläubisch wie die meisten Kollegen. Die einen glauben an Horoskope, an Karten, Sternzeichen oder Zahlenmystik, ich dagegen verlasse mich auf mein Lindenblatt (lacht und zieht ein kleines vergoldetes Blatt aus der Tasche), weil es mir bei meiner Aufnahmeprüfung in Berlin beim Vorsprechen damals Glück gebracht hat.

Frage: Und was haben Sie damals vorgesprochen? Antwort: Den Monolog des St. Just vor dem Nationalkonvent aus Büchners *Danton*. Einwand: Da fließt doch auch ziemlich viel Blut? Antwort: Auf dem Theater geht es immer um Blut. Aber verglichen mit der Französischen Revolution sind die Nibelungen ein Kinderspiel. Wenn ich zitieren darf:

»Es scheint in dieser Versammlung einige empfindliche Ohren zu geben, die das Wort Blut nicht wohl vertragen können. Einige allgemeine Betrachtungen mögen sie überzeugen, dass wir nicht grausamer sind als die Natur und als die Zeit. Die Natur folgt ruhig und unwiderstehlich ihren Gesetzen; der Mensch wird vernichtet, wo er mit ihnen in Konflikt kommt. Eine Änderung in den Bestandteilen der Luft, ein Auflodern des tellurischen Feuers, ein Schwanken in dem Gleichgewicht einer Wassermasse und eine Seuche, ein vulkanischer Ausbruch, eine Überschwemmung begraben Tausende. Was ist das Resultat? Eine unbedeutende, im großen Ganzen kaum bemerkbare Veränderung der physischen Natur, die fast spurlos vorübergegangen sein würde, wenn nicht Leichen auf ihrem Wege lägen.«

Frage: Sind Sie derselben Meinung? Antwort: Ich weiß nur, dass da ein Arzt schreibt, der eigentlich gar kein Arzt sein möchte, sondern ein Revolutionär, der nachts davon träumte, ein Dichter zu sein. Davon abgesehen haben Schauspieler bekanntlich keine eigene Meinung. Ich wiederhole nur das, was andere sagen und fragen, und versuche, dem eine eigene Stimme zu geben. Also frage ich weiter: »Soll die geistige Natur in ihren Revolutionen mehr Rücksicht nehmen als die physische? Soll eine Idee nicht ebenso gut wie ein Gesetz der Physik vernichten dürfen, was sich ihr widersetzt? Soll überhaupt ein Ereignis, was die ganze Gestaltung der moralischen Natur, das heißt der Menschheit, umändert, nicht durch Blut gehen dürfen? Der Weltgeist bedient sich in der geistigen Sphäre unserer Arme ebenso, wie er in der physischen Vulkane und Wasserfluten gebraucht. Was liegt daran, ob sie an einer Seuche oder an der Revolution sterben?«

Frage: Sind das Sätze, an die Sie denken, wenn Sie in den Nibelungenspielen den Siegfried geben? Antwort: Ich will mich nicht auf Zitate berufen, aber die Schritte der Menschheit sind nun mal langsam, man kann sie nur nach Jahrhunderten zählen; und hinter jedem erheben sich die Gräber der Nibelungen. Frage: Sie glauben also nicht an moralischen Fortschritt? Antwort: Als Schauspieler glaube ich an die Kraft der Performance. Und an die Komik der ganzen Geschichte.

Einwand: Sie finden die Nibelungen komisch? Antwort: Das ganze Leben ist komisch, die Geschichte ist komisch, die Nibelungen sind komisch, Revolutionen sind komisch, alles ist komisch, wenn man bedenkt, dass das Gelangen zu den einfachsten Erfindungen und Grundsätzen Millionen Menschen das Leben kostet. Ist es da nicht besser, einfach ein bisschen Theater zu spielen, in einer Zeit, wo im Gang der Geschichte immer mehr Menschen außer Atem kommen?

Frage: Ist das jetzt immer noch Büchner? Antwort: Das ist mein Beruf, ich spreche nicht eigene, sondern fremde Texte. Nachfrage: Und was sprechen Sie, wenn Sie den Siegfried spielen? Antwort: Das ist ja das Schöne an Siegfried: dass er nicht spricht. Siegfried hat nichts zu sagen, weil er durch seine Handlungen lebt. Der hält keine Reden, der ruft zu nichts auf, der versucht erst gar nicht, die Welt zu erklären, sondern tötet ungefragt, was sich ihm in den Weg stellt. Der weiß ja noch gar nichts von Revolution, der kennt nur die fröhliche Jagd, den Bären, den Drachen, irgendein Wildschwein, das persönliche Schlachten, der macht seine Arbeit immer noch selbst.

Frage: Ist das ein Vorteil? Antwort: Für einen Schauspieler der größte Vorteil von allen. Ich ziehe die alten Stummfilmhelden den revolutionären Mördern jederzeit vor. Ich töte den Drachen nicht um die rhetorische Ecke, sondern Auge in Auge, ich mache die stumme Drecksarbeit lieber selbst. Wer die Nibelungen liest, begreift doch sofort, dass der Weg nicht vom Wissen zum Handeln führt, sondern umgekehrt, vom Handeln zum Wissen. Schlauer ist man bekanntlich immer erst hinterher.

Frage: Und warum haben Sie dann St. Just vorgesprochen? Antwort: Weil es Vorsprechen und nicht Vorkämpfen heißt. Mit dem Mittelalter kommt man an Schauspielschulen nicht durch. Man muss zeigen, dass man auch was im Kopf hat! St. Just redet viel, wenn der Tag lang ist. Aber je weniger man auf der Bühne zu sagen hat, umso mehr bekommt das Publikum wirklich zu sehen. Frage: Und was bekommt es zu sehen? Antwort: Einen Stummfilm, der seine Darsteller davon befreit, sagen zu müssen, worum es hier geht. Kein Einziger von uns kann Ihnen sagen, worum es in diesem Stück wirklich geht, aber wir lieben es alle. Wir leben davon, dass wir es nicht verstehen. Wir geben uns an unsere Rollen hin, jedenfalls so lange, bis wieder mal einer vorbeikommt und uns fragt, was der ganze Aufwand eigentlich soll.

Frage: Und was ist mit Siegfrieds Liebe zu Kriemhild? Antwort: Eine Frau wie Kriemhild kann man nicht lieben. Auf den ersten Blick sieht es natürlich so aus: Ein Held steht im Hof und etwas weiter oben am Fenster eine Frau, die sich, von ihren drei Brüdern bewacht, ein ganzes Jahr lang nicht zeigen und nur ihrer Projektion hingeben darf. Wie soll das ausgehen? Auf den zweiten Blick versteht man natürlich sofort, dass diese Liebe nichts als Erfindung ist, ein höfischer Traum, ein flüchtiger Falke, eine Werbemaßnahme für den Verkauf einer Braut.

Frage: Aber Ihre Rolle gebietet Ihnen doch, Kriemhild zu lieben, und zwar so sehr, dass Sie dafür Brunhild besiegen müssen, die vielleicht Ihre wahre Liebe ist. Antwort: Wahre Liebe ist Humbug, die Lieblingsente der Presse. In den Nibelungen ist die Liebe Eroberung, eine sportliche Leistung. Sie manifestiert sich im Drachenkampf. Und der ist ziemlich anstrengend.

Frage: So anstrengend wie die doppelte Hochzeitsnacht? Antwort: Kollege Gunther weiß vermutlich besser als ich, was es bedeutet, als König eine ganze Nacht lang an einem einzigen Nagel zu hängen. Einwand: Aber Sie sind doch auch ein König? Antwort: Deshalb lasse ich mich ja auch nicht an die Wand schlagen. Nachfrage: Und außerdem sind Sie der

Hüter des Schatzes, den außer Ihnen angeblich sonst keiner heben kann? Antwort: Ich bin nicht der Hüter, sondern der Besitzer des Schatzes, das ist ein großer Unterschied.

Einwand: Weshalb Sie seinem Hüter höchstpersönlich die Haut abziehen, um sie sich danach selbst überzustülpen? Antwort: Früher hat man sich auf dem deutschen Theater in der Regel mit einer Tarnkappe beholfen, mit einer schlichten Mütze also, die man dem Zwerg einfach abnehmen konnte, um ihn seiner Macht zu berauben. In diesem Jahr sieht das anders aus: Die Regisseurin wollte angeblich zum Original zurück, weil sie sich in den Kopf gesetzt hat, aufs Ganze zu gehen. Für den Schauspieler, der den Zorn geben muss, eine besondere Herausforderung; eine Ganzkörperhäutung ist keine Kleinigkeit. Mir wäre die Mütze lieber gewesen.

Frage: Was für eine Beziehung haben Sie zu Zwerg Zorn? Antwort: Zwerg Zorn ist mein siamesischer Zwilling. Da geht es buchstäblich um Haut und Haar, jede Trennung ist eine Frage von Leben und Tod. Der eine geht unter, der andere bleibt übrig. Nachfrage: Ist das nicht auch eine Art von Liebe? Antwort: In der Umsetzung auf dem Theater geht es in erster Linie um Technik und Selbstbeherrschung. Auf dem Theater ist Nähe relativ. Neulich bat mich eine Zuschauerin nach der Vorstellung um ein Autogramm und fragte mich, wie es sich anfühlt, in einer Nacht mit zwei Frauen auf einmal zu schlafen, wie das technisch zu bewältigen sei.

Nachfrage: Und was haben Sie der Dame gesagt? Antwort: Ich halte es mit der Goldenen Dreizehn, ich stelle ein Rätsel: Was ist schwieriger? Seinem eigenen Zorn die Haut abzuziehen oder eine Nacht lang an einem Nagel zu hängen? Frage: Und wie lautet die Antwort? Antwort: Ein Profi erledigt beides mit links. Schwierig wird Nähe erst da, wo tatsächlich Nähe besteht. Küssen ist einfach, nicht küssen schwer.

Nehmen wir Hagen: An keiner einzigen Stelle kommt es mit Hagen zu einer körperlichen Berührung, trotzdem ist die Spannung enorm. Sobald Hagen auf der Bühne erscheint, fange ich an, nervös zu werden, weil er so furchtlos wie unerreichbar ist. Der hat keinen Zorn, keinen siamesischen Zwilling, der ist schlicht und einfach allein unterwegs. Nachfrage: Die Erotik der Autarkie? Antwort: Siegfried ist tot, und Hagen lebt weiter.

Letzte Frage: Kennen Sie Ihren Vorläufer Paul Richter aus dem Film von Fritz Lang? Antwort: Wer kennt den nicht? Der firmiert bis heute unter Kollegen auf dem Wormser Set als *die unbesiegbare blonde Locke*. Mit seiner Rolle als Siegfried lief er zu seiner ersten und letzten Höchstform auf, um sich kurz nach dem Krieg und lange nach Kriemhild nur noch in unbedeutende blonde Frauen zu verlieben.

Einwurf: In das deutsche *Schweigen im Walde*, in *Narren im Schnee*, in eine Edelweißkönigin oder in *Kohlhiesels Töchter*, in den *Geigenmacher von Mittenwald*, in den *Herrgottschnitzer von Ammergau* und in den *Singenden Engel von Tirol*. Lässt Sie das nicht mit der Rolle hadern?

Antwort: Ich hätte nicht das Geringste dagegen, nach dem großen Massaker zwischen Donau und Rhein einen solide bezahlten Förster zu spielen, dem man gut tausend Jahre später den Wein endlich in den richtigen Wald liefern würde.

Kahl geschoren auf einsachtundfünfzig und damit immer noch deutlich größer, als es die Rolle verlangt, steht Zwerg Zorn offiziell für ein Pausengespräch nicht zur Verfügung: Er sei mit seinem Schaffell beschäftigt. Hier sein Steckbrief: Autodidakt ohne Jahrgang, abgebrochenes Studium der Geologie, Mineralogie und Lithurgik. Überbrückt seine Zeiten ohne Engagement mit Gelegenheitsarbeiten als Wanderschauspieler, Vortragsreisender und Werbeträger. Tritt gern an Höfen von gestern auf, wo er unlösbare Halslöserätsel stellt und sich in seiner Selbsterzählung als privater Zorn eines Schatzes ausgibt, der nicht in der Lage sei, sich selbst zu heben. Ist auf der dauernden Suche nach seiner verlorenen Tarnhaut mit einem graubraunen Falken unterwegs. Trinkt (laut Botenbericht) auch nach Feierabend keinen einzigen Tropfen. Übernachtet vorzugsweise in verlassenen Stollen unter Tage.

Und hier, was er uns unter der Schwelle verrät: Wir können nicht knien, wir sind schon klein! Als die Regisseurin mich vor zwei Jahren nach einem Weinfest in Pfeddersheim weit nach Mitternacht dazu einlud, den Zorn der Nibelungen zu spielen, hielt ich das zunächst für eine Gunst der Stunde, am Morgen danach für ein Missverständnis: Die Frau hat vom Stoff nicht das Geringste verstanden. Ich spiele nur das, was grundsätzlich weh tut, die Erinnerung an einen Typen zum Beispiel, den man sehr genau kennt, mit dem man aber nichts zu tun haben will. Ich verkörpere einen fremden Albtraum; solange es mein eigener ist, kann ich nichts damit machen, aber sobald er beginnt, Teil eines andern zu werden, fange ich an, auf Rache zu sinnen und schreckliche Pläne zu schmieden.

Nachfrage: Das klingt etwas verwirrend. Antwort: Nicht verwirrender als meine erste Nacht nach dem Engagement, in der ich aus einem Traum erwache, in dem ein deutscher Held mir bei lebendigem Leib die eigene Haut vom Körper abzieht. Ich erinnere mich noch genau daran, wie ich im Morgengrauen, splitternackt, aus dem Schlaf aufschrecke, aufstehe und zur Toilette gehe, um vor dem Ganzkörperspiegel im Flur plötzlich auf mein gehäutetes Alter Ego zu stoßen. Auf der Bühne wird der Zwerg natürlich nur scheinbar gehäutet, aber als Schauspieler werden Sie immer gehäutet, nicht nur der Falke lässt Federn. Auf der Bühne wird nur groß, wer sich kleinmachen kann! Jeder Schauspieler ist in Wahrheit ein Bergmann.

Frage: Wie meinen Sie das? Antwort: Ich habe Jahre meines Lebens unter Tage, also unter der Erde, verbracht. Viel Dunkelheit und sehr wenig Licht. Verglichen mit einem Leben auf offener Bühne der reinste Spaziergang, weil man unter der Erde kein Publikum hat, man ist unter sich und in Sicherheit, man weiß, dass es kein Entkommen gibt, keinen falschen Applaus, keine Illusion. Kilometerlang waten wir bis zu den Knien im Wasser, bis wir irgendwann endlich die Quelle sehen, die sich gegen die Wand ergießt: fünfundzwanzig Liter in einer Sekunde! Das ist der Drache, den die Bergleute bändigen müssen, bis an der Stelle des letzten Durchstichs zum nächsten Tunnel plötzlich ein Kasten leerer Flaschen vorbeischwimmt, der uns daran erinnert, dass man weiter oben bereits auf unseren Erfolg anstoßen durfte. Wir sind Goldsucher in einer Geschichte, von der die da oben ihren Profit, aber nicht die geringste Ahnung haben.

Zwischenruf: Das klingt nach Klassenkampf von gestern! Antwort: Unter Schauspielern ist Durst rund um die Uhr ein Thema. Die einen trinken, die anderen nicht. Zwerge dagegen haben niemals Durst. Schließlich sitzen wir buchstäblich an der Quelle. Unter Tage haben wir alles, was wir brauchen. Deshalb arbeiten die Mineure auch lieber im Dunkeln, sie ziehen den Stollen der offenen Baustelle vor, weil im Stollen die Zeit wesentlich schneller vergeht; an der Sonne dagegen langweilt man sich. Sobald wir die Sonne sehen, werden wir traurig.

Nachfrage: Das müssen Sie schon etwas genauer erklären. Antwort: Über Tage ist ja ständig von Sonne die Rede, von

Urlaub, von Vitamin D. Aber auf der Bühne kommt es, genau wie im Stollen, nicht auf die Sonne, sondern auf die rechte Beleuchtung an; das Theater lebt nicht vom natürlichen, sondern vom künstlichen Licht. Auf der Bühne geht es, wie unter der Erde, in erster Linie um die Laterne, den ersten und engsten Begleiter des Bergmanns. Die Laterne spendet kein natürliches Licht. Sie will nicht herrschen, sie will nichts erhellen, sie will die Dunkelheit nicht besiegen, sie begleitet bloß unseren Weg durch die Dunkelheit.

Frage: Das klingt ja fast mystisch. Antwort: Das ist nicht mystisch, sondern ziemlich bescheiden. Die Laterne erfasst nie das Ganze. Mal leuchtet sie, dann verschwindet sie wieder. Sie kennt nur den Ausschnitt, das kleine Detail. Sie sammelt Gold, das nur im Dunkeln zur Sichtbarkeit kommt. Während die Sonne angeblich auf alle scheint, hat unter Tage jeder seine eigene Lampe, seinen eigenen Schatten, seine eigene Geschichte, seinen eigenen Spaten und seinen eigenen Kampf, der über Tage niemals zur Geltung kommt.

Frage: Kränkt Sie das? Antwort: Nur ein Laie, der nichts vom Bergbau und von Schätzen versteht, hält die Welt für insgesamt ausgeleuchtet. Unter Tage ist Aufklärung kein Thema, dort weiß man besser als oben, dass wir von der Welt, wie sie ist, so gut wie gar nichts verstehen. Der Bergmann verlässt sich nicht auf die Sonne, er verlässt sich auf sein Geleucht: Ein Bergmann ohne Licht ist ein armer Wicht, wie das schöne alte Sprichwort sagt. Das Geleucht bezeichnet die Gesamtheit der von ihm in der Grube angewandten Leuchtmittel, ohne die er nicht in der Lage ist, das Erz vom tauben Gestein zu unterscheiden. Das schließt auch andere künstliche Lichtquellen ein, zum Beispiel die Beleuchtung in einem Theater.

Frage: Und was bedeutet das für die Nibelungen? Antwort:

Dass sie kein Stoff fürs Theater sind. Das Lied ist durch und durch dunkel, keine Verständigung, keine Versöhnung. Aber das Dunkle wird ohne das Helle nicht sichtbar, lauter Schatten zwischen der unteren und der oberen Welt, bis auch den Nibelungen am Ende ein Licht aufgehen wird. Der Preis ist allerdings hoch, denn jede Erkenntnis ist mit Unterwerfung verbunden: Siegfried holt gegen den Willen der Zwerge einen Schatz aus dem Berg, um ihn am Hof zu Worms als Morgengabe für Kriemhild zum Einsatz zu bringen. Wenig später versenkt Hagen das Gold in der Tiefe. Brunhild kommt aus dem finsteren Norden, um unfreiwillig Licht in die Sache des Hofes zu bringen.

Frage: Also doch eine Ahnung von Aufklärung? Antwort: Vergessen Sie's! Das strahlende Worms ist ein einziger Sumpf, selbst im sogenannten Freilichttheater herrscht insgesamt Zwielicht, weil das Theater schon immer ins Zwielicht verliebt war, in die Trickkiste von gestern, in den doppelten Boden, in sein künstliches Unglück, weil die Kunst sich von allem ernährt, was dazwischen ist, genau wie der doppelte Hochzeitseiner, der uns in die doppelte Hochzeitsnacht bringt. Wer weiß schon, wer wirklich neben uns liegt? Erst wenn am nächsten Morgen die Sonne aufgeht, sieht man, dass der König am Nagel hängt.

Frage: Das Unglück ist also vorprogrammiert? Antwort: So denkt nur die unglückliche Post der Moderne. In den Nibelungen ist gar nichts vorprogrammiert; sie inszenieren lediglich einen höheren Willen, nach den Spielregeln eines Untergangs, in dem sich alles von selbst ergibt, weil sich der Held erstens als Schatzvernichter erweist, zweitens auf eine Königin trifft, die zu gewinnen er, drittens, einen Zwerg häuten muss, um nach ein paar Kriegen und Picknicks in falschen Wäldern einen riesigen Bären zu erschlagen und an einer eingefrorenen Quelle in der Begegnung mit seinem Spiegelbild einen unspektakulären Tod zu finden.

Frage: Spektakulärer könnte der Tod des Helden doch gar nicht sein? Antwort: Ob der Held im Spessart oder im Harz verdurstet, ist doch völlig egal. Es geht nicht um das Wo oder Wie, sondern um Leben und Tod! Der Tod des Helden ist übrigens niemals zwingend. Auch Siegfried hätte nicht sterben müssen. Zwingend ist nur die Erzählung davon, weil sie eifersüchtig auf eine Wirklichkeit ist, die ihren Gesetzen ständig zuwiderläuft. Die Erzählung hinkt der Wirklichkeit hinterher und bricht sich auf jeder Stufe ein Bein. Hier ist die Welt, und da ist ihre Geschichte. Hier sind die Fakten, dort die Erzählung, die nur deshalb ihren Gewinn davonträgt, weil sie behauptet, Sinn und Ordnung zu schaffen.

Frage: Zwerg Zorn könnte es also völlig egal sein, ob er unter oder über der Erde agiert und an welchem Tisch er am Ende gehäutet wird? Antwort: Vermutlich ja, denn seine Schmerzen sind immer dieselben. Rein literarisch betrachtet ist er nichts als eine Allegorie. Dagegen chemikalisch betrachtet, ein gefährlich ungesättigter Rest. Denn besehen bei Grubenlicht ist seine Rolle die gefährlichste Rolle von allen, Gewinner und Verlierer in einer Person, weil er hütet und verliert, was wir nicht haben und trotzdem wollen.

Frage: Hat das alte Drehbuch also längst seine Macht verloren? Antwort: Ja und nein. Bei Licht besehen waren die Zeiten für die Nibelungen nie besser als heute, die Zuschauer sind ja verrückt nach Mythen: Vor Kriemhilds Tür liegt ein toter Schatz, den mein Zorn jederzeit wieder zum Leben erwecken könnte. Dazu müsste ich allerdings aus meiner Zwergenhaut fahren. Aber haben Sie jemals ernsthaft versucht, aus einer Haut zu fahren, die Ihnen gar nicht gehört, und Ihren eigenen Zorn auf die Bühne zu bringen?

Diesen kleinen, ziemlich schlecht gehäuteten Rest, der von einem Durchschnittsschauspieler übrig bleibt, wenn er tatsächlich beschließt, endlich zu sein, was er ist?

Die Begegnung mit Kriemhild, geboren 1996 in Klagenfurt, Ausbildung in Wien, Engagements an der Burg und am Deutschen Theater, blond, bepreist und gerühmt, überall im Gespräch, findet nicht statt. An der Tür zur Umkleide hängt eine Abwesenheitsnotiz: *LANGFRISTIG IN TRAUER. In dringenden Fällen wenden Sie sich bitte an Brunhild oder an meine Agentin Frau Kettelhut. K.*

Brunhild, 1998 in Hamburg geboren, im Besitz eines Schauspiel- und Lotsenpatents, öffnet sofort. Während sie damit beschäftigt ist, einen verlorenen Knopf an den Kragen ihres Jagdkostüms zu nähen, gibt sie bereitwillig Auskunft über ihre Liebe zum hohen Norden und eine beeindruckende Sammlung von Köpfen, die zum Trocknen auf einer Stange in ihrer Garderobe hängen: *Denn es gab eine Zeit, da gehörten alle Köpfe der Welt einer einzigen Frau!* (Mit knallrotem Lippenstift auf den Spiegel geschrieben.)

Hier, gebündelt, redigiert und autorisiert, ihre Antwort auf unsere Fragen: Was mich an Brunhild fasziniert, ist ihre klirrende Kälte. Ich habe den hohen Norden mehrfach bereist; ohne die Erfahrung dieser eiskalten Landschaft ist Brunhild für mich nicht zu denken. Mit der Gewalt der Figur habe ich kein Problem. Das ist, als würden Sie mich ernsthaft fragen, ob ich Pippi Langstrumpf gewalttätig finde, ein kleines Mädchen, das an einem schwedischen Sonntagnachmittag einen Stier und zwei Polizisten über einen Zaun heben kann.

Brunhild geht natürlich ein bisschen weiter. Das Eis, die Burg, die Köpfe der Männer. Auf den ersten Blick Slapstick, aber selten habe ich mehr trainiert, um einer Rolle gewachsen zu sein. Wettlauf, Kniebeuge, Liegestütze, jeden Morgen Klimmzug, Steinwurf und Stehaufmännchen. Allerdings kommt man Brunhild rein sportlich nicht bei, sie ist Mythos pur, für eine Schauspielerin nach wie vor uneinnehmbar. Es hat mir große Mühe bereitet, bei den Proben über den Überbau einer Figur zu sprechen, den sie in Wirklichkeit gar nicht hat. Aber so ist das nun mal am Theater, Moden, wie im Gewerbe so üblich: Kapitalismus und Genderfragen, lauter Fibelthemen von gestern.

Nur Zwerg Zorn hat mich fasziniert, genau wie die Goldene Dreizehn. Auf dem Theater ist es immer hilfreich und nützlich, wenn Figuren ihren Mitspielern nicht vom Fleck weg plausibel werden, wenn sie beim Gegenüber einen gewissen Widerstand aufbauen. Nichts gegen Kriemhild, Siegfried und Hagen oder gegen das einfältige dreifaltige G. Die königlichen Drillinge sind faszinierend, aber sie sind nicht geheimnisvoll. Sie wecken keine Erwartung. Zwerg Zorn und die Goldene Dreizehn dagegen sind für mich produktive Gegner, weil ich nicht weiß, wie ich mit ihnen umgehen soll. Weder der Zorn noch der Schatz sind wirklich zu fassen. Aber sie sind der Schlüssel zu der ganzen Geschichte, ohne sie würde sich überhaupt nichts ereignen.

Es hat ziemlich gedauert, bis ich verstanden habe, dass Zwerg Zorn genau dasselbe will wie ich: ich die Köpfe und er den Schatz! Jetzt könnte man sagen, er hat ihn doch schon, aber in Wirklichkeit bewacht er ihn nur, genau wie Brunhild ihre Köpfe bewacht, ohne sie wirklich zu besitzen. Das muss man erst mal verstehen – warum einer über Jahre etwas bewacht, was ihm gar nicht gehört. Aber in Wahrheit geht es ja gar nicht um diesen Schatz, sondern um die Idee einer Sammlung, um das Museum für Gegenwartskunst: Brunhild ist eine Sammlerin, die Köpfe wie andere Auszeichnungen sammelt. Hat man einmal mit dieser Sammelei angefangen, hört man nie wieder damit auf. Wer den ersten Kopf hat, will auch den letzten haben.

Aber es gibt keinen letzten, weil die Idee der Sammlung unendlich ist, sie lebt vom Gesetz der Akkumulation. Brunhild ist Kapitalistin in freier Wildbahn, die sich für unbesiegbar hält, weil sie, ziemlich naiv, auf ihre uralten Produktionsmittel vertraut, auf den Stein, das Schild und den Speer. Dass sie besiegt werden könnte, kommt in ihrem Programm gar nicht vor. Und in gewisser Weise behält sie recht: Sie wird nicht besiegt, sie wird durch Betrug und Verrat bezwungen. Aber selbst nach ihrer Zwangshochzeit in Worms, entjungfert von einem royalen Phantom, bleibt sie das, was sie war und bis heute ist: Siegfrieds Grüner Zwilling. Folglich wird der Wunsch nach Sieg lediglich durch den Wunsch nach Rache verdrängt, um die Erniedrigung und Entmachtung zu kompensieren.

Aber lassen wir mal den Grünen Zwilling beiseite: Ich bin nicht in Siegfried, sondern in Brunhild verliebt. Zwei Jahre lang habe ich darum gekämpft, sie auf der rheinischen Freilichtbühne geben zu dürfen. Nicht nur weil ich auf Schlittschuhen unschlagbar bin, sondern weil es in der Geschichte der Nibelungen nicht um Kriemhild, sondern um die Isländerin geht, auch wenn Brunhild nach der Pause fast lautlos die Bühne verlässt, während Kriemhild zu grausamer Hochform aufläuft. Aber das steht auf einem anderen Blatt. Selbst im Hinterzimmer der Depression träumt Brunhild nicht anders als Kriemhild von Rache. Schließlich hat man sie um ihre Freiheit gebracht, hat sie gezähmt, vergewaltigt. Das ist zunächst mal der Tatbestand.

Aber Brunhild lässt sich nicht zähmen, sie gehört nur

scheinbar zum Hof, der mit ihrer Natur in keiner Verbindung steht, sie hat keine Verbindung zum kultivierten Leben, denn bei allem Respekt vor ihrer Sammelwut: Brunhild ist keine Galeristin, die zweimal pro Woche die neusten Köpfe aus Island ausstellt. Sie interessiert sich nicht für Gegenwartskunst. Sie interessiert sich für ihre Vergangenheit, sie will nach Island zurück, sie sehnt sich nach ihrer persönlichen Ewigkeit. Sie glaubt an die Kraft der Selbstbehauptung, an den Stillstand des Glücks. Dafür ist sie bereit, nicht nur das Leben anderer, sondern auch ihr eigenes zu opfern.

Dass sie sich von einer Tarnkappe überrumpeln lässt, ist nichts als ein schlechter Theatertrick. Pippi wäre das nicht passiert. Apropos: Wer nach der Lektüre der Nibelungen noch immer behauptet, dass Pippi Langstrumpf ein Buch für Kinder sei, hat die Geschichte nicht richtig verstanden. Pippi ist tiefstes Vormittelalter, allerdings, was die Performance betrifft, durch und durch Wagnerianerin: spätestens dann, wenn sie singend und tanzend zwei Kinder aus einem brennenden Haus zurück in eine schwedische Kleinstadt trägt. Das macht ihr nicht einmal Brunhild nach.

Aber warum verrät diese unbesiegbare Frau aus dem Norden ihre große Vision an einen läppischen König, den sie unter der Tarnhaut instinktsicher als den falschen erkennt? Einfache Antwort: Weil die Geschichte sonst einfach nicht weitergeht. Hätte Gunther unter der Tarnkappe Siegfrieds nicht Brunhild besiegt, könnte Brunhild ihn nicht an den Nagel hängen, für Kenner des Stoffes die schönste und stärkste Szene im ganzen Lied. Übrigens alles andere als mythisch, sondern erlebter Alltag, praktizierte Hausfrauenutopie: Wie hängt man den König in den eigenen vier Wänden endlich an den passenden Nagel? Und wie muss so ein Nagel beschaffen sein?

Daran hat die Regie ziemlich lange gebastelt. Man muss sich die Szene quadratisch vorstellen, alles im rechten Winkel: ein Bett, Mann und Frau, eine Wand und ein Nagel. Vier Positionen, die in der Szene bespielt werden müssen. Auf der Bühne beginnt alles, genau wie im wirklichen Leben, immer im Bett, Erwartung und Missverständnis zugleich. Auf den ersten Versuch folgt die erste Enttäuschung, weil der Protagonist seine Tarnhaut verlassen hat. Zur Strafe hängt er, in einen Gürtel gewickelt, am Nagel und kämpft jetzt buchstäblich mit dem Rücken zur Wand. Das ist keine Metapher, das ist Handwerk und Handlung. Wer jemals auf einer Bühne stand, weiß genau, wovon ich hier spreche.

Kennt man die Stummfilmtricks von Fritz Lang, hat man, knapp hundert Jahre später, immerhin eine blasse Ahnung davon, was da in Worms auf einen zukommen könnte. Gleichzeitig ist man entlastet. Eine Brunhild von heute muss nicht mehr die Steine und Speere von gestern stemmen. Man könnte, nicht ohne Bedauern, sagen: Palliatives Theater. Auch auf der Bühne ist das Sterben inzwischen leichter geworden, aber das Theater lebt nach wie vor von Drama und Trauer, die der Trigger der ganzen Geschichte sind. Wie trauert man richtig? Wer trauert am längsten? Wer trauert am besten?

Aber vor die Trauer hat die Geschichte den Wettkampf gesetzt, einen Kampf, der das Geheimnis öffentlich macht, einen Indizienbeweis, der die Königinnen auf dem Domplatz buchstäblich nackt macht: der berühmt-berüchtigte Zickenkrieg, in den Regie und Publikum bis heute verliebt sind. Weil sie bis heute nicht richtig verstanden haben, was es wirklich bedeutet, wenn Frauen tatsächlich zu sprechen beginnen. In Wirklichkeit sind Kriemhild und Brunhild natürlich Schwestern. Sie ziehen beide am selben Strang, wie

Schneeweißchen und Rosenrot. Beide könnten die Braut eines Bären werden, aber nur eine von beiden kann den Prinzen bekommen. Dabei wissen beide genau, dass es Prinzen erster und zweiter Klasse gibt, von der dritten Klasse gar nicht zu reden.

Deshalb ist es für mich jeden Abend von vorn eine Freude und eine Herausforderung, mich vor Kriemhild auf dem Eis in die Knie zu werfen und mir auf den Stufen zum Dom mit Pomp und Posaune wenigstens zum Schein den linken Knöchel zu brechen. Als Schauspielerin bin ich naturgemäß verliebt in die Lust an der Niederlage, die sich am Ende in einen Sieg verwandelt; schließlich weiß ich genau, dass mein verstauchter Knöchel nichts als ein harmloses Vorspiel ist, das Präludium eines Theaters, in dem Kriemhild das Schlimmste noch vor sich hat. Nicht ich, sondern sie ist als zweifach betrogene Braut verkauft und verraten, wenn sie im zweiten Akt über die Donau muss. Ich dagegen hüte den verlorenen Posten am Rhein und habe nicht vor, dem Beispiel der Brunhild Fritz Langs zu folgen und mir wegen Siegfried im Dom den Dolchstoß zu geben.

Brunhild sitzt die Geschichte aus und wird ihre letzte Flasche erst öffnen, wenn im dritten Akt die große Klage beginnt. Dann werden die Karten neu gemischt. Sicher ist nur, dass die Drillinge, die nebenan jetzt noch so fröhlich die Karten werfen, garantiert nicht mehr mit von der Partie sein werden, genauso wenig wie Kriemhild und Hagen. Brunhild dagegen wird auch nach der Klage immer noch da sein: Sie weint keine Tränen, sondern macht Nägel mit Köpfen!

Gunther, Gernot und Giselher logieren gemeinsam mit ihrem schlechten Gewissen in einer Umkleide für vier. An der Garderobe hängen an einem einzigen Nagel ihre fleckigen

Kellnerkostüme. Auf dem Schminktisch stehen drei halbleere Gläser und ein randvoll gefüllter Aschenbecher. Dazwischen ein Stapel schmutziger Karten. Nervöse Stimmung. Alle drei fieberhaft damit beschäftigt, ihren Kopf aus derselben Schlinge zu ziehen und mit ihren letzten Trümpfen Stiche zu machen.

Wie immer trägt das schlechte Gewissen die Krone, schenkt fröhlich nach und teilt gnadenlos aus, während sich die Drillinge gemeinsam die Kante geben, um sich über die Trauer ihrer Schwester hinwegzutrösten. Und wie immer zieht Gernot, der Sandwichkönig, das schlechteste Blatt: Karobube, Kreuz Zehn, der Rest nichts als Luschen, während Gunther drei Asse auf einmal aufhebt, flankiert von zwei Buben. Die Herzen fliegen, wie immer, Giselher zu, der, wie immer, nichts damit anfangen kann, weil er nicht weiß, wie ein Liebhaber regelrecht blufft.

Erste Frage an Gunther: Hat der nicht einfach zu hoch gepokert? Antwort: Wir pokern hier nicht, wir spielen bloß Skat. Und als Skatspieler bleiben wir ehrlich, niemand weiß, was im Verborgenen liegt. Einwand: Als Profiteur der Tarnkappe sollte Gunther es eigentlich besser wissen, er ist doch förmlich auf Betrug abonniert. Entgegnung: Aus drei Gs wird bekanntlich nur selten ein Ass, auch zu dritt wird aus uns kein Siegfried mehr werden. Die altbekannte Trias aus Schwäche, Feigheit und gutem Willen: ein Mann und kein Wort, ein Schwert und kein Schlag, ein Speer ohne Wurf.

Antwort und Frage: Klar, dass niemand in Gunthers Haut stecken will, aber einer muss ihn ja schließlich spielen. Und Sie spielen ihn gern? Antwort: Man spielt immer mit und zugleich gegen den Skat. Natürlich hätte ich auch die anderen beiden Gs spielen können, aber die Regisseurin hat nun mal darauf bestanden, dass die Rollen ausgelost werden, und so ist mir der Gunther zugefallen. Frage: Purer Zufall? Antwort: Kein Zufall, sondern das Regiekonzept einer Frau, die sich mit Karten leider nicht auskennt und offenbar immer noch davon ausgeht, dass die drei Gs eine untrennbare Einheit bilden; wenn sie jetzt obenauf noch das schlechte Gewissen legen, kommen sie bei den furchtsamen Vier raus. Eine Art deutscher Western, ein Blatt für Verlierer, in völliger Verkennung dessen, wer und was diese drei Brüder aus Worms wirklich sind.

Frage: Die siamesischen Drillinge als Regieeinfall? Antwort: Die Wormser Könige als Servicepersonal. Drei Kellnerkostüme und ein einziger Nagel, das sagt ja wohl alles. Einzig der Vertrag und das schlechte Gewissen zwingen uns, weiterzuspielen, obwohl wir aus jahrelanger Erfahrung wissen, dass sich mit einem Pausentrumpf auf offener Bühne kein Stich machen lässt. Selbst wenn Giselher jetzt den Herzkönig ausspielt und ich, als Gunther, den mit dem Kreuz, weiß Gernot, der in der Mitte sitzt, dass die Geschichte kein gutes Ende nimmt. Aber wie immer lässt Gunther den Skat links liegen und reizt mit großer Geste auf Hand, weil er nicht wahrhaben will, was im Verborgenen liegt.

Nächste Frage an Gernot und Giselher: Wie wird man mit einem Bruder fertig, dessen einziges Talent offenbar darin besteht, den Skat links liegen zu lassen und jede reale Gefahr zu verdrängen? Gernot: Das Problem ist nicht Gunther, das Problem ist Kriemhild, weil sie weder Sinn für das Spiel noch für Ablenkung hat. Giselher: Seit dreizehn Jahren schreit sie und weint sie, rauft sich die Haare, knetet die Hände, zerreißt sich die Kleider, streut sich Asche aufs Haupt.

Gernot: Dreizehn Jahre voller schlafloser Nächte, flankiert von immer demselben Traum, von der Jagd nach immer demselben Falken, dessen Zorn sich mit Gold nicht besänftigen lässt, obwohl sie seit Jahren mehr davon austeilt, als ein Mensch jemals ausgeben könnte. Gunther: Und je mehr sie austeilt, umso größer die Sorge, weil alle drei wissen, dass keiner hebt, was er einmal versenkt hat, und weder verkaufen noch verschenken darf, was er niemals besaß.

Frage: Ist das Ihr Text? Gernot: Das ist nicht Gunthers Text, sondern unser gemeinsamer Text, den wir nur sprechen, weil die Regie es so will. Giselher: Und weil in der Nibelungenwerkstatt diese fadenscheinigen Schriftsteller sitzen, die immer noch glauben, das Original reiche nicht aus und müsse für die Festspiele auf den neusten Stand gebracht werden. Dabei sind wir uns schon seit Jahren einig darüber, dass das Original nicht zu toppen ist.

Frage: Sie unterwerfen sich also der Gegenwart? Gunther: Das ist am Theater nun mal so üblich. Gernot: Jeden Abend von vorn und zu dritt und im Chor. Giselher: Spätestens nach der Pause, sobald Hagen die Morgengabe im Rhein versenkt hat, wird die stockbetrunkene Goldene Dreizehn den Kopf wieder ziemlich hoch oben tragen, weil ihr Wert stündlich, sekündlich ins Unermessliche steigt. Allerdings wissen wir alle drei sehr genau, dass sie zusammen mit unserem schlechten Gewissen längst die Seiten gewechselt hat. Sie hat sich gegen den Rhein und für die Donau entschieden. Frage: Das heißt im Klartext? Antwort: Dass Sie noch vor der Pausenglocke die Spielregeln für den Untergang lesen sollten!

Während sich die Brüder in die Maske für die zweite Runde begeben, öffnet sich zwischen Gläsern und Aschenbecher plötzlich überraschend der Skat, und in der Umkleide erhebt sich, unrasiert, einbeinig und nach wie vor ziemlich schlecht riechend, die stockbetrunkene Goldene Dreizehn. Wir fragen trotzdem: Ihre Rolle ist im Original nicht vorgesehen. Welcher mutige Gegenwartsdichter hat Ihnen den Auftritt in Worms verschafft? Antwort: Sie haben offenbar das Original nicht gelesen. Meine Rolle ist durchaus vorgesehen. Ich verkörpere, lediglich ein wenig vergrößert, nichts als jene kleine goldene Rute, die in der Regel gern überlesen wird.

Einwand: Da muss man aber schon sehr genau lesen! Antwort: Als fahrender Schatz bin ich an Unterschätzung gewöhnt. Und auf Dichter bin ich nicht angewiesen. Als Wanderschatz bin ich prinzipiell kurzfristig buchbar und interessiere mich ausschließlich für meine Auftraggeber, nicht für die poetischen Schwätzer, die womöglich hinter dem Auftrag stehen. Nachfrage: Der literarische Kontext interessiert Sie nicht? Antwort: Als Schatz bin ich nicht auf der Suche nach Kontext, sondern auf der Suche nach Arbeit, deren Marktwert sich bekanntlich ständig verändert. Wir sind Schausteller, die ihr Glücksrad nach Bedarf aufstellen.

Nachfrage: Sie haben also nichts dagegen, von Kriemhild vom Rhein an die Donau überstellt zu werden? Antwort: Das ständige Gerede von Grenzen und Flüssen ist einfach ziemlich ermüdend. Für freiberufliche Schätze gilt nach wie vor: Heute hier, morgen dort. Unser doppelter Slogan lautet erstens: Immer zu Diensten! Und zweitens: Hol über! Einwand: Und in wessen Dienst Sie dabei stehen, ist Ihnen völlig egal? Antwort: Dienst ist Dienst. Man muss die Rang- und Kleiderordnung beachten, aber man kann gelegentlich auch für Überraschungen sorgen, zum Beispiel dann, wenn man auf einer Hochzeit auftaucht, auf der es für den Schatz keine Tischkarte gibt. Für originelle Sonderauftritte sind die meisten meiner Auftraggeber nach wie vor gern zu haben.

Frage: Besonders gut stehen Sie aber trotzdem nicht da. Ist daraus zu schließen, dass Ihr Beruf Sie nicht ausreichend ernährt? Antwort: Es gibt nur drei Berufe, die einen Menschen ernähren. Der, den er vor der Pause ausübt, der während der Pause und der dritte danach. Alles andere erweist sich als Hungerhaken. Frage: Ist das jetzt wieder ein Halslöserätsel? Antwort: Das ist kein Rätsel, sondern der Stand der Dinge. Wer Fragen stellt, glaubt, im Licht zu sitzen, der mit der richtigen Antwort bleibt meistens im Dunkeln.

Frage: Sie spielen auf Ihren Kollegen Zorn an? Antwort: Als Schatz spiele ich nie auf Kollegen an, Diskretion ist bei uns das höchste Gebot. Einwand: Dafür sind Sie aber ziemlich geschwätzig. Antwort: Ich bin nicht geschwätzig, ich denke laut nach, erstens weil ich betrunken bin und weil ich, zweitens, merke, dass Sie das Rätsel natürlich nicht lösen können. Damit sind Sie übrigens nicht allein, auch auf dem Theater lässt sich das Rätsel nicht lösen. Als Rätselsteller muss man beweglich bleiben, nur so entkommt man der Schlinge. Ich sage nur: Denksport statt Kampfsport.

Dann darf ich Sie, wenn es erlaubt ist, zitieren: Ist nicht am Leben und ist noch nicht tot, ist verdurstet und hat keine Not. Ein Schatz ohne Kammer und ein Witz ohne Gelächter. Wollen Sie darauf die Antwort wagen? Antwort: Sicher ist nur, dass es eine Zeit gab, da konnten die rheinischen Schätze noch trinken, ohne Not und bis zur Bewusstlosigkeit. Aber das war eine andere Zeit, eine andere Welt, in der von Schatzsuchern noch keine Rede war, weil die Welt damals noch keine Schiffe kannte und kein Museum für Gegenwartskunst.

Frage: Geht das etwas genauer? Antwort: Herrliche Zeiten! In denen wir einfach kamen und gingen und mit nichts als uns selbst beschäftigt waren, frei von der Angst, gehoben zu werden, gesammelt, gewogen, geprüft und immer wieder von neuem vermessen; keine Verfolger, keine erhobenen Daumen, keine Kurse und Börsen, keine Dichter, die uns heben und ausdeuten wollten; keine Königinnen, die uns ausgeben mussten, um sich Freunde zu machen und Vasallen zu schaffen oder den Tod eines Königs zu rächen, den sein Heldendurst zur Strecke gebracht hat.

Frage: Das klingt ziemlich kulturpessimistisch. Antwort: Kultur und Pessimismus sind zweierlei. Was mich betrifft, ich habe bloß Durst. Nachfrage: Auf ein frisches Bier aus den alten Zeiten? Antwort: Auch gegen einen Schnaps hätte ich nichts einzuwenden. Je älter, desto besser. Nachfrage: Um sich im Land der Nibelungen zum Schlafen zu legen? Antwort: Erst trinken, dann schlafen, so kommt man zur Ruhe. Frage: Und warum geht die Geschichte dann trotzdem schlecht aus? Antwort: Weil plötzlich die Jäger und Helden die Bühne betraten, um unter sich zu verteilen, was ihnen niemals gehört hat. So kam das große Hauen und Stechen in die Welt: Unter der Erde gerieten die Zwerge in Aufruhr, ihre Hämmer und Meißel begannen zu zittern, während im oberen Stockwerk die Frauen anfingen, Wappen und Köpfe zu sammeln, um sie auf den Zinnen ihrer Schlösser zur Ansicht zu bringen. Auf einmal lag alles scheinbar zutage, in einem schmerzhaften Licht. Die Höhlen und Flaschenhälse wurden für immer verschlossen, Drachen an ihrem Eingang postiert, und das Leben begann, mühsam und freudlos zu werden.

Frage: Können Sie das etwas genauer ausführen? Antwort: Die unerbittliche Herrschaft der zweiten Reihe, der Wärter und Wächter, der Horter und Sammler, der Experten und Kenner, der Prüfer und Schätzer, der Verwerter, Verleger und Weiterverbreiter, der Festspielleiter und Bärenverschwender, der Heldenverbrenner und Kronenverächter, der Kuratoren und Besserwisser. Summa summarum der Spielverderber, die bis heute für Ordnung auf einer Bühne sorgen, die nicht einmal entfernt an die Kinderspiele von damals erinnert.

Frage: Das klingt nach Verschwörung. Antwort: Als Schätze sind wir auf den Hinterhalt angewiesen, auf das, was im Verborgenen bleibt. Frage: Und warum geben Sie dann hier, in aller Öffentlichkeit, Kirmesmeister und Pausenschatz in einer Person? Antwort: Offenbar haben Sie das Geschäft nicht begriffen. Ich bin der Schatz, Sie sind bloß der Gräber. Gegenfrage: Könnte es nicht auch umgekehrt sein? Antwort: Wenn Sie so wollen, jederzeit gern, aber ich garantiere Ihnen auch ohne Schnaps, dass Sie, spätestens jenseits der Donau, den Kürzeren ziehen.

Wir verlassen die Umkleide und treten ins Freie, hinaus in den Heylshof, wo sich der rudernde Laie aus dem ersten Akt, bereits schwankend, unter die VIPs gemischt hat, um sein Glück folgendermaßen zu Protokoll zu geben: Der Tod ist für mich heute Abend wie ein Sechser im Lotto! In Worms geboren, in Worms aufgewachsen, in Worms zur Schule gegangen, vor vierzig Jahren meine Wormser Sandkastenliebe geheiratet, seit Menschengedenken nichts als ein Wormser – nur an den Festspielen bin ich niemals gewesen.

Frage: Innerer Widerstand gegen einen historisch belasteten Stoff? Antwort: Kein Widerstand, schlicht und einfach zu teuer. Bis mir meine Schwiegertochter, die in Trier alte Sprachen studiert, plötzlich zum Sechzigsten eine Karte schenkt. Geschenke schlägt man nicht aus, also bin ich gegangen. Erste Reihe, ganz vorn. So sitze ich da. Und plötzlich zeigt von der Bühne jemand mit dem Finger auf mich, ich glaube, es war der Widersacher. Wer auch immer, ich drehe mich um, weil ich zunächst glaube, dass er den hinter mir meint. Aber er schüttelt den Kopf, offenbar meint er tatsächlich mich. Und meine Frau sagt: Das ist der Ruf der Geschichte. Also bin ich einfach auf die Bühne und ins Boot gestiegen und habe entschlossen mit angepackt. Wäre allerdings meine Frau nicht dabei gewesen, hätte ich die Bühne niemals betreten.

Dann zunächst mal herzlichen Glückwunsch zu dieser Premiere! Und jetzt: Wie hat sich das angefühlt, mit lauter deutschen Helden von gestern in einem Boot unterwegs nach Isenstein den rudernden Tod der deutschen Geschichte zu spielen? Antwort: Insgesamt verdammt gut. Von Haus aus Rheinruderer und seit Jahren Vereinsmitglied bei Blau-Weiss, kenne ich zumindest den ersten Teil der Strecke sowieso aus dem Effeff, weshalb mich natürlich zunächst irritiert hat, dass sich das Boot nicht einen einzigen Meter nach vorne bewegt. Wir kamen überhaupt nicht voran, bis ich endlich begriffen habe, dass wir uns gar nicht bewegen müssen, sondern dass ich bloß so tun muss, als würde ich rudern, während man hinter uns einfach die Kulissen vorbeizieht: Vater Rhein, danach die feindliche Nordsee und danach diese Insel, auf der die Köpfe der Toten auf Zinnen stecken.

Frage: Apropos Köpfe auf Zinnen. Wussten Sie wirklich, wen Sie da spielen? Antwort: Wer rudert, der spielt nicht, der hat keine Rolle, der denkt bloß daran, einfach voranzukommen, sein Ziel zu erreichen, gute Zeiten zu machen. Tauch ein und hol raus, was du rausholen kannst. Ich bin von Kopf bis Fuß Sportler. Das hat auf der Bühne natürlich nicht so richtig geklappt, weil die Kommandos nicht stimmten. Weil die Schauspieler ihren eigenen Text hatten, und da kam ich natürlich nicht so richtig zum Zug. Was man übrigens auch auf den Fotos sieht, die meine Frau an dem Abend gemacht hat: Ich bin der Einzige, der wirklich kämpft und schwitzt, während die Profis, wie immer, nur so tun, als ob.

Frage: Würden Sie noch einmal mit denen nach Isenstein fahren? Antwort: Die Frage erübrigt sich, weil wir ja gar nicht in Isenstein waren. (lacht und gießt nach) War ja reines Theater. Sicher ist nur: So eine Fahrt kommt nicht wieder. Man steigt bekanntlich nicht zweimal in denselben Fluss und auch kein zweites Mal in dieselbe Nordsee. Aber dass ich da oben mit sitzen durfte – das schreibe ich mir für immer ins Stammbuch, davon werden noch meine Enkel erzählen. Frage: Waren die auch mit dabei? Leider nein. Die mussten an dem Abend auf ihre Mutter aufpassen. (lacht)

Frage: Haben Sie jemals das Original gelesen? Antwort: Wir Wormser lesen nicht gern, wir rudern lieber. Und wenn wir fürs Rudern zu alt sind (klopft auf sein Knie und lacht), gehen wir einfach am Rhein spazieren – der Fluss sagt ja mehr als tausend Worte. Nachfrage: Was sagt er denn? Antwort: Na ja, der Fluss selbst hüllt sich natürlich in Schweigen, aber wenn man die Promenade entlanggeht – meine Frau und ich trinken dort hin und wieder nach Feierabend ein Bier –, kommt man immer wieder an Hagen vorbei, der gerade im Begriff ist, den Schatz im Rhein zu versenken.

Glauben Sie, dass sich der Schatz noch heben lässt? Antwort: Bis gestern hätte ich ja gesagt, aber wer einmal den Tod in einem Trainingsanzug von Woolworth gespielt hat, sieht die Sache ein bisschen anders. Frage: Inwiefern? Antwort: Da fragen Sie besser bei Woolworth nach. Nachfrage: Sind Sie da Kunde? Antwort: Der Kunde ist König! Vorschlag: Dann ließe sich für Woolworth doch daraus etwas machen? Einwand: Da bin ich eher zögerlich. Ich habe da zwar eine Kundenkarte, aber ich fürchte, dass man davon ausgehen muss, dass man dort weder Hagen noch Siegfried als Gewährsleute kennt.

Letzte Frage: Würden Sie als Tod aus der Heimat die

Truppe auch über die Donau begleiten? Antwort: Der Tod ist ein Laie aus Worms. Spätestens wenn er die Donau erreicht, ist er bekanntlich desorientiert. Nachfrage: Das heißt lieber nicht? Antwort: Da fragen Sie besser meine Frau. Allerletzte Frage also an die Frau des Todes: Würden Sie Ihren Mann freiwillig ziehen lassen? Antwort: Jederzeit. Allerdings nur unter einer Bedingung: dass er mir vor dem großen Countdown eine Ansichtskarte aus Budapest schickt.

DIE DONAU

Dreizehn Jahre später

Was machen drei Brüder mit einer Schwester, die dreizehn Jahre nach einer erfolgreichen Jagd immer noch am Tropf ihrer Trauer hängt? An einem Nagel, der sich einfach nicht aus der Wand ziehen lässt, die ihre Welt von der Welt ihrer Brüder trennt? Antwort: Sie versenken ihre Morgengabe bei Lochheim im Rhein. Und werden vermutlich gleich nach der Pause versuchen, ihre Schwester ein zweites Mal unter die Haube zu bringen.

Womit wir endlich wieder beim Original sind, das uns wissen lässt, wie groß Siegfrieds Schatz in Wirklichkeit war: Zwölf Trosswagen brauchten vier Tage und Nächte, um ihn aus Nifelheim herunterzubringen, und jeder von ihnen musste pro Tag dreimal fahren. Er bestand nur aus Gold und Edelsteinen, und selbst wenn man davon die ganze Welt entlohnt hätte, wäre er doch nicht weniger wert. Kein Wunder, dass Hagen ihn haben will, bevor Kriemhild ihn mit vollen Händen ausgeben kann, um sich damit jede Menge Freunde zu machen. Ein umsichtiger Mann sollte keiner Frau dieser Welt einen rheinischen Schatz anvertrauen.

Was allerdings keiner von ihnen weiß, weder der umsichtige Widersacher noch die betrogene Frau noch ihre drei Brüder: Das Kostbarste liegt, wie immer, zuunterst. Eine kleine goldene Rute. Wer sie jemals erproben könnte, wäre Frau oder Herr über jeden Menschen der Welt. Weshalb sie, wie mir der Wärter aus Basel verriet, längst im Museum für Gegenwartskunst liegt, in einer Vitrine, die dauerhaft unter Alarm steht und für Besucher nicht zugänglich ist. Denn die goldene Rute hat ihren eigenen Kopf und verweigert ihr Geheimnis bis heute: das letzte Halslöserätsel der deutschen Geschichte.

Aber hört mir die deutsche Nation überhaupt zu? Ja, die Nation hört dir zu, und zwar genauer denn je, denn du bist längst im Begriff, über die Grenze zu gehen. Doch bevor du den Hoheitsraum der deutschen Geschichte verlässt und womöglich aus purem Leichtsinn versuchst, den Rhein zu verraten und die feindliche Donau zu queren, wirst du deine Königin davon überzeugen müssen, dass sich der Aufwand der Reise tatsächlich lohnt.

Seht sie, da steht sie, Deutschlands unbeweglichste Superwitwe: Trauer und Herrschaft in einer Person, die schönste und dunkelste Schneiderstrophe von allen. Schwarzer Kragen auf weißem Hals. Schwarze Haube über schneeweißer Stirn. Schwarzer Ärmelaufschlag um weiße Knöchel. Handschuhe aus schwarzem Samt, in denen zwei schneeweiße Hände stecken, Gebetsmühlen aus reinem Elfenbein, wenn Kriemhild, jeden Morgen um neun, ohne Frühstück, mit Andacht den Dom betritt, um sich ihrer Treue und Trauer hinzugeben.

Ich sehe durch mein Fernglas genau, wie sie, das Gesicht von einem schwarzen Schleier verhüllt, aufrechten Ganges die Stufen nimmt, langsam, gemessen, jeder Schritt ohne Eile, weil sie sich Stufe für Stufe ihrer Erinnerung hingibt: an den Ring, an den Gürtel und an Siegfrieds grausame Prügel, die sie vor dreizehn Jahren hat einstecken müssen, weil sie der süßen Versuchung nicht widerstehen konnte, die Zeichen der Zeit auf eigene Faust zu enthüllen und zum ersten Mal den Mund aufzumachen, um danach geschlagen in ihre Werkstatt zurückzukehren und ihr letztes Kreuz auf das grüne Jagdhemd zu sticken.

Dafür büßt sie bis heute, und sie büßt es mit Lust, jeden Morgen mit einem neuen Gebet, vor dem ihre Brüder in die Knie gehen müssen. Und je länger sie betet, umso schöner wird sie. Denn nichts schmückt die Frau mehr als ein Rosenkranz, der den Gegenstand ihres Gebets für einen Heiligen hält. Doch selbst trauernd bleibt Kriemhild höchst praktisch veranlagt. Sobald das Gebet beendet ist, kehrt sie in ihre Werkstatt zurück, um unter dem blöden Gemurmel der Zwerge und Damen entschlossen für eine neue Ordnung zu sorgen.

Denn sobald nach der Pause die dritte Glocke ertönt und der stockbetrunkene Laie aus Worms unter Applaus und Rosen an seinen Platz in der ersten Reihe zurückgekehrt ist, wird der erste Bote von der Donau erscheinen. Hinter ihm ein sehr langer Weg und vor ihm eine heikle Mission: gekommen, um im Auftrag von Etzel, König über Heiden und Hunnenland, als Werber zwischen Witwer und Witwe bei den Drillingen um Kriemhilds Hand anzuhalten.

RVP

Ein Mann, ein Wort und ein ehrlicher Name, summa summarum ein Sympathieträger erster Klasse: Rüdiger von Pöchlarn hat soeben entschlossen die Wormser Bühne betreten, um Kriemhilds Trauer, die offiziell nicht verhandelbar ist, in einen diplomatischen Kummer zu verwandeln. Staunend sehe ich ihm dabei zu, wie er mühelos ein Geschäft betreibt, das zu betreiben ich selbst nie in der Lage wäre, weil es so gut wie unmöglich ist, meine geliebte Königin, die nicht in mich, sondern in ihre Trauer verliebt ist, vom Rhein an die Donau hin abzuwerben.

Doch, wider Erwarten, Rüdigers Kunststück gelingt. Die erfolgreichste Werbung der Weltliteratur ist nicht Siegfried, sondern einem Vasallen von König Etzel geschuldet. Während ich mich rudernd seit Wochen rheinabwärts kämpfe, um meiner Königin endlich ein bisschen näher zu kommen, gelingt es RvP in nicht mehr als drei Tagen, nicht nur Kriemhilds Trauer entschlossen zu schrumpfen, sondern sie tatsächlich zu überreden, sich ein letztes Mal auf den Weg zu machen, um sich kurzfristig von Siegfried loszusprechen und mit einem neuen König ihr Lager zu teilen. Denn von der Rhone zum Rhein und von der Elbe ans Meer ist kein König so reich und so mächtig wie er!

Allerdings ist es weder Etzels Reich noch RvPs Charme geschuldet, weder seiner Diplomatie noch seinem höfischen

Wesen und auch nicht der Gabe seiner freundlichen Rede, die das Hunnenland in den prächtigsten Farben malt (Perle des Ostens!), dass Rüdiger Kriemhild für sich einnehmen kann. Denn mit nichts auf der Welt lebt die Königin besser als mit ihrer ewigen Trauer: ein verschleiertes Bankgeheimnis, eine Bombe auf Zeit. Weder mit Liebe noch mit der Aussicht auf schönere Tage lässt sich die Witwe durch den Werber des Witwers gewinnen. Einzig durch die Verheißung von Schatz gegen Schatz, der weit größer als ihr eigener ist und ihre Hoffnung auf ewige Rache nährt, kann die Werbung gelingen.

Hoffen ist eins, schwören ein Zweites. Weshalb die Wormser Sommerregie für den großen Moment des historischen Handschlags zwischen Rhein und Donau, der nicht nur Kriemhilds, sondern auch Rüdigers Schicksal besiegelt, die Bühne mit allen Mitteln ausleuchten lässt. Doch während Kriemhild scheinbar klaglos die Koffer packt, kommt beim Widersacher plötzlich Misstrauen auf, eine dunkle Vorahnung, aus dem heimlichen Wissen gespeist, dass die Reise der Königin offenbar mehr als ein Ausflug ist. Weil der Schatzvernichter der Einzige ist, der begriffen hat, dass Gunther nicht zum Odysseus taugt und dass Kriemhild keine Penelope ist, sondern dreizehn Jahre auf den Werber aus dem Ausland gewartet hat, um den Rhein auf die Donau hin einzuschwören und jenseits von Lochheim mit einem anderen Mann ihren Wunsch nach Rache ins Werk zu setzen.

Eine Mission, von der die Wormser Laien nichts ahnen. Aber an Pathos hat das Rheinland noch nie gespart: Das Publikum beginnt unisono zu weinen und wirft, einem Wink von Frau Kettelhut folgend, lauter frisch gebügelte Taschentücher vor dem Dom in den Himmel, während im

Hintergrund über dem Flusslauf des Rheins ein Scheinwerfer in den Himmel schreibt: GUTE REISE, GELIEBTE KÖNIGIN, UND KOMM BALD ZURÜCK!

Hochrufe, Applaus, immer wieder von vorn, bis Königin Kriemhild endlich ein letztes Mal an den Bühnenrand tritt, der sie für immer von ihrer Heimat trennt. Seht sie, da steht sie, Deutschlands beweglichste Superwitwe, die schönste, verkaufteste Braut von allen, Unglück und Herrschaft in einer Person. Der entschlossene Schwur macht sie nur größer und schöner, die schönste und hellste Schneiderstrophe von allen: goldener Kragen auf weißem Hals. Goldene Haube über schneeweißer Stirn. Goldener Ärmelaufschlag um weiße Knöchel. Handschuhe aus Blattgold, in denen zwei schneeweiße Hände stecken, die sie jetzt langsam zum Abschiedsgruß hebt, als wollte sie ihr Publikum segnen.

An dieser Stelle sind, vermutlich zum letzten Mal, die Schüler vom Rudi-Stephan-Gymnasium gefragt, die, als katholische Messdiener verkleidet, ein Weihwasserbecken an den Bühnenrand mehr schleppen als tragen, in dem Siegfrieds Witwe ihre Hände in Unschuld wäscht: erst die Linke, dann die Rechte, bevor sie dem Publikum ein letztes Mal zuwinkt und sich in Rüdigers rechten Arm hängt, der ihr kurz darauf in den Sattel hilft. Ich sehe durch mein Fernglas genau, wie schwer es ihr fällt, sich von ihrer Heimat zu trennen, weil sie geliehenen Schätzen nicht traut. Denn bekanntlich lässt sich der wahre Schatz nur ein einziges Mal durch Heirat erwerben. Beim zweiten Versuch macht er sich in der Regel davon, um seinen Glanz und seine Macht nicht zu verlieren.

An der schönen blauen Donau

Aber was gilt an der Donau das läppische Rheingold und das Baseler Museum für Gegenwartskunst? Die Bühne dreht sich, wir ziehen weiter nach Passau, wo die Ilz und der Inn angeblich die blaue Donau ergeben und Kriemhilds Onkel Pilgrim den Bischof und Brautführer spielt. Auf den ersten Blick ein Nebenschauplatz, doch in Wahrheit der Hauptplatz der ganzen Geschichte. Denn vermutlich ist es genau dieser Bischof gewesen, der die Nibelungenwerkstatt begründet hat, um seiner burgundischen Nichte ein Denkmal zu setzen, bevor sie im Dunkel einer Geschichte verschwindet, aus der sie erst nach Jahrhunderten wieder auftauchen wird.

Auf seine fleißigen ABC-Schreiber kommen wir weiter unten zurück, denn auch ohne Kriemhild ist Passau immer noch schön, und der Bischof ist nach wie vor ein verlässlicher Posten. Was die Laien aus Worms nur ungern beklatschen, weil es ihnen nicht passt, dass die Geschichte der Nibelungen erst an der Donau so richtig in Gang kommt. In der rheinischen Heimat ist leicht rudern und reden, während östlich von Bayern die Welt plötzlich überraschend anders aussieht.

Denn nach dem Segen des Onkels droht die Mauer der Traisen, die sich aus den Quellen der Türnitzer und der Unrechttraisen ernährt. Und für den sesshaften Rheinländer wird es jetzt kompliziert, denn Geographie war bekanntlich noch nie seine Sache. Bis heute will er vom Osten nichts wissen, weil sich dort ein anderer Karneval auftut, wo man nach anderen Regeln schunkelt. Eine größere, dunklere, fremdere Welt, in der sich Ritter von vielerlei Sprachen sammeln, die man am rheinländischen Stammtisch der Einfachheit halber bis heute gerne als Hunnen bezeichnet.

In Wahrheit waren es Russen und Griechen, Polen und Welsche, die auf kräftigen, schnellen Pferden ritten und die Vögel aus dem Flug herabschossen. Vielleicht war auch Kriemhilds Falke dabei, als sie die Pfeile bis zur äußersten Spannung des Bogens einzogen. Also kein Wunder, dass sich Frau Kettelhut seit Jahren schwer damit tut, die Bühne von Westen nach Osten zu drehen. Denn nicht nur der Platz vor dem Dom, das ganze Rheinland ist definitiv viel zu klein für den großen, gewaltigen Stoff.

Aber die Erzählung duldet weder Nachsicht noch Aufschub und die Bühne dreht sich inzwischen von selbst. Wir sind längst in Tulln, wo der Brautempfang von Kriemhild durch Etzel bis heute als Symbol der Versöhnung gilt. Um das entsprechend zur Ansicht zu bringen, hat man dort, allerdings reichlich verspätet, einen Nibelungenbrunnen mit zwei Fontänen errichtet, die einem aufgeschlagenen Buch entspringen und deren Wasserströme sich in der Mitte berühren.

Als wäre Kriemhild nicht längst mit allen Wassern gewaschen, wenn sie der Hunnenkönig in Tulln aus ihrem hohen rheinischen Sattel hebt, damit sie ihm endlich den ersten Kuss geben kann. Und sie lässt sich nicht lumpen. Schiebt ihre Haube zurück (ihr Gesicht ist aus Gold) und macht alle gleich, küsst die ganze Riege von oben nach unten: nicht nur den König und Dietrich von Bern, den größten Helden von allen (von dem die Wormser bis heute nicht wissen, dass selbst der Grüne Jäger ihm nichts anhaben konnte), sondern auch Blödelin, den traurigen kleinen Bruder des Königs.

Müßig, hier all die anderen aufzuzählen, denn sicher ist nur: Es waren insgesamt zwölf, kann sein auch dreizehn, aber alle gleich gut, vom hohen Helden bis hinunter zum letzten Verräter. Lauter brave Apostel, die jetzt in Eintracht mit Würde nach Wien weiterreiten, wo zu Pfingsten Etzel mit Kriemhild Hochzeit und Beilager hält. Ein Fest, und an Aufwand nicht zu übertreffen: Es dauerte siebzehn Tage und Nächte, um das rheinische Publikum bei Laune zu halten. Aber erst als in Wien tatsächlich geheiratet wird, kommt bei den Abonnenten der ersten Reihe wieder etwas bessere Stimmung auf, eine leise Ahnung von ferner Verwandtschaft. Wien bleibt nun mal Wien: Walzer und Torten, süße Geschenke im Überfluss und lauter große katholische Gesten, flankiert von Reden, Masken, Tanz und Musik.

Bis in der Bütt zwischen Ungarn und Griechen plötzlich eine verborgene Luke aufspringt. Die Musik verstummt, die Donau beginnt überstürzt, frisches Eis auszubilden, die Bestecke beginnen wieder zu frösteln, die Gläser klirren, das Tischtuch gefriert, und die weichen welschen Servietten der Damen fallen zitternd zu Boden. Leises Murren in den vorderen Reihen und laute Buhrufe von den hinteren Rängen. Denn die Rheinländer erkennen den Verräter sofort.

Söldner und Überläufer in einer Person, hat sich die Goldene Dreizehn nach der Pause fast unbemerkt auf die andere Seite geschlagen, einmal mehr in Gestalt einer Hochzeitstorte, die so fett und dick ist, dass man ihr fehlendes Bein fast vergisst und versucht ist, sie zum nächsten Tanz aufzufordern. Alles, was die Königin mitgebracht hat, tischt sie jetzt auf und gibt es ganz und gar aus. Wenn ich der Buchhaltung trauen darf, haben sogar die Spielleute des Königs, Swämmel und Wärbel, tausend Mark oder mehr bekommen, um immer wieder von vorn denselben Walzer zu spielen.

Doch erst als sich die Goldene Dreizehn in der Mitte des Tisches tatsächlich anschneiden lässt, beginnt das rheinische Publikum wieder zu schunkeln. Ob es die Torte allerdings jemals verdaut hat, ist nicht überliefert, denn kurz nach ihrem Anschnitt fiel die ganze Gesellschaft wie vergiftet ins Bett, und was danach geschah, will ich lieber nicht wissen. Ich war, Gott sei Dank, nicht dabei, als meine Königin sich neben Etzel legte und König Etzel Kriemhild im Halbschlaf sein Reich versprach. Ich habe einfach das Licht ausgemacht.

Denn was jetzt kommt, will ich lieber nicht sehen. Ich will nicht dabei sein, wenn meine über alles geliebte Königin sich im Halbschlaf mit Etzel an ihre Rache verkauft, nur weil ich einfach nicht schnell genug war, mich rechtzeitig in ein Gedicht zu verwandeln und Rhein und Donau für immer zum Stillstand zu bringen. Ich will, dass Dunkelheit herrscht zwischen Decken und Kissen, damit die Königin endlich aus meinen Träumen verschwindet und für immer zu Staub und Asche zerfällt.

Aber die Königin hat meinen Wunsch nicht erhört. Bereits am achtzehnten Morgen stand sie samt König und Hofstaat unter Geläut wieder auf, ließ leere Töpfe und leere Betten zurück und schiffte sich nach Wieselburg ein. Die Schiffe wurden zusammengebunden, um zu verbinden, was nicht zusammengehört, und nicht das Glück zwischen Witwe und Witwer zu stören. Schließlich soll Etzel vor dem großen Gemetzel mit Kriemhild noch ein paar fröhliche Tage haben. Ob sie fröhlich waren, wissen wir nicht. Sicher ist nur, dass die Königin alles, was sie aus dem Rheinland mitgebracht hatte, in sieben Jahren mit beiden Händen an die Hunnen ausgab.

Flussfahrt mit Sängern

Nur Zwerg Zorn und ich sind dabei wieder mal leer ausgegangen. Denn von Bergbau und Liebe versteht die Traisenbank nichts, weil sie das erste Gebot nicht kennt: Schätze, nicht anders als Morgengaben, lassen sich grundsätzlich nur einmal heben, grundsätzlich stumm und nur beim Licht einer berufenen Bergmannslaterne. Sobald einer der Schatzsucher zu sprechen beginnt oder beim Nachgraben die falsche Laterne schwenkt, verwandelt sich der Schatz in Asche und Staub und kann vom Finder nicht mehr gehoben werden. Von Kleinanlegern und Endverbrauchern gar nicht zu reden.

Aber Banken sind schließlich nicht dazu da, Schätze und Torten zu hüten, sondern um sie abwechselnd zu heben und zu versenken. Nur Zwerg Zorn fühlt sich über jeden Zweifel erhaben, weil er immer noch an den historischen Klassenkampf glaubt, während Swämmel und Wärbel am Geschäftsmodell fahrender Sänger festhalten, an ihrem singenden, klingenden Briefträgeramt zwischen Osten und Westen, das jeden Abend in ein anderes Bett fällt, um am Morgen danach immer wieder dasselbe Lied anzustimmen, jedes Mal an einem anderen Hof.

So sitzen wir da, in einem lecken Beiboot für vier: Siegfrieds gehäuteter Zorn zwischen zwei dienstbaren Sängern und einem Geliebten auf Abruf. Vier schlecht beleuchtete

Figuren ohne Identifikationspotenzial, ausschließlich damit beschäftigt, meerwärts zu treiben. Denn im Gegensatz zu Vater Rhein hat die Donau offenbar nicht die geringste Absicht, mit uns in ein Gespräch einzutreten, während es zunehmend dunkler und kälter wird. Doch obwohl wir weder Decken, Mützen noch Sprachen haben und schon seit Stunden nichts mehr zu essen und trinken, sind wir auf einmal sehr guter Laune, weil wir alle vier wissen, dass die entscheidende Nacht nicht hinter uns, sondern noch vor uns liegt.

Denn nicht die Hochzeitsnacht ist die entscheidende Nacht, sondern immer die Nacht nach der Hochzeitsnacht, in der sich die verprellten Liebhaber, Söldner und Sänger in ein Gespräch über jene Briefe vertiefen, über die man nur in Beibooten spricht: All diese schlecht versiegelten Briefe, die man von Nifelheim über die Niederlande erst nach Worms und von dort aus nach Passau trug, wo der Bischof sie vielleicht kurzfristig umschreiben ließ, bevor er sie über Tulln und Wien bis nach Budapest schickte, um dort endlich Nägel mit Köpfen zu machen.

Doch je länger ich Swämmel und Wärbel lausche, umso unruhiger und misstrauischer werde ich. Nicht weil ich den Boten, sondern weil ich den Briefen misstraue. Denn nicht der Bote ist untreu, sondern der, der ihn schickt, nicht der Heber des Schatzes ist der Verräter, sondern der Schatz, nicht der Bergmann, sondern seine falsche Laterne. Nicht Swämmel und Wärbel, sondern Siegfrieds Zorn, der sich kurz vor Budapest plötzlich entschlossen im Beiboot erhebt, um die folgende Rede zu halten:

Brüder und Schwestern! Glücksritter! Schürfer! Bergbau ist Glück und Unglück zugleich: Schnittstelle zwischen Freiheit und Bindung. Zwischen Hingabe und Verstand. Zwischen Dunkel und Licht. Zwischen Abgrund und Himmel. Zwischen Aufopferung und Verrat. Zwischen Wahl und Verwertung. Darum, Brüder und Schwestern, gilt es, endlich den wahren Feind auszumachen, der unsere Schätze seit Jahrhunderten daran zu hindern versucht, endlich ihre wahre Heimat zu finden und gegen jene zu behaupten, die sie ausbeuten wollen. Gegen alle, die sie auf Wanderschaft schicken, um sich verführen und verkaufen zu lassen. Brüder und Schwestern! Lasst euch nicht täuschen! Widersagt den Flüssen, die ohne Sinn für natürliche Grenzen von einem Land hinüber ins andere fließen und dabei ohne Not ihre Namen wechseln. Heute der Rhein, morgen die Ilz und übermorgen die blaue Donau. Brüder und Schwestern: Lasst euch nicht täuschen von der Bewegung der Wasser! Der Fluss geht, der Berg widersteht! Der Fluss murmelt verführerisch von Quelle und Mündung und verwechselt dabei beständig Herkunft und Ziel. Die Berge dagegen sprechen die Wahrheit, indem sie von Abgrund und Gipfel reden. Hört auf die letzte vertikale Laterne, die den Himmel bis hinunter in die Grube beleuchtet. Und vergesst dabei nie: Ein Bergmann ohne Licht ist ein armer Wicht!

Zwerg Zorn hat sich im Beiboot in Hitze geredet, aber weder mir noch den Sängern ist dabei wärmer geworden, denn wir sind weder Fährmann noch Bergmann noch Mannschaft noch Truppe. Keine reitenden Hunnen, sondern reisende Sänger, abwechselnd zwischen Aufstieg und Abstieg immer auf eigene Faust unterwegs. Wir sind schlicht und einfach übrig geblieben, wir fahren in einem ewigen Halbschlaf dahin, auf einem Fluss, der alles, was man über den Wassern behauptet, in die gedämpften Farben der Dämmerung hüllt.

Kann natürlich auch sein, dass ich mal wieder nicht richtig zugehört habe, auch wenn ich mich schäme, das zuzugeben: Unter der Rede von Siegfrieds alterndem Zorn bin ich eben tatsächlich kurz eingeschlafen; genau wie Swämmel und Wärbel, weil weder Liebende noch Sänger Sinn für Klassenkampf haben. Sie singen einfach nach Gusto, nach Lust und aus Laune und manchmal einfach aus schierer Not, weshalb sie in der Regel immer den Falschen preisen, mal diesen, mal jenen, ganz danach, wer sie dafür besser bezahlt.

Und liegen danach, ihre Arme um Posaunen, Flöten und Bratschen geschlungen, in einem Beiboot ohne Sinn und Bestimmung, bevor sie sich am Morgen danach, den Schlaf aus den Augen reiben und dabei erstaunt feststellen müssen, dass die Nacht sie zu Hunnen gemacht hat, und wie glücklich sie sind, nach der langen und schrecklichen Fahrt schlicht und einfach noch immer am Leben zu sein, um ein letztes Mal singen und klingen zu dürfen.

Kriemhild schreibt einen Brief

Liebe Brüder: Mir geht es gut. Und wie geht es Euch? Was macht unsere Mutter? Was macht meine liebe Schwägerin Brunhild? Und was macht Onkel Hagen? Wie geht es Rumolt, dem Küchenmeister? Ich lebe hier an den Ufern der Donau in einem Land voller heidnischer Reiter und Ritter, zwischen einem alternden König und einem jungen, fröhlichen Prinzen, der seit sieben Jahren auf den freundlichen

Namen Ortlieb hört. Ist es wirklich schon so lange her, dass ich Euch zum letzten Mal sah?

Ich denke alle Tage an Euch und vermisse Euch sehr. Jede Nacht seid Ihr in meinen Träumen, vor allem Du, mein geliebter Giselher, mit dem ich im Traum Hand in Hand an den Ufern des Rheins entlangspaziere und den ich immer wieder dasselbe frage: Haben wir damals nicht irgendwo hier mit leichter Hand den Schatz unserer Kindheit versenkt? Im Schlaf küsst Du mich auf Hände und Stirn, bevor Du langsam ins Knie gehst und sagst: Das haben nicht wir, das hat Onkel Hagen getan.

Doch das Gold unserer Kindheit ist nicht verloren gegangen, auch die Goldene Dreizehn ist noch im Spiel, obwohl man sie bei meiner Hochzeit in Wien entschlossen in zwei Hälften zerschnitt. Die erste Hälfte war schnell verdaut, der zweiten dagegen ist es gelungen, auf ihrem einzigen Bein den hungrigen Gästen in der Hochzeitsnacht von den Tellern zu springen und sich ihren Brüdern und Schwestern anzuschließen.

Ich sehe in meinen Träumen genau, wie die Schätze Nacht für Nacht weiterwandern, vom Rhein in die Ilz und von der Ilz in die Donau. Denn sie haben ihre Pläne und die Richtung geändert – sie meiden das Land ihres toten Herrn, sie sehnen sich nicht mehr nach Nifelheim, sondern nach ihrer einzigen einstigen Herrin; sie haben sich für den Weg nach Osten entschieden, gegen die Nordsee und für das Schwarze Meer.

Verzeiht, dass ich abschweife, liebe Brüder, doch jetzt zu den Fakten: Mein König Etzel und ich laden Euch und den Onkel herzlich ein, den letzten Schatz an der Donau gemeinsam zu heben. Sobald Ihr einmal gelandet seid, wird man Euch an ihren Ufern freundlich empfangen. Lasst uns ein letztes Mal gemeinsam die Netze auswerfen und danach reich beladen mit Beute an Etzels runden goldenen Tischen sitzen. Lasst uns in Eintracht essen und trinken und uns die alten Geschichten erzählen. Wir werden wieder die Kinder von früher sein, Falken, Bären und Jäger in einer Person. Nichts und niemand soll zwischen uns Zwietracht säen. Die Burgunder werden wie Hunnen sein und die Hunnen wie die Burgunder. Unschlagbar wie die Nibelungen.

Also erhört meine Bitte und zögert nicht, meiner Einladung ohne Umstand zu folgen. Mein Herz war nie eine Mördergrube und ist einzig von der Sehnsucht erfüllt, Euch für ein paar Tage endlich wieder bei mir zu haben. Denn meinem glücklich gefügten Schicksal zum Trotz befällt mich hin und wieder doch leises Heimweh, und im Schlaf vergieße ich manchmal heimliche Tränen. Denn drei Brüder wiegt das Gold eines Königs nicht auf, und ohne Verwandtschaft ist man im Osten ein Nichts, weshalb man mich hier, bei aller ehrlichen Ehrfurcht, bis heute *die fremde Königin* nennt. Es ist sogar möglich, dass diese braven, hitzigen Hunnen bis heute glauben, ihre Königin hätte gar keine Verwandtschaft und das Rheinland sei nichts als reine Erfindung.

Um solchen Missverständnissen vorzubeugen, wäre meinem König und mir Euer Besuch mehr als herzlich willkommen. Service included: freie Kost und Logis, jeden Morgen ein Frühstück nach Wunsch, jeden Abend frisch bezogene Betten. Dazwischen Angelausflüge, Bärenjagden und Vogelschuss, lauter herrliche Spiele in Grün. Der Tisch des Königs ist für Euch schon seit Jahren gedeckt, weshalb ich es kaum erwarten kann, Euch an unserer Tafel begrüßen zu dürfen. Lasst Eure Kellnerkostüme zu Hause, zieht Eure besten Kleider an, versammelt die besten Männer um Euch, küsst Eure Frauen und Königin Brunhild und lasst mich, meinen König und Euren gekrönten Neffen lieber heute als morgen wissen, ob und wann Ihr uns endlich aufsuchen werdet. Zögert nicht mit der Antwort, denn wer zögert, verliert. Kostbare Zeit rinnt uns durch die Finger wie der wandernde Schatz, den wir nur gemeinsam einholen können.

Gedacht, bedacht und niedergeschrieben, vom König gegengelesen, mit schwesterlichen Grüßen versehen und vor Zeugen feierlich unterzeichnet, wird der Brief ausgehändigt an die bewährten Spielleute Swämmel und Wärbel. Wie immer zusammen mit Gold und Gewändern und mit dem ausdrücklichen Auftrag der Königin, am Hof von Worms mit dem Gesang der fliegenden Boten für möglichst gute Stimmung zu sorgen.

Rumolt rät ab

So fliegen die singenden, klingenden Boten von Osten nach Westen, von der Donau zurück an den rheinischen Hof, wo der Brief empfangen, gedreht und gewendet wird und immer wieder von vorne gelesen. Erst von Gunther, dann von Gernot, dann von Giselher, der beim Lesen sofort in Tränen ausbricht. Denn beim Lesen des Briefes kehrt plötzlich alles zurück, was seit dreizehn Jahren (plus sieben) am Hof zu Worms nur scheinbar begraben lag: der versenkte Schatz und die wilde Jagd, das Kreuz auf dem Hemd des verdursteten Jägers, der tote Falke auf der Schulter der Witwe, der Rosenkranz und ihr schwarzes Gewand auf den Stufen zum Dom.

Während Wärbel und Swämmel ihr Bestes tun, um ihren Auftritt so fröhlich wie dringlich zu machen, und Giselher bereits seine Koffer packt, geht der Brief weiter, von Hand zu Hand: Hagen liest ihn, und Dankwart liest ihn und natürlich auch Rumolt, der Küchenmeister. Vielleicht haben ihn auch Ute und Brunhild gelesen. Aber was sagt der Brief wirklich, und was weiß sein Bote?

Briefe schreiben ist eins, sie überbringen ein Zweites, sie lesen ein Drittes. Kann es also nicht sein, dass zwischen Budapest und Wien oder zwischen Pöchlarn und Passau Swämmel und Wärbel genau diesen Brief nach ein, zwei Gläsern zu viel vor seiner Zeit geöffnet haben und spätestens nach dem dritten Glas das dringende Bedürfnis verspürten, ihn hier und da etwas umzuschreiben, um dem Schicksal eine andere Wendung zu geben?

Liebe Schwestern und Brüder: Genau das haben sie garantiert nicht getan. Denn sicher ist nur, dass nicht die Sänger von morgen das Schicksal der Welt bestimmen, sondern wie immer die alte Verwandtschaft, die Mütter, Tanten, Brüder und Onkel, nach denen sich Kriemhild angeblich so sehnt und verzehrt. Inzwischen hat Gunther den Brief mindestens zweimal gelesen und mindestens dreimal mit seinen Brüdern geteilt, aber herausgekommen ist dabei nichts. Denn das dreifache G hat bis heute nicht richtig lesen gelernt, von der Kunst der Auslegung ganz zu schweigen.

Sicher ist auch, dass Frau Kettelhut auf der Wormser Bühne wie jeden Morgen den Frühstückstisch deckt. Als hätte es nie einen Mord gegeben, glaubt sie immer noch an den Kompromiss, an den herzhaften Handschlag zwischen zwei Schätzen, an einen freundlichen Ausgleich im Land Nebenan und an einen fröhlichen Ausflug in ein Wirtshaus *Zum fröhlichen Speer* oder *Zum letzten Becher*. Denn die rheinischen Zuschauer haben sich längst in Swämmel und Wärbel verliebt.

Da stehen sie, am Rand der rheinischen Bühne, um ihr Publikum kurz vor dem Abgrund ein letztes Mal zu umarmen, mit Fiedeln, Posaunen und kleinen Trommeln, bis es endlich verlässlich zu weinen beginnt und dem Hofstaat laut schluchzend, weinend und klatschend eine GUTE REISE gen Osten wünscht. Allerdings sehe ich durch mein Fernglas genau, wie sie ihre Banner abwechselnd heben und senken; weil keiner von ihnen der Reise traut, weil nicht ein Einziger von ihnen mitreiten würde, weil es keine Reiserücktrittsversicherung gibt und keine Garantie, jemals lebend zurückzukehren.

Sie wissen es nicht, sie ahnen es nur, doch wie immer wandert die Ahnung dem Wissen voraus und schlägt sich ihre eigene Schneise: Bleibe im Lande und nähre dich redlich, geh niemals vom richtigen Wege ab, spiel nicht das Kind mit der roten Kappe, werde endlich erwachsen: Tanz mit dem Spielmann, aber hüte dich davor, ihm die Hand zu geben. Und solltest du trotzdem in Versuchung geraten, hör auf die Träume der Frauen und auf das, was der Hofmeister sagt.

Denn während Swämmel und Wärbel die Wormser Laien inzwischen wieder zum Schunkeln bringen, zählt Rumolt in der Küche die Teller und macht sich seinen eigenen Reim auf die Sache, weil der Küchenmeister der Einzige ist, der sich mit dem Gang und Gesang der Geschichte auskennt. Hausmeister und Suppe in einer Person und die verlässlichste Figur in der ganzen Geschichte: nicht zu ermüden, nicht zu betrügen, lässt sich nicht täuschen, zu nichts überreden, ist nicht zu bestechen, unmöglich zu rühren. Denn Rumolt rührt seine Suppe selbst, die keinen Schlaf, keinen Traum, keine Könige kennt, sondern nur tausend hungrige Esser.

Tausend verwöhnte hungrige Esser, die der rheinische Koch nicht über den Fluss schicken will, weil er sehr genau weiß, wie anfällig sie für Verheißungen sind und wie brüchig das Floß, das nach drüben führt. Doch die Sehnsucht nach Glück durch Unglück ist stärker: Weder Rumolt noch Hagen werden die drei Könige davon abhalten können, auf der Bühne von Worms ihre Koffer zu packen und von Passau über Wien weiter nach Osten zu reiten. Denn es sind nicht sie, sondern ihr schlechtes Gewissen, das in dieser schlechten Geschichte die Krone trägt und sie zwingt, sich auf den Weg zu ihrer verkauften Schwester zu machen.

Das weiß Hagen genau, und der Küchenmeister weiß es erst recht. Was ihn nicht daran hindert, ein letztes Mal seine Stimme zu erheben: Bleibt hier und lasst eure Schwester bei Etzel. Gebt euch ans Leben und nicht an den Untergang hin. Angenehmer als hier könnt ihr nirgendwo leben, in schönen Kleidern vor euren Feinden geborgen. Trinkt den rheinischen Wein und liebt eure rheinischen Frauen, anstatt töricht euer Leben aufs Spiel zu setzen. Ihr Herren, bleibt hier! Das ist Rumolts Rat.

Wie Hagen mit seinen Träumen verkehrt und sich die Burgunder in die Nibelungen verwandeln

Raten ist eins, Handeln ein Zweites, die Erzählung ein Drittes. Und wie die Geschichte uns lehrt, gewinnt die Erzählung fast immer. Weshalb sich die Könige selbstverständlich nicht aufhalten ließen, obwohl sich der Widersacher auf die Seite des Suppenkochs schlug. Wenn Siegfrieds Mörder ein Angsthase ist, dann soll er eben zu Hause bleiben, sagte Gernot und lachte. Worauf Hagen sagte: Ihr seid in die falsche Schule gegangen. Nur wer zuletzt lacht, lacht auch am besten. Ich werde weder als Mörder noch Hase den Teufel tun, in der Wormser Küche sitzen zu bleiben, und gehe ein letztes Mal mit auf die Jagd.

Doch hört genau hin, was ich euch sage: Kriemhild ist und bleibt eine Schwätzerin und ihr Herz eine Mördergrube, und wer anderen eine Grube gräbt, fällt selbst hinein. Also bietet die Besten der Besten auf, dann können uns Kriemhilds Pläne und Briefe nichts schaden. Allerdings müsst ihr wissen: Sie werden ihre freundlichen Grüße zu Schwertern umschmieden, den Wein in Etzels Krügen in Blut verwandeln und unseren fröhlichen Ausflug in einen Feldzug. Und das alles zu Recht und Unrecht zugleich: Denn nichts ist so schrecklich und ungerecht wie ein Wort, das sich aufschwingt, zur Tat zu werden.

Da ging Gernot ins Knie und wurde blass. Aber weil er nur der mittlere Bruder war, der in der Geschichte bekanntlich fast immer leer ausgeht, rollte er bloß seine Netze zusammen, packte sie neben Angel und Köder und legte obenauf sein gebügeltes Kellnerkostüm, um sich unter Frau Kettelhuts Nebelmaschine und der Führung von Hagen mit Gunther und Giselher auf den Weg an die Donau zu machen.

Am Morgen der Abreise sagte die Mutter der verkauften Königin zu ihren drei Söhnen: Was fliegt, das muss fliegen. Doch hört, was ich euch sage: In meiner großen Angst habe ich heute Nacht geträumt, dass alle Vögel tot wären. Da wurde Gernot zum zweiten Mal blass. Aber Hagen sagte: Wer sich an Träume kehrt, hat keine Ehre. Träume sind Schäume, von denen sich nur Kinder und Frauen ernähren. Lasst uns fliegen und ziehen, verehrte Königin, um eure Träume mit Freuden Lügen zu strafen. Doch das sagte er nur, weil er selbst nicht wusste, wie man mit seinen Träumen verkehrt.

Denn in der Nacht vor seiner letzten Reise hatte der schlaflose Widersacher selbst einen Traum, den er allerdings lieber für sich behielt, weil er darin zum ersten Mal baden ging. Stattdessen rief er im Auftrag der Könige tausend Ritter und neuntausend Knechte zusammen, summa summarum an die zehntausend Mann, die jetzt samt Pferden und Waffen, Proviant und Gewändern hinüber ans andere Rheinufer müssen.

Ich sehe durch mein Fernglas genau, wie es zwischen Kettenpanzern und Kofferträgern, weinenden Frauen und Würstchenverkäufern auf dem Wormser Domplatz zunehmend eng wird, weshalb Frau Kettelhut zum altbewährten Bühnentrick der Mauerschau greift. Die Bühne ist plötzlich gähnend leer. Einzig Rumolt ist übrig geblieben. Mit einer riesigen Flüstertüte bewaffnet, besteigt er den oberen Rand der Kulisse, Voyeur und Bote in einer Person, um uns, verlässlich darüber Auskunft zu geben, was jenseits des Rheins zu sehen ist:

Prächtig beladene Schiffe und zehntausend Männer, die, weithin ausgespannt über das Gras, in riesigen Zelten lagern und unter den Klängen von Posaunen und Flöten dem Rhein ihren letzten Abschied geben. Es drehen sich Braten an riesigen Spießen, und der rheinische Wein fließt in Strömen, während König Gunther ein letztes Mal mit seiner Königin schläft, die es sich in dieser Nacht nicht hat nehmen lassen, an der Seite ihres falschen Königs zu sein, um ihn vor schlechten Träumen zu schützen. Seht sie, da liegt sie, ohne Gürtel und Schwert, Deutschlands gezähmteste Superwitwe, und umarmt ein letztes Mal den großen Verlierer.

Flankiert vom Chor aus Worms-Pfiffligheim, der sich von seiner großen Mission nicht trennen kann und ein letztes Mal die Bühne betritt, um zum Abschied noch einmal sein Bestes zu geben. Von Kopf bis Fuß bärtig, zur Ehre der Königin mit Harpunen bewaffnet und in isländische Kostüme gehüllt, intoniert er das Lied der alten Kaperfahrtfahrer, das sich unter dem Klatschen und Schunkeln des Publikums in ein Karnevalslied von der Donau verwandelt, und das geht so:

Einst ging ich am Ufer der Donau entlang, und ein schlafendes Mädchen am Ufer ich fand. Alle: Oholalala. Sie hatte die Beine weit von sich gestreckt, ihr schneeweißer Busen war halb nur bedeckt. Alle: Oholalala. Also machte ich mich über die Schlafende her, und sie hörte die rauschende Donau nicht mehr. Erneutes Klatschen und Schunkeln. Und ein letztes gemeinsames OHOLALALA! Denn die Burgunder sind auf dem besten Weg, endlich zu Hunnen zu werden, und die Hunnen Burgunder, summa summarum: die Nibelungen.

Was Wunder, dass Rumolt abraten wollte, während er uns durch seine Flüstertüte verrät, dass sich Onkel Hagen in den Kulissen gerade Siegfrieds Schwert in den linken Stiefel gesteckt hat, um seiner Nichte damit demnächst den Kopf abzuschlagen. Doch bereits unterwegs ist höchste Vorsicht geboten, denn am Heck des letzten Schiffes ist eben von links, mit einer Rose zwischen den Zähnen und mit nichts als einer Angel bewaffnet, der Laie aus Worms zugestiegen, den außer mir vermutlich niemand bemerkt hat.

Wie Hagen am anderen Rheinufer mit dem Laien aus Worms am Feuer sitzt

Denn in ihrer letzten Nacht am Ufer des Rheins betranken sich ausnahmslos alle, vom König bis hinunter zum letzten Vasallen. Nur der Laie und der Widersacher tranken keinen einzigen Tropfen. Denn der Tod trinkt nur in seltenen Ausnahmefällen, und Hagen ist nicht nach Feiern zumute. Da sitzt er, ohne Laune und Lust, ohne Durst und ohne Bestimmung; ein alternder Junggeselle ohne eigene Jugend, quer auf den Knien Siegfrieds grünes Schwert und den Blick auf das Zentrum des Feuers gerichtet.

Doch im Licht des Feuers sieht Hagen anders aus. Nicht dass er sich etwa verändert hätte, er ist ganz der Alte. Nur sein Haar ist nach der Pause noch etwas dünner geworden und seine Stirn etwas höher. Die erhabene Stirn eines alterslosen Bestatters mit sehr viel Erfahrung, der seine Lehrjahre als Geisel am Hof von König Etzel verbracht hat und sehr genau weiß, was auf ihn zukommt, weil neben ihm noch ein anderer sitzt, der ihm, ohne dabei den Mund aufzumachen, ein paar unangenehme Fragen stellt: Hast du jemals gelebt? Hast du jemals geliebt? Hast du jemals aus Treue dein Tanzbein geschwungen? Und dabei den kleinsten Teil eines Schatzes gehoben?

Ich sehe genau, wie Hagen lauscht, wie er jetzt lauschend langsam den Kopf hebt und wie sich die altbekannte Falte in seinem Gesicht im Schein des Feuers wieder zu kräuseln beginnt; wie ein lebendiges Wesen läuft sie durch sein Gesicht und wechselt die Seiten, vom Rhein an die Donau. Als hätte sie erst eben beschlossen, nicht länger Dienstmann zu sein, sondern endlich ihr eigener Herr. Vermutlich nichts als eine Idee der Regie, ein launisches Spiel von Schatten und Licht.

Denn am Morgen danach ist die Falte wieder verschwunden, der Tod hat sich am Heck kurzfristig schlafen gelegt, und Hagen führt seine Truppen an, mit seinem Bruder Dankwart als Marschall. So ritten sie auf den Main zu, stromauf durch Ostfranken. Und wer am zwölften Tag nach dem großen Besäufnis am Rhein immer noch schwankte und wankte, dem wurde sein müdes Gesicht nach rheinischer Art auf Treue geprüft und in der Donau gewaschen. Weil sich erst an der Donau entscheidet, wer schwimmen kann und wer untergeht, denn erst gestern sind wieder zwei Sänger ertrunken.

Empörtes Murmeln auf den hinteren Rängen. Was die Nibelungen nicht anfechten kann, schließlich haben sie sich auf den Weg gemacht, um sich ganz der Gefahr hinzugeben. Nur ihre Pferde sind unruhig, weil sie keinen Sinn für

Flussreisen haben, sie fürchten den Abgrund unter den Hufen, und ihre Furcht ist berechtigt. Nervös, eng aneinandergeschmiegt, so stehen sie jetzt da, unter der Last ihres alten rheinischen Zaumzeugs, während Hagen nach einer passenden Furt sucht. Denn das Wasser der Donau ist inzwischen weit über die Ufer getreten, und die Strömung ist stark. Doch was vermag die Strömung gegen den Willen des Widersachers, überall eine Furt zu finden, selbst auf die Gefahr hin, selbst dabei baden zu gehen.

Hagen geht baden

Fährmann, bring uns ins Hunnenland! Nur wer kann ernsthaft nach Budapest wollen? Sie müssen ja wollen, weil Gunther es will, denn Gunther ist König, und sein Wunsch ist Befehl. Selbst wenn man dem König ein Opernglas gäbe, ihm Hagens Weitsicht und Rumolts Leiter liehe, damit der König schon aus der Ferne sieht, dass der Fluss viel zu breit ist und was in der Ferne auf ihn zukommen könnte, wäre von Umkehr gar keine Rede. Denn der Anblick der schäumenden Donau lässt das Blut in seinen Adern nur schneller fließen und lauter rauschen.

Seht ihn, da steht er, am Ufer der Donau, der unbelehrbarste König der deutschen Geschichte, der seine Schlüsselgewalt an seinen Küchenmeister abgeben musste, weil er dreizehn Jahre (plus sieben) danach immer noch viel zu viel Phantasie hat und sich, seiner trüben Vorgeschichte zum Trotz, nach wie vor für unsterblich hält und jedes Jahr auf der Wormser Bühne von vorn daran glaubt, den Schatz seiner Kindheit bei Tanz und Gesang an einem runden Tisch auf der anderen Seite zu heben.

Denn die Bühne hat sich inzwischen wieder gedreht. Und während Rumolt von seiner Leiter steigt, weil die Geister der ertrunkenen Sänger längst die weiße Fahne ihrer Ergebung schwenken, bindet Hagen sein Pferd an den nächstbesten Baum, formt seine Heldenhände zum Trichter und ruft laut und vernehmlich: Fährmann, hol über! Und das Publikum ruft wie ein Mann zurück: Wie leid uns auch immer das Leben ist – wir wollen es nicht in den Fluten der Donau ertränken. Dass wir sterben müssen, versteht sich von selbst, doch bevor wir wirklich zu sterben bereit sind, wirst du noch weit mehr als nur einen Kopf abschlagen müssen! (Dafür haben sie schließlich bezahlt.)

Allerdings hat der Widersacher nicht mit den Damen gerechnet, jedenfalls wenn wir dem Original folgen wollen. Denn auf seiner Suche nach Fährmann und Floß trifft Hagen plötzlich auf eine liebliche Quelle und an der Quelle auf drei sehr nackte Frauen. Die einen nennen sie Flussfeen oder Meerfeen, die anderen Nixen und Wasservögel, wieder andere haben aus ihnen eine große deutsche Oper gemacht, eine immerwährende Nebelmaschine, die uns bis heute ihre wahre Gestalt verhüllt und in der auch Zwerg Zorn eine gewisse Rolle spielt, allerdings unter falschem Namen.

Einzig Frau Kettelhut ist zu verdanken, dass ihr Geheimnis an diesem Abend gelüftet wird: Die liebliche Quelle ist reine Erfindung. Statt der drei Feen sitzen vorne am Bühnenrand, unter drei billigen Kellnerschürzen, drei praktische Frauen, die Hagen offensichtlich beim Waschen ihrer schmutzigen Wäsche stört und von denen keine Hadeburc oder Sigelint heißt. Wie sie wirklich heißen, wissen wir nicht. Und nackt sind sie auch nicht.

Sicher ist nur, dass sie nicht ihre eigenen Kleider, sondern die aus den vorderen Reihen waschen und beim Waschen keine Sekunde lang daran denken, ein fröhliches Waschfrauenlied anzustimmen und unter Begleitung des Chors aus Worms-Pfiffligheim von einem Mädchen an der Donau zu singen, das, seine Beine weit von sich gestreckt, seinen schneeweißen Busen nur halb bedeckt. Denn sie haben zu tun und nicht die geringste Lust, mit fremden Rittern baden zu gehen und sich ihre Schürzen stehlen zu lassen. Und für Wahrsagerei haben sie auch keine Zeit.

Enttäuschtes Murmeln auf sämtlichen Rängen. Doch wer einen Abend am Feuer mit seinem Tod verbracht hat und in wessen linkem Stiefel ein grünes Schwert steckt, weiß genau, dass die Frauen es besser wissen. Denn eine Frau glaubt nichts, aber ein Mann glaubt alles, sobald er ans andere Ufer will. Und weil die drei Frauen Hagens wandernde Falte irgendwie mochten und weil er ihnen eine Pause von ihrer Arbeit versprach, beschlossen sie, ihm gründlich die Karten zu legen.

Allerdings sind ihre Karten verdeckt, denn von *Bataille Royale* halten Waschfrauen wenig. Aber wer Ohren hat, hört natürlich genau, wohin die Reise von Hagen geht, denn die drei Rätsel der drei Waschfrauen mit den sechs rissigen Händen sind alles andere als ein süßer Gesang und im Übrigen ziemlich leicht zu lösen: Wer ist so dumm und kehrt niemals um? Wer ist so heiter und reitet weiter? Wer schlägt die Bresche und legt seinen Kopf in die Wäsche?

Und weil Hagen mit seiner Antwort zögert, fügt die dritte

Waschfrau freundlich hinzu: Wer zögert, verliert! Und die zweite: Wer schwimmen kann, kommt nur langsamer um. Und die erste: Du gehst in den sicheren Untergang, denn gerettet wird nur, wer weder kämpfen noch schwimmen kann, nur der letzte Kaplan des rheinischen Königs, der noch bis gestern die Hunnen bekehren wollte. In Kürze wirst du ihn in die Donau werfen, doch am Ende wird er der Einzige sein, der nach Burgund zurückkehren darf, um am Wormser Hof das letzte Rätsel zu lösen.

Da gerät der Widersacher in Zorn: Eure missgünstigen Halslöserätsel betreffen mich nicht, ruft Hagen, weder habe ich schmutzige Wäsche zu waschen noch vor, demnächst mit euch baden zu gehen. Zeigt mir den Weg ans andere Ufer und wie man tausend Männer und neuntausend Knechte zum Preis einer kleinen goldenen Rute ohne Not über den Fluss bringen kann. Und teilt euch die goldene Rute durch drei, sobald ihr mir verraten habt, wo der Fährmann sein Floß versteckt hat, damit ich endlich nach drüben komme.

Ich sehe genau, wie die Waschfrauen zögern und dass sie auf seinen Trick nicht hereinfallen werden, denn sie haben schon auf den ersten Blick erkannt, dass Hagen die Rute gar nicht besitzt. Also lässt er die Wäsche samt Waschfrauen liegen und geht in großen Schritten weiter am Ufer entlang, um von Mann zu Mann laut und vernehmlich immer wieder von vorne zu rufen: Fährmann, hol über! Und vergiss nicht, dass es Hagen ist, der dich hier ruft: Geisel und Gefolgsmann in einer Person, der im Land Nebenan demnächst reichlich zu tun haben wird.

Wie der angelnde Fährmann nicht seinen Kopf, sondern bloss sein Leben verliert

Da ruft, dass der ganze Strom widerhallt, denn seine Kraft ist gewaltig, der Fährmann vom anderen Ufer zurück: Wer bist du, dass du es wagst, mich beim Angeln an der Donau zu stören und meine freundlichen Fische in Aufruhr zu bringen? Fremde sind mir hier nicht erwünscht! Deine Dringlichkeiten und Schätze interessieren mich nicht! Hast du jemals darüber nachgedacht, was es bedeutet, den Feierabend eines Mannes zu stören, dessen rissige Hände nach Ruhe verlangen? Was gehen mich deine zehntausend Mann an und das Schwert deines verflossenen Helden? Seit Jahren führe ich nur noch Männer über, die beschlossen haben, sich zur Ruhe zu setzen und das Schwert endlich gegen die Angel zu tauschen.

Und Hagen ruft über den Strom zurück: Fährmann, mit Rentnern verkehre ich nicht, von Angeln kann keine Rede sein. Nur müde Männer tragen die Angel im Wappen. Solltest du aber beschlossen haben, es dir hier vor deiner Zeit gemütlich zu machen, musst du Folgendes wissen: Ich bin kein Fremder, ich bin ein Verwandter und dir näher, als dir vermutlich lieb ist. Mein Altenteil liegt am anderen Ufer, am Hof von Etzel, und weder Aufwand noch Mühe werde ich scheuen, um nach drüben zu kommen und meine letzte Mission zu erfüllen. Ich habe sämtliche Meere der Welt bereist und kenne den Unterschied zwischen Zucker und Salz.

Doch deine Rede ist weder salzig noch süß, sondern brackig. Ein Geschwätz alter Weiber über windigen Wellen. Zeig mir also endlich die Furt, in der man so dicke Fische fängt, dass du glaubst, ohne meine Belohnung davonzukommen! Gib mir das letzte Geleit, dann geb ich dir meins. Und danach schleich dich nach Haus zu deinen drei Frauen, die dir an ihrer lieblichen Quelle die Wäsche waschen.

Aber der Widersacher hat nicht mit seinem Gegner gerechnet: Und da kommt er, der beste und freundlichste und unbestechlichste Fährmann von allen, und greift, am letzten Zipfel seiner Ehre erwischt, beherzt nach seinem Ruder und rudert die Fähre ans andere Ufer hinüber. Denn er ist kein Rentner, sondern jung, gesund (verheiratet ist er übrigens auch) und der einzige Mann in der ganzen Geschichte, der weiß, wie man zehntausend Mann übersetzt, ohne dass auch nur einer dabei zu Schaden kommt. Doch wenn es ums Große und Ganze geht, sind Experten bekanntlich nicht mehr gefragt.

Weil du kein Ritter bist, sondern ein angelnder Feigling und meinen Lohn nicht annehmen willst, sagt Hagen, werde ich dir jetzt einfach den Kopf abschlagen. Springt auf die Fähre und streckt seinen Arm aus. Da hebt der zornige Fährmann sein mächtiges Ruder und zieht es Hagen über den Kopf. Der Widersacher gerät auf der Fähre ins Straucheln, und die Abonnenten und Waschfrauen zucken heftig zusammen, als die Ruderstange auf Hagens mächtigem Haupt zerbricht. Denn der Fährmann angelt nur feierabends und ist ansonsten ein sehr starker Mann. Das allerdings wird ihm übel bekommen, denn Hagen zögert keine Sekunde, das grüne Schwert aus dem linken Stiefel zu ziehen.

Das rheinische Publikum scharrt bereits mit den Füßen und ruft unisono im Chor: Nach drüben! Nach drüben!

Schlag ihm endlich den Kopf ab! Doch da bleibt Hagens Arm, wie erfroren, plötzlich bewegungslos in der Luft über der Donau stehen. Schließlich ist der Widersacher kein Offizier zweiter Klasse, sondern ein Mann seines Königs, der sehr genau weiß, dass es vermutlich viel klüger wäre, den Fährmann einfach als Geisel zu nehmen, um ihn am Hof von König Etzel bei Tanz und Gesang an einem runden Tisch in aller Ruhe zu mästen und erst eines weitaus schöneren Tages vor einem weit größeren Publikum festlich zu schlachten.

Kann aber auch sein, er ist einfach müde geworden, weil er nach dreizehn Jahren auf der Bühne von Worms im Begriff ist, allmählich die Lust zu verlieren, jedes Jahr einem anderen Fährmann den Kopf abzuschlagen. Genauso gut möglich ist aber auch, dass er einfach den wunden Punkt nicht mehr findet, die sogenannte richtige Stelle am Hals, an der das Schwert zu seiner letzten Landung ansetzen könnte. Ebenso möglich ist allerdings auch, dass der Fährmann ihn mit der Rede von seiner Angel verführt hat, mit der Idee von einem sanfteren Tod, von einem einfachen Fisch, der seit Jahren davon träumt, endlich geangelt zu werden: erst geangelt und dann freundlich vom Haken genommen, um danach bei Hof festlich geschuppt und gebraten zu werden, um seinen fröhlichen Essern eine letzte Freude zu machen.

So stehen sie jetzt da, Schwert gegen Ruder und Angel an Angel, der Fährmann und sein mächtiger Widersacher, beide mit einem Stein unter der Zunge, der schon seit Stunden kein frisches Wasser mehr führt; bis Hagen wieder leise zu lachen beginnt. Zwischen Heldennase und Kinn beginnt sich die alte Falte zu kräuseln und wechselt die Seiten zwischen Dienstmann und Herr. Bis sich die Falte entscheidet, gegen das Publikum und das grüne Schwert und für den nassen Tod durch Ertrinken.

Wie lange der Fährmann tatsächlich braucht, um wirklich unterzugehen, kann ich nicht sagen, denn was jetzt geschieht, will ich weder sehen noch wissen. Ich will nicht dabei sein, wenn es dem kräftigen Angler wie den Sängern ergeht. Also nehme ich entschlossen das Fernglas vom Hals, schließe die Augen, schiebe den Stein zurück unter die Zunge und lasse beide Ruder auf einmal fallen, um mir die Hände über die Ohren zu legen und mich einfach treiben zu lassen. Denn die Strömung ist inzwischen so stark geworden, dass mein Rudern sowieso vollkommen sinnlos wäre.

So treibe ich auf meinem lecken Beiboot dahin. Doch weil ich nicht sehen und hören will, muss ich jetzt fühlen, was schon seit Jahren dort draußen auf der Bühne geschieht. Als wäre ich selbst der Fisch an der Angel, schnappe ich immer wieder verzweifelt nach Luft, während die Wormser Damen in der ersten Reihe mit großer Andacht in einem flüsternden Chor von zehn immer weiter nach unten zählen und Hagen einfach nicht aufhören kann, sein so atemloses wie grausames Geschäft zu betreiben. Erst als er zum zehnten Mal FÄHRMANN, HOL ÜBER ruft, weiß ich, dass der Fährmann kein elftes Mal auftauchen wird.

Die einen nennen es Sport, die andern Theater. Schließlich hat er nicht seinen Kopf, sondern bloß seine Angel verloren.

Wie an der Donau auf Zuruf ein Wunder geschieht

So ist der Widersacher selbst zum Fährmann geworden. Schiebt seine Schuld auf die dreckige Donau, steckt sein unbenutztes Schwert zurück in den Stiefel und richtet sich zu voller Größe auf. Zerbricht die Angel, greift nach dem zerbrochenen Ruder und schmiedet aus den Resten ein neues. Treibt damit an. Gibt laute Befehle. Denn die Bühne hat sich inzwischen wieder gedreht und längst in ein schwankendes Floß verwandelt, um unter den Spruchbändern von Frau Kettelhut zehntausend Mann von Westen nach Osten zu schicken: ZÄHLT SIE NICHT, SONDERN WIEGT SIE MIT GOLD AUF, steht auf dem einen. Und auf dem zweiten: WER ZÖGERT, VERLIERT.

Allerdings taugen Spruchbänder über Wasser so wenig wie der windige Segen der Kirche; und noch weniger taugt der Kaplan des Königs, der auf dem Floß, seinem prachtvollen Gewand zum Trotz, keine besonders gute Figur abgibt. Anstatt eine handfeste Predigt zu halten und die reisenden Ritter auf Linie zu bringen, ist er vor allem damit beschäftigt, Hostien zu zählen und sein Kirchengerät auf Hochglanz zu bringen. Auf den ersten Blick ein sympathischer Mann, mit gutem Willen begabt, randvoll mit Verheißung und ernsten Gebeten. Doch in Wahrheit ängstlich und zögerlich, weil er vor der Abreise keine Zeit mehr gehabt hat, sich mit seinem Gott ins Benehmen zu setzen.

Und so steht er auch da, am hinteren Ende des Floßes, winkt in die rheinische Heimat hinüber und zeichnet Kreuze in die Luft über den schäumenden Wellen, um Gunther, Gernot und Giselher ihre letzte gemeinsame Messe zu lesen und jene Kraft und Zuversicht einzuflößen, die er selbst nicht hat. Als hätte er immer noch nicht begriffen, dass die letzte Messe gelesen ist. Und um die Probe aufs Exempel zu machen, nimmt Hagen die drei Waschfrauen entschlossen beim Wort, holt den Kaplan mitten aus seinem letzten Gebet, packt ihn beim Kragen und stößt ihn samt Hostien und Kirchengerät vom Rand des schwankenden Floßes, hinunter in den reißenden Fluss: Jetzt darfst du dort unten die Heiden bekehren!

Da wird Giselher zornig, und Gernot ruft: Wer rächt sich an dem, der kein eigenes Schwert trägt? Doch sein Ruf kommt nicht an gegen den Wind und die Wellen und den rasenden Applaus von den hinteren Rängen. Denn auch am katholischen Rhein sind noch ein paar Rechnungen offen: LASST IHN ERSAUFEN, DEN SÜNDENBOCK! Nur aus den Reihen ganz vorn, wo heute Abend, vermutlich mit einer Ehrenkarte, irgendein Vertreter des rheinischen Bischofs sitzt, ertönt plötzlich der verzweifelte Gegenruf: RETTET, RETTET, IHR HERRN!

Aber da ist nichts zu retten, da hilft nur noch beten. Doch anstatt zu beten, erhebt sich vollkommen unvermutet aus der Mitte des Publikums plötzlich ein einzelner Mann, und es wird totenstill auf sämtlichen Rängen, als er in seinem billigen Trainingsanzug und mit nichts als einer verblühenden Rose bewaffnet mit fast fliegenden Schritten das Floß erreicht und sich mannhaft in die Kulissen der Donau wirft. Denn nicht nur der Tod, sondern auch sein Gegenspieler, der Mann von der Lebensrettungsgesellschaft e. V. (Ortsteil Worms), ist bekanntlich ein Laie, der mit allen Mitteln versucht, jeden Kopf, der sich noch über Wasser hält, zurück ans rettende Ufer zu bringen, ganz egal, auf welcher Seite er steht.

Ich sehe durch mein Fernglas genau, wie sich der zertifizierte blau-weiße Lebensretter mit so kurzen wie kräftigen Zügen seinen Weg erst durch das Publikum und danach durch die schweren Wellen bahnt, um den Kaplan nach den sportlichen Regeln der Kunst zurück ans Ufer der Heimat zu bringen, das schwächste Glied in der ganzen Mannschaft. Vermutlich hat er nicht einmal den Jugendschwimmer, weil er seit Jahren damit beschäftigt ist, sich einfach irgendwie über Wasser zu halten. Doch der Retter kann den sinkenden Mann nicht erreichen, obwohl das freundlich winkende Publikum seine Fähnchen längst nach dem Wind gedreht hat und immer wieder von vorn ruft: RETTET, RETTET, IHR HERRN!

Aber die Strömung ist einfach zu stark. Obwohl der Lebensretter sein Bestes gibt, kann er den Kaplan nicht erreichen. Ich sehe genau, wie er zusehends abtreibt und, seinem guten Willen zum Trotz, inzwischen ausschließlich damit beschäftigt ist, sein eigenes Leben zu retten, bis er schließlich, wild winkend in den Kulissen verschwindet.

Doch während sich über dem katholischen Rhein der Himmel bereits mit Tränen füllt, ist an der Donau die Stimmung plötzlich wieder gestiegen, denn kaum ist der Lebensretter verschwunden, gewinnt der Kaplan wider Erwarten Oberwasser und verwandelt sich auf den schäumenden Wellen vom Opfer in einen Sieger. Der Mann, der bis eben noch verzweifelt gekämpft hat, hat sich plötzlich entschlossen, seine Hostien und sein Kirchengerät einfach loszulassen und sein Vertrauen den Wellen zu schenken. Und siehe: Sobald er sich ihnen ergeben hat, beginnen sie auf einmal, ihn wirklich zu tragen, der Nichtschwimmer schwimmt plötzlich wider Erwarten ganz oben.

Und so treibt er auf der Donau dahin, der letzte Kaplan seines verlorenen Königs, als wären sein Gewand und sein Glaube eine Glückspelerine, die sich in ein Schlauchboot verwandelt hat, das ihn sicher ans andere Ufer bringt. Vermutlich nichts als ein katholischer Trick der Regie. Möglich ist aber auch, dass nach all diesen Jahren des Hauens und Stechens am Rhein zum ersten Mal ein echtes Wunder geschieht, wenn der Kaplan ganz ohne Beistand und ohne Gebet, geschwommen ist, ohne nass zu werden. Während die, die auf dem Floß zurückbleiben müssen, spätestens jetzt begriffen haben, was der Unterschied zwischen Zufall und Schicksal ist und dass sie niemals zurückkehren werden.

Die Prophezeiung der drei Waschfrauen hat sich erfüllt: Nur wer nicht schwimmen kann, kann auch nicht untergehen. Der Kaplan schwimmt auf der Pelerine des Glücks. Sie zu tragen ist allerdings nicht jedem gegeben, weshalb die Damen jetzt ihre Schirme aufspannen, denn auch von oben hat es wieder zu regnen begonnen, und das Wasser strömt kräftig von allen Seiten zugleich.

Aber das spielt für das Stück keine Rolle mehr. Sicher ist nur, dass der Kaplan nicht versank, sondern das rückwärtsgewandte Ufer erreichte, von dort aus trockenen Fußes weiterging und zurück an den Hof von Worms gelangte, um dort zum ersten Boten des großen Unglücks zu werden, wo es ihm vermutlich wie allen Boten erging: Der Überbringer der schlechten Nachricht verliert als Erster den Kopf, selbst wenn die Kirche versucht, daraus ein Wunder zu machen.

Wie Hagen die Fähre in Stücke schlägt

Nur der Widersacher glaubt weder an Wunder noch Zufall. Und an Gebete schon gar nicht, denn sein Schicksal ist ihm so bekannt wie egal. Nachdem er die zehntausend Männer nach drüben gebracht hat, beschließt er, ein für alle Mal aufzuräumen: zieht das grüne Schwert aus dem linken Stiefel und zerschlägt mit drei bis vier kräftigen Hieben die gestohlene Fähre in Stücke, um eine Rückkehr für immer unmöglich zu machen.

Für die Zuschauer vor dem Dom ein herrliches Schauspiel, auch der Grüne Jäger hätte seine Freude daran. Doch die mit knapper Not entronnenen Ritter und Reiter, denen das Wasser noch aus den Rüstungen fließt wie aus den Satteltaschen ihrer verängstigten Pferde, sind alles andere als fröhliche Jäger. Der Anblick erfüllt sie mit Schrecken und Angst. Angst und Schrecken. Denn mit den Trümmern des zerschlagenen Floßes schwimmen die Felle ihrer Zukunft davon.

Hagen, was tust du?, ruft Dankwart, sein Bruder. Wie kannst du vergessen, dass wir hier nur auf Besuch sind, und schon jetzt davon träumen, eines besseren, schöneren Tages unbeschadet zurück auf die andere Seite zu kommen, um unseren Frauen und Kindern davon zu erzählen, dass wir damals keine Mörder, sondern bloß Gäste waren, die friedlich mit Etzel zu Tische saßen und deiner Nichte nichts als die letzte Ehre erwiesen? Warum verwandelst du unseren Ausflug in eine Schlacht und unseren Spaziergang in einen Untergang?

Allerdings weiß Hagen wie immer genau, was er tut. Steht mit Falte, Stiefel und Schwert bewehrt wie der Erzengel vor seinem Paradies, das sich für Sterbliche nie wieder öffnen wird, denn die Würfel für die Ewigkeit sind längst gefallen: Ist hier tatsächlich noch einer unter uns, der an die fröhliche Kaffeefahrt glaubt und die Reise an die Donau für eine Dampferfahrt hält, dann ist mein Bruder der Erste, der aussteigen sollte. Wer zögert, verliert! Und wer schwimmen kann, kommt noch langsamer um als der windige Fährmann an seiner Angel. Und wer nicht schwimmen kann, der folge seinem Kaplan und predige fortan seinen Frauen und Kindern! Ich trage das Schwert, nicht die Angel im Wappen, und ich habe euch lange genug ertragen; nicht nur dich, sondern auch meine drei Könige, die die Donau in Kellnerkostümen befahren und wie Waschweiber und Witwen immer noch an versunkene Schätze glauben. Für feige Brüder und Schatzsucher ist an meiner Seite kein Platz. Wer die Regeln des Spiels nicht kennt, der sitzt mit mir nicht mehr im selben Boot. Wollt ihr, dass Siegfrieds Zorn sich zum zweiten Mal häutet?

Hagens Falte hat sich in Hitze geredet und in meinem lecken Beiboot die Stimmung gehoben, denn ich bin schon seit Stunden damit beschäftigt, Siegfrieds unbelehrbaren Zorn und die Goldene Dreizehn in die Regeln von *Bataille Royale* einzuweisen. Doch nur Hagen weiß, wie man spielt; als lägen in seiner Hand nicht bloß Karten, sondern das Schicksal einer ganzen Nation. Aber, verdammt nochmal, Hagen, so viel muss doch klar sein, wir spielen bloß Karten, schließlich weißt du genauso gut wie ich, dass nur die höchste Karte gewinnt, weil es die Spielregel nun mal so will.

Während Dankwart schweigend die Bühne verlässt, beginnt der Widersacher plötzlich leise zu lachen, offenbar hat er meine Stimme wiedererkannt. Wir lauschen den leisen Schlägen der Ruder, die wir gemeinsam ins trübe Wasser der Donau tauchen, in ein Wasser, das dunkle Befehle erteilt und ungeteilten Gehorsam verlangt: die Hand an die Riemen, die Schmerzen vergessen, die schwieligen Finger, das taube Herz, den Kater von gestern, den steifen Hals und das klopfende Knie, weil ich Hagen sonst aus den Augen verlöre, den Einzigen, der mich am Leben erhält, weil er mir, dem Nichtschwimmer, alles zugleich ist: Schutz und Schirm gegen Wind und Wetter, der Einzige, der mir sagen kann, wohin ich tatsächlich unterwegs bin. Denn unsere Herzen schlagen im selben Takt, während er endlich wieder neben mir sitzt und noch freundlicher als im ersten Akt sagt: Junge, du machst dich!

Wie Volker von Alzey die Führung übernimmt

Ja, ich mache mich wirklich. Nur hat mein Herz nicht mit Volker von Alzey gerechnet, den Frau Kettelhut vermutlich vergessen hat, kann aber auch sein, er ist bloß zwischenzeitlich verstummt. Doch jetzt ist er da und steht, mit Schwert und Fiedel bewaffnet, unwiderruflich an der Seite von Hagen, der, nach seinem kurzen Ausflug in mein leckes Beiboot, die alles entscheidende Frage stellt: Wer wird uns jetzt führen?

Und der Spielmann gibt entschlossen zur Antwort: Ich will es tun, und ich tue es gern, denn wer, wenn nicht ich, kennt hier Weg und Steg! Schließlich habe ich das Lied mehr als einmal gesungen und kenne es besser als Swämmel und Wärbel. Denn ich und sonst niemand bin es gewesen, der, noch bevor der Falke aufgetaucht ist, Königin Kriemhild beigebracht hat, wie die ganze Geschichte ausgehen wird. Sollte jemand das Lied vergessen haben: Ich singe es gern immer wieder von vorn, von mir aus auch am Hof von König Etzel. Doch wie viele Köpfe wir unterwegs liegen lassen, kann ich weder singen noch sagen.

Wie Giselher auf tödliche Brautschau geht

Denn Frau Kettelhut hält sich und die Bühne bedeckt: Um den Untergang mit ihrem Budget halbwegs zur Deckung zu bringen, hat sie vor alles, was an der Donau passiert, einen eisernen Vorhang geschoben, durch den so gut wie nichts mehr zu sehen ist. Eine Durststrecke nicht nur für die Nibelungen, sondern auch für das rheinische Publikum. Man hört nur das ferne Rauschen der Donau, in den Kulissen das leise Trappeln der Hufe und die scharfen Kommandos von Hagen und Volker, der hin und wieder ein neues Lied anstimmt, um seine Männer auf Trab zu bringen.

Erst als die Truppe (nach einer Stippvisite beim Bischof

von Passau) endlich Pöchlarn erreicht, hebt sich wider Erwarten der Vorhang und gibt den Blick auf den Hof von Rüdiger preis. Und das rheinische Publikum beginnt wieder leise zu schunkeln. Denn obwohl den Nibelungen die schlechte Nachricht vorausläuft wie ein rollender Kopf, werden sie von RvP freundlich empfangen. Wie immer Opfer seines guten Benehmens, verneigt sich der Sympathieträger bei ihrer Ankunft so tief, dass seine Stirn fast sportlich den Boden berührt, und hält seine Frau und seine Tochter dazu an, die sechs Besten der Besten zur Begrüßung zu küssen, von eins bis sechs nach unten gezählt: Gunther, Gernot und Giselher, Volker, Dankwart und Hagen.

Wie immer lässt die Tochter der Mutter den Vortritt und küsst erst nach ihr Gunther, dann Gernot, dann Giselher. Als sie Giselher küsst, wird sie rot wie Blut. Als sie Volker und Dankwart küsst, wird sie weiß wie Schnee. Und Hagen (um das zu sehen, ist hier kein Fernglas nötig) würde sie am liebsten gar nicht küssen. Aber die gute Erziehung besiegt ihr Gefühl: Tapfer zählt sie von oben nach unten und küsst zum guten Schluss auch den Widersacher. Doch anstatt seinen Mund trifft sie bloß seine Falte: Siegfrieds grünes Schwert hätte ihn nicht besser geküsst!

Das allerdings (Mütter sind nun mal so) fällt nur Gotelind auf, die sofort begreift, dass mit dem Kuss eine neue Geschichte beginnt, während Giselher ihren größten und einzigen Schatz bereits bei der Hand nimmt und zum ersten Mal aufhört, an seine große Schwester zu denken. Der kleine Bruder denkt plötzlich an seine eigenen Wünsche, die von einer Schneiderstrophe zur nächsten wandern, begleitet von seinem unruhigen Wissen, dass sie vermutlich niemals Wirklichkeit werden.

Und weil seine Wünsche nicht an sich halten, sagt er

laut und für alle vernehmlich: Sie ist so wunderbar anzusehen, dass ich sie am liebsten gleich morgen heiraten würde. Da sagt der Markgraf: König, du weißt, wir sind hier in der Fremde, was kann einem Mädchen da seine Schönheit helfen? Doch weil Giselher auf seiner fremden Liebe besteht, schlagen auch Gernot und Gunther ein. Und als selbst der Widersacher keinen Einwand mehr hat, weil sich die alte Falte auf seiner Stirn plötzlich kurzfristig glättet, einigt man sich auf ein Wiedersehen, auf den berühmt-berüchtigten Tag danach, und lässt die Brautleute ein Versprechen geben.

Eine so rührende wie schöne Geschichte, in der nur, wie meistens, die Stimme der Braut fehlt, die bis heute niemand gefragt hat. Sicher ist nur, dass Rüdiger noch in derselben Nacht an die große Schwester des kleinen Bruders per Eilbote an den Hof König Etzels zu Händen Kriemhilds den folgenden Brief schicken ließ: Ob Du es glaubst oder nicht, Dein jüngster Bruder hat heute Abend den Anschein gemacht, er hätte sein Glück an der Donau gefunden. Damit schließt sich mein Herz einmal mehr fest an Deins, aber noch doppelt so stark an das Herz Deines Königs. Morgen früh will ich ihn auf die Reise schicken und vertraue ihn Deiner Zuneigung an: Denn für den Fall, dass er nicht zurückkehren sollte, würden hier mehr als zwei Herzen brechen.

Gedacht, bedacht und niedergeschrieben, von Gotelind nicht nur gegengelesen, sondern obenauf mit freundlichen Grüßen versehen, geht der dreifach versiegelte Brief auf die Reise. Obenauf ein paar goldene Extramünzen, denn der Markgraf versteht sich auf schöne Geschenke. Doch erst am Morgen danach teilt er zum letzten Mal richtig aus, weil er sich vor seiner Großzügigkeit einfach nicht retten kann. Was einer haben will, das will er ihm schenken: Dem jüngsten

König die Tochter, dem ältesten seine Kampfausrüstung und dem mittleren, der beim großen Schenken bekanntlich immer leer ausgeht, übergibt er zum Abschied sein mächtigstes Schwert, durch das er wenig später umkommen soll. Weil der mittlere Bruder davon nichts weiß, nimmt er es gern.

Und weil RvP in dieser vertrackten Geschichte vermutlich der einzige Gute ist, bietet er selbst dem Widersacher ein paar Geschenke zum Abschied an, aber kein einziges davon wollte Hagen haben. Erst als er am nächsten Morgen schon fast wieder zu Pferd saß und an der Wand plötzlich jenen Schild erblickte, unter dem schon Tausende vor ihm erschlagen wurden, sagte er plötzlich: Ich will nichts anderes als diesen Schild an der Wand, um ihn ins Land von König Etzel zu tragen. Und die Markgräfin nahm mit ihren eigenen Händen den Schild von der Wand und überreichte ihn ihm.

Und während sie reiten, hat jeder der drei Kellner etwas anderes im Sinn: Gunther die herrliche neue Rüstung, Gernot sein unbesiegbares Schwert und Giselher seine erste Braut, während Hagen trotzig und stolz Rüdigers Schild wie einen Brustpanzer vor sich herträgt. Einzig Volker, die zwei Küsse nicht in Rechnung gestellt, ist am Hof von Rüdiger leer ausgegangen und stimmt sich und seinen Männern zum Trost noch einmal von vorn das Donaulied an, das nicht nur der Chor aus Worms-Pfiffligheim, sondern auch das Publikum inzwischen schon mitsingen kann: Einst ging ich am Ufer der Donau entlang, und ein schlafendes Mädchen am Ufer ich fand. Hagen: Oholalala! Sie hatte die Beine weit von sich gestreckt, ihr schneeweißer Busen war halb nur bedeckt. GGG: Oholalala. Also machte ich mich über die Schlafende her, und sie hörte die rauschende Donau nicht mehr.

Wie der Schatz hinter dem Rücken der Nibelungen von Worms über Pöchlarn nach Esztergom kommt

Während sich der Nebel auf der Bühne verdichtet und nach dem scharfen Schweiß alter Helden zu riechen beginnt, kommen im Publikum einmal mehr Fragen auf, unter anderen diese: Wie lange braucht man eigentlich von Pöchlarn nach Esztergom, wo sich, sechsundvierzig Kilometer nordwestlich von Budapest, die sagenumwobene Burg von König Etzel befindet?

Antwort (Auskunft eines Reiseveranstalters in der Wormser Fußgängerzone): Die günstigste Verbindung von Pöchlarn nach Budapest (per Zug und Bus) kostet 30–45 Euro und dauert 5 Std. 54 Min. Die schnellste Verbindung (per Autofahrt) kostet 30–50 Euro und dauert 3 Std. 15 Min. Die schnellste Direktflugverbindung von Wien Flughafen nach Budapest Flughafen dauert 50 Min. Von dort aus weiter nach Esztergom kostet die günstigste Busverbindung 900–1200 Ft und dauert ungefähr eine Stunde. Reisebeschränkungen: derzeit keine.

Ach, Kinder! Wie leicht und wie schnell man heutzutage ohne die geringsten Bedenken diese großen historischen Strecken zurücklegt! Die in den vorderen Reihen beginnen bereits mit den Füßen zu scharren und ihre Koffer zu packen. Nur die Nibelungen müssen nach wie vor Pferde und Schiffe aufbieten, um von Westen nach Osten zu kommen, weshalb die Geschichte droht sich in die Länge zu ziehen wie die ganze vertrackte Strecke selbst, die Frau Kettelhut ihrem Publikum auf einer historischen Karte zur Ansicht bringt, die sich jetzt langsam von links nach rechts über den eisernen Vorhang schiebt und die ich staunend durch mein Fernglas betrachte.

Denn Geographie und Geschichte waren noch nie meine Stärke; bereits in der Schule bin ich im Beiboot sitzen geblieben, weil ich schon als Vorschüler niemals begriffen habe, was den kleinen historischen Unterschied ausmacht: Warum der rheinische Schatz aus Nifelheim (heute Norwegen) kommt und der größte deutsche Held aus den Niederlanden; warum die Burgunder heute Franzosen sind, warum Dietrich von Bern aus Verona stammt, warum Etzel früher Attila hieß und warum, last, but not least, der Rhein vielleicht doch nicht in die Nordsee mündet, sondern, genau wie die Donau, ins Schwarze Meer.

Summa summarum: Ich habe Europa bis heute nicht richtig begriffen. Ich bin auf der Eselsbank der Geschichte sitzen geblieben, in einem lecken Beiboot mit zwei brüchigen Rudern, mit nichts als einem Stein unter der Zunge, der meinen Durst niemals stillen wird. Ganz zu schweigen von der ziemlich schlechten Gesellschaft, in die ich inzwischen geraten bin: zu meiner Linken der gehäutete Zorn eines verdursteten Helden, zu meiner Rechten ein Söldner, den man um ein Bein kürzer gemacht hat und der einfach nicht aufhören kann, von sich zu behaupten, er sei in Wahrheit ein Schatz und seine Knochen aus purem Gold. Hätte ich das jagdgrüne Schwert bei mir, würde ich jetzt, mit einem einzigen Streich, zwei schlechtriechende Köpfe auf einmal abschlagen, um ihrem Geschwätz auf immer ein Ende zu machen.

Doch ich habe leider kein Schwert bei mir, und schuld

daran ist dieser Wärter aus Basel, der nicht eine Sekunde lang daran dachte, mich für meine Reise entsprechend auszurüsten, und mir stattdessen weismachen wollte, der alte Nibelungenstreit sei längst beigelegt und die kleine goldene Rute befinde sich tatsächlich in einer Vitrine, die im Museum für Gegenwartskunst angeblich dauerhaft unter Alarm steht. Aber wer sagt mir, dass er die Wahrheit sprach? Wahrscheinlich hat er, genau wie ich (und der Rest der Menschheit), diese Rute niemals mit eigenen Augen gesehen, weil sie bis heute niemand gefunden hat, weshalb sie vermutlich auch gar nicht in Basel liegt, sondern, genau wie die Nibelungen, von einer Geschichte zur nächsten geistert und sich der ganzen Erzählung entzieht.

Selbst der Widersacher hat sich vermutlich geirrt, als er den Schatz bei Lochheim im Rhein versenkte und dabei glaubte, Nägel mit Köpfen zu machen. Denn auf der Schatzkarte von Frau Kettelhut zeigt sich die Reise von Westen nach Osten in einem gänzlich neuen und anderen Licht: alles bis ins Kleinste verzeichnet, selbst Pfiffligheim ist ziemlich gut zu erkennen. Ich sehe genau, wie die als Söldner verkleidete Goldene Dreizehn ihre Brüder und Schwestern in Lochheim verlässt, wenig später ihr erstes Bein verliert und nach ihrem Auftritt im Käfig auf dem Domplatz zu Worms bei einer Hochzeit bei Hof für Aufsehen sorgt; und wie sie sich danach in der Umkleide spreizt, um danach kurzfristig einmal mehr abzutauchen, bis sie sich, dreizehn Jahre später, einer windigen Truppe anschließt, die die Stadt in Richtung Südosten verlässt.

Danach werden die Abstände auf der Karte zunehmend größer, denn Frau Kettelhut ist didaktisch begabt und weiß aus jahrelanger Erfahrung, dass man sein Publikum nicht überfordern darf. Von Worms nach Passau ein Katzensprung.

Danach von Passau weiter nach Tulln (Großmehring und Melk lässt sie lieber aus), von Tulln nach Wien und von Wien endlich weiter nach Esztergom.

Nur das Baseler Museum für Gegenwartskunst ist auf Frau Kettelhuts Schatzkarte nirgends verzeichnet. Aber was sind schon Karten! Das Schweizer Schatzwesen bleibt unberechenbar, mit eigenem Willen und Gedächtnis begabt, flüchtig und wechselhaft, denn auch die Schweiz hat ihren eigenen Kopf und ihre eigene Art, Geschäfte zu machen, mit der man nur mühsam ins Gespräch kommt. Und leider die Neigung, sich ständig zu trennen, sich unablässig weiter zu teilen, um überall und nirgends zu sein.

Heute hier, morgen da, sind mein Schatz und mein gehäuteter Zorn bis heute fahrende Sänger geblieben. Hase und Igel in einer Person, ziehen sie den Nibelungen immer voraus, und die durstige Schatzsuchertruppe zieht hinterher; bis sie endlich doch noch nach Esztergom kommen, um zu Gästen eines fremden Königs zu werden, der von seinem Schicksal nicht das Geringste ahnt, weil er an einen anderen Gott glaubt als seine rheinische Gattin, mit der er vermutlich schon seit ein paar Jahren nicht mehr dasselbe Schlafzimmer teilt.

Wie Kriemhild in der Nibelungenwerkstatt Tischkarten beschriftet

An Beischlaf ist sowieso nicht zu denken, denn es steht Kriemhilds letzter und größter Auftritt bevor. Seit Tagen ist sie damit beschäftigt, sich in der Nibelungenwerkstatt neu einzukleiden. Ich sehe genau, wie sie sich vor ihrem Ganzkörperspiegel um nichts als die eigene Achse dreht und das eine gegen das andere tauscht: schwarz oder grün? Lieber die Witwe oder lieber die Jägerin?

Wenn ihr mich fragt: Sie wird sich garantiert für das kleine Grüne entscheiden, für das so schlichte wie einfache Jagdkostüm, an den Ärmelaufschlägen und an den Rändern des Kragens mit rötlich glänzendem Fell besetzt. Und, gleichfalls aus Fuchsfell, für eine rotgoldene Krone, unter der sie der ganzen verschleppten Geschichte endlich die eigene Stirn bieten kann, die so weiß ist wie noch vor dreizehn Jahren. Denn ihr anhaltender Wunsch nach verspäteter Rache hat meine Königin nicht älter, sondern nur schöner gemacht.

Doch bevor hier in Kürze die Besten der Besten eintreffen, lasst uns einen Blick auf die Tischordnung werfen, die weit heikler ist als die Kleiderfrage. Denn Etzels Tisch ist nach wie vor eckig, zwei Köpfe, vier Füße, weil er immer noch an den so kleinen wie feinen Unterschied zwischen oben und unten glaubt. Enttäuschtes Murmeln auf den hinteren Rängen, wo man sich den Tisch insgesamt etwas runder gewünscht hat und, allem voran, mehr Licht unterm Fenster.

Stattdessen Zwielicht, lautlose Dämmerung, während die Königin von eigener Hand jede einzelne Karte mit einer blutigen Falkenfeder beschriftet, um an der festlichsten Tafel der großen Geschichte Europas jedem seinen entsprechenden Platz zuzuweisen. Und wer, wenn nicht Kriemhild, kennt sich mit Tischordnungen aus; schließlich hat sie bereits zwei Hochzeiten hinter sich und weiß besser als jede andere Braut, wie leicht dabei unversehens ein Fehler passiert.

Wie irgendein Kavalier plötzlich scheinbar ganz absichtslos neben die falsche Dame gerät und wie leichtfertig man einen welschen Sänger neben dem falschen König platziert, einen fahrenden Russen neben einem sesshaften Griechen und einen singenden Polen neben einem wandernden Schatz. Und einen wandernden Schatz neben einem grünen Schatten, neben dem plötzlich zwei fröhliche Hunnen sitzen, die auf kräftigen, schnellen Pferden reiten und alle Vögel aus dem Flug herabschießen. Vielleicht war auch Kriemhilds Falke dabei, der besser als alle anderen weiß, wie schnell eine fröhliche Tischnachbarschaft unerwartet in Feindschaft umschlägt.

Ganz zu schweigen von den Gesetzen der Konversation: Denn was dem einen zu viel ist, ist dem anderen zu wenig: Der eine will reden, der andere schweigen, der eine schlürft und der andere spuckt, der eine isst, während der andere trinkt, und ein Dritter will essen und reden zugleich und kann weder den Mund noch die Gabel halten. Summa summarum: Der eine bewährt sich mit guten Manieren, und der andere lässt eine Serviette fallen, die sein Tischnachbar niemals aufheben wird, weil er nach wie vor glaubt, dafür seien bis heute die Zwerge da, die auch an Etzels Hof beständig den Tisch umkreisen und mit Messern und Gabeln gemeinsame Sache machen. All das ist genau in Betracht zu ziehen, wenn es um die letzte und einzige Tischordnung geht.

Da also sitzt sie, meine über alles geliebte Königin, und formuliert mit der Tischordnung ihre letzte Verfassung: Hat man jemals eine schönere Handschrift gesehen? Jemals mehr persönlichen Schwung? Jemals mehr Tatkraft? Jemals mehr Sorgfalt und Feingefühl, wenn es darum geht, den Schatz von vorne zu heben? Jemals mehr Sinn und Entschlossenheit bei der Ordnung des höfischen Personals und bei der Ausfertigung von dreizehn Todesurteilen auf einmal, die keiner Gegenzeichnung eines Königs bedürfen, um am Ende tatsächlich vollzogen zu werden? Königin und Hausfrau, Mutter und Tochter, Schwester, Nichte und Schwägerin in einer Person, schiebt Kriemhild die Namen der geladenen Gäste abwechselnd nach oben und unten, nach links und nach rechts und weist am Ende jedem seinen richtigen Platz zu.

Die Plätze sind allerdings knapp und umkämpft, doch keiner davon ist verhandelbar. Kriemhilds Ordnung ist unwiderruflich, denn sie deckt mit ihrem breiten historischen Pinsel den Tisch für das letzte Abendmahl: Oben am Kopf sitzt König Etzel. Rechts neben Etzel die Superwitwe. Zur Linken von Kriemhild der Widersacher. Neben dem Widersacher das dreifache G. Neben dem dreifachen G sitzt Dankwart. Neben Dankwart Volker mit Fiedel und Schwert. Neben dem Fiedler Dietrich von Bern. Neben DvB der Dienstmann aus Pöchlarn. Und neben RvP der dienstälteste Held von allen, Meister Hildebrandt mit dem roten Schwert. Und, last, but not least, am unteren Ende (und damit gleichfalls am Kopf) der unsterbliche Schatten des Grünen Jägers.

Summa summarum eine Frau und elf Männer. Nach den Gesetzen der biblischen Mathematik ist auf Kriemhilds Liste also genau ein Platz noch frei: der berühmt-berüchtigte dreizehnte Platz für den, der im Leben immer zu kurz und immer zu spät kommt, folglich der Einzige, dem man zutrauen darf, in diesem verworrenen Stück den Verräter und Erlöser in einem zu spielen. Eine einzigartige große Rolle, also eigentlich wie geschaffen für mich, ja, mir förmlich direkt auf den Leib geschneidert. Denn wessen Sehnsucht nach der Königin könnte größer sein und wessen Treue und Hingabe stärker?

Groß und Klein

Doch obwohl sich meine Sehnsucht, mein Zorn und die Goldene Dreizehn seit Stunden schwer in die morschen Ruder legen, ist nicht ausgemacht, dass wir es vor dem großen Gemetzel noch rechtzeitig schaffen, denn gegen Kriemhilds Ungeduld ist schon lange kein Kraut mehr gewachsen. Ich sehe durch mein Fernglas genau, wie sie zwischen Treue und Verrat ins Schwanken gerät, weshalb es auch diesmal wieder Frau Kettelhut ist, die das alles entscheidende Los werfen muss und dabei wie immer dem Original folgen wird. Dabei sind die Würfel vermutlich längst schon gefallen: Der Platz des letzten und treusten Vasallen geht garantiert nicht an mich, sondern an den anderen ewigen Zweiten, an den verlorenen jüngeren Bruder des Königs, der genau wie ich bereits seit seiner Kindheit auf der Eselsbank der Geschichte sitzt, den lachhaften Namen Blödelin trägt und seit Jahren von nichts anderem träumt, als bei Hof endlich eigene Sache zu machen.

Auf den ersten Blick also eine einfache Rechnung: Der große Dietrich will Kriemhilds Sache nicht rächen, also muss der Kleinere, Jüngere, der Bestechliche her, der kleinste Fisch an Kriemhilds rotgoldener Angel, der seiner Königin jeden Wunsch von den Lippen liest, weil er sie (was ich natürlich nicht wahrhaben möchte) in ihrer traurigen Pracht weit mehr liebt als ich selbst. Ich sehe genau, wie er zappelnd versucht, nach dem großen glänzenden Happen zu schnappen, den die Königin ihm in ihrer Not verheißt: nicht nur Silber und Gold (das versteht sich von selbst), sondern obenauf sogar eine eigene Grafschaft, eine eigene Braut und ein Leben in Freuden.

Sicher ist nur, dass die Rechnung nicht aufgeht, denn Kriemhilds dreizehnte Karte ist nichts als ein Vorwand, um endlich die letzte Schleuse zu öffnen. Wer Augen hat, sieht, dass im großen Saal nebenan (mehr Scheune als Festsaal) bei einer Mahlzeit der zweiten bis dritten Klasse unter den Ruderschlägen ihres immer näher kommenden Zorns bereits mehr als tausend gehäutete Söldner sitzen, die auf den ersten Kopf und den letzten Trompetenstoß warten und von denen das Wormser Publikum mit gutem Recht annehmen darf, dass ihre bezahlte Hoffnung auf ein schreckliches Ende sich weder durch Nachtisch noch Fiedeln besänftigen lässt.

Na gut. Noch halten sie still. Noch fingieren sie Treue. Doch in Wahrheit schlagen sie bereits leise die Trommeln und pfeifen laut auf dem letzten Loch, auf Kriemhild und auf den Bischof von Passau, der vor tausend Jahren ein Lied in Auftrag gab, das zu singen sie keine Lust mehr haben, weil sie längst ihre eigenen Lieder singen: Kleiner Bruder, steh auf! Und: Stich gegen Stich! Rächst du mich, dann räche ich dich! Gibst du mir Silber, dann geb ich dir Gold, bis dir dein Kopf von der Schulter rollt! Oholalala!

Aber meinen Durst nach der Königin kann ihr Singen nicht stillen und auch nicht der Falke, der sich auf seinem unsteten Flug hin und wieder auf meinen Rudern ausruhen will und immer wieder von vorne versucht, meine Wut und Trauer in Gold und Grün zu verwandeln. Ach, Kinder! Wer hat jemals einen so schönen Vogel gesehen? So viel Richtung und Anmaßung unter zwei Flügeln? So viel elegante Vermessenheit? Und wer hat jemals von einem Traum gehört, der auf so schreckliche Weise Wirklichkeit wird?

Einzig Zwerg Zorn und die Goldene Dreizehn schmettern die Lieder ohne Stocken vollmundig mit, während sie die Ruder links und rechts in die Donau tauchen, um die kleine Galeere aus dem Museum für Gegenwartskunst noch ein bisschen schneller voranzubringen, damit wir am Ende tatsächlich in Esztergom landen, wo uns die Königin schon seit Tagen erwartet und uns im Gewand des Grünen Zwillings empfängt.

Deutschlands beweglichste Superwitwe, altersloser und schöner denn je, die schönste Schneiderstrophe von allen: kein schwarzer Kragen, kein weißer Hals. Keine schwarze Haube mehr über der schneeweißen Stirn. Kein schwarzer Ärmelaufschlag, der die weißen Knöchel verdeckt. Keine Handschuhe aus rheinischem Trauersamt, keine schneeweißen Hände aus Elfenbein. Eine durch und durch hoffnungsvolle Erscheinung: Jäger, Falke und Schwert in einer Person.

Wie die Nibelungen in Esztergom landen und Giselher seine Schwester gen Himmel schickt

Vor der großen Karte Europas erscheint Kriemhild vor den Toren von Esztergom an diesem Abend in einem leuchtenden Grün, in das Fuchskostüm des doppelten Zwillings gekleidet, und fliegt der Zukunft und ihrem Tod voraus. Die große Schwester ist beides zugleich. Weshalb die drei Kellnerbrüder ins dreifache Knie gehen müssen, und das Publikum schwankt zwischen Fluch und Verehrung. Die einen verschmähen, die anderen besingen sie. Und wer sie besingt, setzt die Hoffnung auf Giselher.

Denn wer, wenn nicht er, könnte seine Schwester noch retten? Wer, wenn nicht er, die vertrackte Geschichte erklären? Wer, wenn nicht er, um ihr Herz bei uns werben? Wer, wenn nicht er, bei ihr um Gnade, Nachsicht und Aufschub bitten? Wer, wenn nicht er, an den Rhein erinnern und um einen fröhlichen Pakt mit der Donau werben, damit sie sich endlich verständig zeigt? Wo wäre mehr Liebe und weniger Schwert, weniger Rache und mehr guter Wille? Summa summarum: Wo wäre die Haut der Königin dünner?

Ich sehe durch mein Fernglas genau, wie glücklich die große Schwester ist, ihren kleinsten Bruder endlich wiederzusehen. Wie sie erst seine Stirn und danach seine Nase küsst, danach beide Ohren und beide Augen. Einzig den Mund lässt sie aus, weil er seiner Verlobten gehört; küsst stattdessen mit Vorsicht und Eifersucht erst die linke, danach seine rechte Wange, um von dort aus weiter nach unten zu wandern, um seine Schultern und seine Brust zu küssen und danach beide Hände, bevor sie endlich in beide Knie geht.

Doch bevor sie ihm auch noch die Füße küsst, hebt der kleinste Bruder die große Schwester entschieden zurück auf die Bühne, umfasst sie wie ein Bräutigam seine Braut fest in der Mitte und wirft sie in hohem Bogen gen Himmel, dorthin, wo der blaugrüne Falke fliegt. Und das Publikum jubelt und klatscht in die Hände, als er sie aus dem freien Fall, ohne Netz und doppelten Boden, beherzt wieder auffängt.

Kann natürlich auch sein, ich bilde mir diese Szene bloß ein, weil ich mir in meinem Beiboot vorhin einfach mal vorstellen wollte, dass ich selbst dieser jüngste Bruder wäre und zum ersten Mal wirklich die Chance gehabt hätte, in die Nähe ihres herrlichen Mundes zu kommen und dabei, ganz nebenbei, endlich live zu erleben, was tatsächlich passiert, wenn man zum ersten Mal eine Königin küsst. Nichts als ein süßer verzuckerter Irrtum: als würde der Kuss einer Königin auch nur das Geringste an meinem Dasein ändern.

Alles. Und nichts. Denn sicher ist nur, dass, wer wie ich mit Kusstechniken wenig vertraut ist und am Tisch der Söldner und Zwerge sitzt, in Kriemhild die falsche Lehrmeisterin hat. Denn sie ist weder auf Liebe aus noch auf Versöhnung und schon gar nicht auf Klassenkampf, sondern einzig auf Rache, die so süß ist wie die Königin selbst und erst zum Nachtisch auf den Tisch kommen wird. Vermutlich in Form einer sehr großen Torte, von Frau Kettelhut in Auftrag gegeben und von vier als Bäcker verkleideten Totengräbern im Schweiß ihres Angesichts auf die Bühne zu tragen, bis sie in der Mitte des eckigen Tisches endlich (kurzfristig) zum Stehen kommt, um ihre ganze Pracht und Macht zu entfalten.

Wie Siegfrieds Schatten nach einem Glas Wein verlangt und Rumolt zum zweiten Mal abrät

Die schönste Torte der deutschen Theatergeschichte, die sich vermutlich weit weniger vor ihren Essern fürchtet als die Esser vor ihrer Torte: dreizehn so feige wie gierige Helden, denen das Wasser im Mund schon zusammenläuft, aber alle flankiert von derselben Angst vor dem großen Anschnitt, weil niemand weiß, was in ihrem Inneren lauert. Gut möglich, dass bloß ein Jux darin sitzt, der süße Abschied von einer alten Fehde; doch genauso gut möglich, das schwer verzuckerte höfische Machwerk ist von Grund auf vergiftet und dass der, der den ersten Bissen nimmt, daran zugrunde geht wie das ganze Reich.

So sitzen sie da, in stummer Erwartung, nur zum Schein mit Messer und Gabel bewaffnet, denn auf ihren Knien unterm Tisch liegen blank ihre Schwerter, die keiner am Eingang ablegen wollte: am Kopf, als Einziger waffenlos, der ratlose König. Neben Etzel die schneeweiße Superwitwe. Neben der Superwitwe der Widersacher, neben dem Widersacher das dreifache G. Daneben Hagens rudernder Bruder und der singende Fiedler. Daneben Dietrich der Gute und der Dienstmann aus Pöchlarn, dem so langsam wie dunkel dämmert, an wen er seine Tochter und sein bestes Schwert verschenkt hat. Neben Rüdiger der Alte mit dem rostroten Schild. Neben dem Alten der leere dreizehnte Platz. Und am unteren Kopf der Grüne Zwilling, der keine Lust hat, auf den Verräter zu warten, weil er seinen Abschied schon lange hinter sich hat.

Summa summarum eine Frau und zehn Männer, ein leerer Platz und ein Wiedergänger. Denn es ist nicht Siegfried, es ist nur sein Schatten, also nichts als ein Trick von Frau Kettelhut, was da zwischen Worms und Esztergom über der Bühne bei Tisch erscheint, zusehends weiterwächst und sich ausdehnt, immer höher und breiter, bis es schließlich auch die oberen Ränge erreicht und von dort aus den ganzen Himmel ausfüllt. Man sieht seinen Locken beim Wachsen zu, eine wachsende Kathedrale aus Haar, höher und prächtiger als jede Krone. Doch auch sein Schatten wird niemals ein König sein, weil er selbst im Jenseits die Jagd dem Regieren vorzieht und bis heute nicht weiß, wie man anständig stirbt: immer Angriff und Schwert, während die Könige schrumpfen, bis sich Siegfrieds Schatten bei Tisch erhebt, um nach dreizehn Jahren (plus sieben) zum ersten Mal laut und vernehmlich nach jenem Glas Wein zu verlangen, das ihm der Widersacher nach der letzten Jagd vorenthielt. (Falsche Lieferung, falscher Wald.)

Allerdings weiß Frau Kettelhut aus jahrelanger Erfahrung, dass das Spiel mit dem Jenseits auf der Bühne des Diesseits vertrackt ist, denn im Publikum hat den Wiedergänger selbst in den vorderen Reihen offenbar niemand erkannt. Wahrscheinlich hält man ihn für einen versprengten Vasallen, der aus nicht nachvollziehbaren Gründen an diesem Abend Kriemhilds besondere Gunst genießt und nur dank ihrer Gnade mit am Tisch sitzen darf. Was Wunder also, dass Kriemhild zögert, bis Hagen sich an ihrer Stelle erhebt und so laut wie vernehmlich sagt: Königin, Ihr habt in den letzten Jahren mehr Porzellan zerschlagen als wir alle zusammen. Lasst Euch also auch heute nicht lumpen. Wir sehen doch alle, der Junge hat Durst, also seid eine Mutter und gebt ihm zu trinken!

Und feierlich langsam erhebt Kriemhild ihr Glas, füllt es bis zum äußersten Rand und lässt es von Hand zu Hand und von Held zu Held immer weiter nach unten wandern, bis es am Ende des Tisches endlich den Drachentöter erreicht. Aber sein Schatten hat weniger Durst als er selbst, unbewaffnet wird Siegfried kein zweites Mal trinken. Durst ist Durst, und ein Schwert ist ein Schwert. Gib mir mein grünes Schwert zurück!, ruft der grüne Jüngling von gestern. Erst will ich das Schwert, und danach will ich trinken!

Unruhiges Murmeln auf sämtlichen Rängen, während über der Bühne zum zweiten Mal das bereits mehrfach erprobte Spruchband erscheint: RUMOLT RÄT AB! Denn der alte Küchenmeister aus Worms kennt sich mit Tortenkunst aus und weiß längst, wie die Geschichte ausgehen wird. Wer, wenn nicht er, hat in seinen langen Jahren bei Hof gelernt, wie man Kellner von Königen, Jäger von Helden, einen gehäuteten von einem dienstbaren Zwerg und ein Linden- von einem Lorbeerblatt unterscheidet; wie man Zucker von Gift und eine Tarnkappe von einer Lüge trennt, ein rostiges von einem grünen Schwert und ein rotes Schild von dem Wunsch nach Versöhnung. Und wie sich im Beiboot der ganzen Geschichte ein einbeiniger Schatz in eine kleine goldene Rute verwandelt und bei Bedarf über Jahre bedeckt halten kann. Schließlich hat Rumolt nicht nur Hochzeitstorten gebacken, sondern weiß besser als jeder andere, dass es bei Hof nicht um Rezepte, sondern um Geheimhaltung geht: Was ich nicht weiß, macht die Suppe nicht heiß!

Aber die Zeit der Geheimhaltung ist jetzt vorbei, ab sofort wird klar und offen verhandelt. Die Quelle des Unglücks friert nie wieder ein, sondern sprudelt heller und klarer denn je. Schluss mit Schneiderstrophen und Wanderschätzen, Schluss mit der alten höfischen Ordnung! Die Tischkarten von Kriemhild sind ab heute von gestern, sie hat sie ja nur zum Schein ausgelegt, um sie in Kürze neu zu mischen und auf ihre eigene Art *Bataille Royale* zu spielen. Noch heute Nacht wird sie Rumolt in Rente schicken, wegen Illoyalität und Abwesenheit und weil er die neusten Rezepte nicht kennt. Denn so viel ist sicher: Es geht nicht um Schönheit und schon gar nicht um Wahrheit, sondern einzig und allein um Gerechtigkeit.

Wie immer begreift Hagen als Erster die Lage. Ich sehe genau, wie sich seine Falte plötzlich wieder zu kräuseln beginnt, wie ein lebendiges Wesen läuft sie durch sein Gesicht, um ein letztes Mal die Seiten zu wechseln. Wahrscheinlich nichts als ein launisches Spiel von Schatten und Licht. Und doch kommt es mir vor, als wollte sie Hagens Gesicht für immer verlassen und bewegte sich deutlich in meine Richtung.

Schatz und Falte haben einander ein Zeichen gegeben. Weshalb er keine Sekunde lang zögert, das grüne Schwert von seinen Knien zu ziehen und unter so leichter wie eleganter Verbeugung an die Königin weiterzureichen, während er laut und vernehmlich sagt: Rumolt ist tot – es lebe die Küchenmeisterin Kriemhild! Männer, bringt ihr die eiserne Schürze und kleidet sie ein, nach allen Regeln der Kunst, damit sie das Handwerk ihrer Rache nicht schmutzig macht!

Kriemhild schneidet den Schatz an und hält eine Rede

Da duckt sich der Schatten des Schürzenjägers, und federleicht wie ein Buttermesser taucht Kriemhild das grüne Schwert tief hinab in die feindliche Torte. Seht, wie es sich mühelos erst senkt und dann hebt und sich in einen geschmeidigen Tortenheber verwandelt, um Siegfrieds Schatten das erste Stück zu servieren und danach, wie von selbst, jedem das seine, ohne sich dabei an höfische Regeln zu halten.

Denn das zweite Stück geht nicht an Etzel, sondern an Gunther, den Oberkellner, der es mit Todesverachtung zur Seite schiebt; das dritte (halbe-halbe) an Gernot und Giselher, die den Nachtisch betrachten wie ein bissiges Tier, während Volker das vierte mit singendem Bogen entschieden auf seinem Teller zerdrückt und Dietrich und Rüdiger, um einen letzten Schein von Anstand zu wahren, wie appetitlose Kinder im fünften und sechsten stochern und die undurchschaubare Masse von einer Seite auf die andere schieben, während das siebte auf dem Teller von Dankwart landet, der es möglichst unauffällig weiter zu Hildebrandt schiebt, dem Kriemhild eben das achte serviert und der nicht einmal im Traum daran denkt, seine Gabel in das falsche Machwerk zu stechen.

So sitzen sie da, vor ihren Tellern, mit lauter aufrechten süßen Soldaten beladen, die darauf warten, endlich zum

Einsatz zu kommen. Doch die Nibelungen sind appetitlos und müde geworden und haben die Lust am Kämpfen verloren. Einzig Kriemhild ist wacher denn je, hat bis jetzt keinen einzigen Bissen gegessen und kein einziges Glas getrunken, weil sie weder auf Speise noch Sättigung aus ist, sondern sich einzig von ihrem Hunger nach Rache ernährt, während sie unter der Tarnkappe höfischer Gastfreundschaft Etzel das neunte Stück serviert, bevor sie das zehnte auf Hagens Teller lädt und das elfte sich selbst; und das zwölfte vielleicht doch noch für mich reserviert und das dreizehnte für den Verräter, der wie immer verlässlich zu spät kommen wird.

An der Tafel kommt leise Unruhe auf, weshalb Kriemhild, die perfekte Gastgeberin, um zwischen Nachtisch und Verrat eine Brücke zu bauen, zum ersten Mal eine Rede hält: Könige, Brüder, Zwerge, Vasallen! Glückssucher, Ruderer und Verräter! Lasst es euch schmecken und erhebt euer letztes Glas auf die Königin! Mir geht es gut! Aber wie geht es euch? Ich schaue mich um und frage mich, warum sich keiner von euch verändert hat, warum ich euch alle auf Anhieb wiedererkenne. Ist es wirklich tatsächlich schon so lange her, dass ich euch zum letzten Mal sah? Was hat in der Zwischenzeit unsere Mutter gemacht? Was meine liebe Schwägerin Brunhild? Wie ist es meinem Grünen Zwilling ergangen? Und warum ist Rumolt nicht mitgekommen?

Ich lebe hier an den Ufern der Donau zwischen einem freundlichen König (Toast auf Etzel!) und einem jungen Prinzen, der auf den freundlichen Taufnamen Ortlieb hört. Doch unsere Feste sind nicht für Kinder gemacht und schon gar nicht für dich, lieber Giselher, den ich mehr liebe als meinen ganzen Hofstaat zusammen; sind wir nicht damals im Traum Hand in Hand an den Ufern des Rheins spazieren gegangen? Und haben wir nicht unter den dunklen Wolken darüber die traumhaften Falken unserer Kindheit trainiert und später, unter demselben Himmel, mit leichter Hand unsere Schätze versenkt? Im Schlaf hast du mir damals Stirn und Hände geküsst. Denn es gab eine Zeit, da gehörten alle Schätze der Welt deiner Schwester.

Bis ihr euch, meiner überdrüssig, eines Tages auf und davon gemacht habt, um eure dreifache Not zu verstecken, und die Zauberer aller Länder bezahlt habt, um verzaubert und nicht gefunden zu werden. Doch der Zauber hat sich inzwischen gelöst und unseren Schatz in natürliches Gold verwandelt. Wer ihn nicht füttert, zerfällt zu Asche oder wird jedenfalls krank oder stellt sich am Wegrand auf, um sich seine Nahrung selbst zu erbetteln. Oder zieht in den Krieg, verliert ein Bein und erscheint hässlich hinkend auf der nächstbesten Hochzeit, versetzt Braut und Gäste in Angst und Schrecken, trinkt, bis er ziemlich redselig wird und verrät, er sei in Wahrheit ein Schatz und seine Knochen aus purem Gold.

Aber der Schatz unserer Kindheit hat uns gefoppt, er hat seinen Plan und seine Richtung geändert. Er meidet das Land meines toten Herrn, er sehnt sich nicht mehr nach Nifelheim, sondern hat sich für den Weg nach Osten entschieden: gegen die Nordsee, um durch den Rhein in die Donau und von dort aus endlich weiter ins Schwarze Meer zu fließen und an der griechischen Küste zu landen, von Winden und Trägerbalken flankiert und mit Stempeln und Sichtvermerken versehen, von denen mein lieber König nichts weiß.

Verzeiht mir die Abschweifung, liebe Brüder, und lasst mich jetzt zu den Fakten kommen: Transportgeschäfte sind nicht jedermanns Sache, also laden mein König und ich euch heute Abend in Esztergom dazu ein, zum guten Schluss wenigstens das zu heben, was vom Schatz noch übrig ist, bevor er uns gänzlich abhandenkommt. Lasst uns in Eintracht essen und trinken, uns die alten Geschichten von früher erzählen und danach gemeinsam unsere Angeln und Netze auswerfen. Lasst uns der blaugrüne Falke sein, Bär und Jäger in einer Person. Nichts soll dabei zwischen uns treten, und niemand soll Zwietracht zwischen uns säen.

Denn mein Herz war nie eine Mördergrube, sondern ist einzig und allein von der Sehnsucht erfüllt, euch für ein paar wenige Tage wieder bei mir zu haben. Service included: freie Kost und Logis. Morgens Eier auf Schinken und abends zu gegebener Stunde unter frisch bezogenen Betten pünktlich das Licht aus, damit niemand auf falsche Gedanken kommt. Dazwischen Angelausflug und Vogelschuss, Besuch alter Burgen und neuer Geschäfte, lauter herrliche Spiele in Grün. Der Tisch des Königs ist schon seit Jahren gedeckt. Legt also endlich eure Kellnerkostüme ab und zieht eure besten Kleider an, um ein für alle Mal Frieden zwischen zwei Flüssen zu schließen, von denen man bis heute behauptet, sie könnten sich auf der Karte Europas nicht treffen.

Also erhebt Gläser und Gabeln zu meinen Ehren und Gunsten und lasst es euch schmecken – so viel Liebe und Appetit seid ihr mir allemal schuldig. Stirn an Stirn, Schwert an Schwert schmeckt jedes Abendmahl besser. Die Burgunder werden wie Hunnen sein und die Hunnen Burgunder. Summa summarum: unschlagbar wie die Nibelungen!

Wie Hagen in die Bütt steigt und um den dreizehnten Platz kämpft

Applaus für die Königin auf sämtlichen Rängen! Doch, liebe Nichte, mein letztes Wort gegen deins, sagt der Widersacher und lacht und erhebt sich: Was kümmert mich deine letzte Verfassung? Deine Schicksalserzählungen interessieren mich nicht, und auf den Sitz im Parlament deiner Kindheit verzichte ich gern. Schließlich weißt du besser als ich, dass der dreizehnte Platz nicht Blödelin, sondern mir gehört, den du zwar speisen, aber nicht sättigen kannst. Zum Teufel mit deinen Kuchen und Torten! Der lange Weg von Westen nach Osten hat mich nicht hungrig, sondern vor allem durstig gemacht, und das verzuckerte Geschwätz deiner verkauften Seele wird meinen Durst auch an Etzels Tafel nicht stillen. Schlimmer als jeder Mord ist dein Schwatzen, mit dem du schon Siegfried verdorben hast. Ich selbst habe den Mund gehalten und keinen Finger gerührt. Nicht ich, sondern du bist es damals gewesen, die das letzte Kreuz auf sein Hemd genäht hat, in dem er sein trübes Ende fand. Wer also bist du, mich anzuklagen?

So stehen sie jetzt da. Stirn an Stirn. Erinnerung gegen Erinnerung. Die Königin und ihr Widersacher, beide mit einem Stein unter der Zunge, der schon seit Stunden kein frisches Wasser mehr führt, während am unteren Ende der hunnischen Tafel Siegfrieds Schatten weiter und weiter wächst, immer höher und schneller, weil er sich dunkel daran zu erinnern beginnt, dass es weder der Bär und auch nicht der Speer war, weder Kriemhilds Kreuzstich noch das Blatt einer Linde oder der Gürtel von Brunhild, weder die Treue zu Gunther und Hagen und auch nicht sein Durst nach Freundschaft und Ehre, sondern einzig und allein sein gehäuteter Zorn, der ihn am Ende zur Strecke gebracht hat.

Der Zorn jenes Bergarbeiters und Söldners, den Siegfried aus reinem Übermut an einem strahlenden Tag in Nifelheim um seine heimlich gehütete Haut gebracht hat. Aber das Schatzwesen ist unberechenbar, mit eigenem Willen und Gedächtnis begabt. Der Schatz spielt nämlich gern die dreizehnte Fee, lässt sich gern bitten, kommt nicht auf Bestellung, und bittet man ihn, kommt er immer zu spät, immer erst dann, wenn die Köpfe der Gäste schon auf der Tischplatte liegen.

Aber er hat nach wie vor seinen eigenen Kopf und seine eigene Art, Geschäfte zu machen, mit der man nur mühsam ins Gespräch kommt, während seine verratenen Brüder und Schwestern unter der Führung von Blödelin mit tausend geballten schwieligen Fäusten an die vernagelten Türen des Festsaals schlagen, während über der Bühne das letzte Spruchband des Abends erscheint: GEBT UNS DIE TARNHAUT UND DIE GOLDENE RUTE ZURÜCK!

Totenstille in der ratlosen Runde. Denn wo kein Richter, da ist auch kein Schneider, was einmal nackt war, lässt sich ohne Not nicht bekleiden, und eine einmal geöffnete Tür lässt sich bekanntlich nur schwer wieder schließen. Aber bevor Rumolt ein drittes Mal abraten könnte und die Söldner und Zwerge den Saal fluten wie das Schwarze Meer, schwimmt auf der Bühne unter stumpfem Applaus plötzlich ein Kasten leerer Flaschen vorbei, ein letztes und sichtbares Zeichen dafür, dass das singende, klingende Publikum schneller ist als die ganze Geschichte und bereits auf den Untergang anstoßen durfte.

Da zieht Kriemhild das Schuldbuch aus ihrem Ärmel: Du bist mein Onkel und ich deine Nichte, aber Blut ist niemals dicker als Wasser, und deine Rede betrifft mich nicht. Siegfrieds letztes Hemd gegen mein grünes Kleid und meine Fuchskrone gegen deinen eisigen Nacken. Und was die Zwerge und Söldner angeht: Lass sie klopfen und schlagen. Blödelin wird niemals die Krone tragen und niemals am selben Tisch mit mir sitzen. Er ist nur ein Handlanger und trägt keine Schuld. Und Unschuldige sind heute Abend nicht zugelassen. Ich warte einzig auf den, der keine Sekunde lang zögert, sein grünes Schwert in deinen linken Stiefel zu schieben, damit dein falscher Fuß niemals wieder Festland betritt. Ist niemand unter euch, das letzte Geschäft zu verrichten, will ich es gerne selbst tun. Doch bevor ich dir den letzten Stiefel abhacke, zeig dich und steh ein letztes Mal auf, damit selbst die in den hinteren Reihen erkennen, wer der Mörder des jagdgrünen Helden ist und wem der dreizehnte Platz gebührt.

Die Bühne dreht sich zum letzten Mal, und an ihrem Rand sitzt breitbeinig Hagen, legt dem Laien aus Worms seinen Arm um die Schultern und winkt seinen alten Freund Volker heran, der Siegfrieds Schattenspiel auf der Fiedel begleitet: OHOLALALA! Das Schwert war so grün wie die Fiedel rot und sein Held so lebendig wie der andere tot, während Hagen in die vorderen Reihen spuckt und laut und deutlich verkündet: Ein geneigtes Haupt wird nicht abgeschlagen. Doch ich bin nicht geneigt, sondern trage meinen Kopf nach wie vor oben und meine Wanderfalte quer über der Stirn. Vor niemandem will ich mich jemals wieder verneigen: nicht vor Gunther noch Gernot noch Giselher, vor Rüdiger nicht und vor Dietrich nicht und auch nicht vor meinem rudernden Bruder. Und vor Etzel schon gar nicht!

Frau Kettelhut hat ganze Arbeit geleistet: Der Widersacher hat sich in Hitze geredet, das Publikum, sämtliche Daumen nach oben, folgt ihm bereits auf allen Kanälen. Nur Kriemhild beginnt plötzlich leise zu lachen, weil sie endlich begreift, dass selbst der alterslose Bestatter offenbar nicht mehr der Jüngste ist und dass Kampfsport und Denksport zweierlei sind. Ohne mich, sagt die Königin, wirst du das letzte Rätsel nie lösen. Denn du hast deine Kindheit an falschen Höfen verbracht und jede Menge falscher Köpfe gesammelt. Du hast Fährmänner, Kapläne und Schätze versenkt. Du hast Flöße zerschlagen und nach Feierabend mit einem geliehenen Schwert auf den Knien die letzten Feuer an feindlichen Ufern bewacht und dabei den einen oder anderen Stich gemacht.

So bist du zum Totengräber meiner Wünsche geworden. Doch den letzten Stich, ob Gott will oder nicht, mache ich, denn ein abgeneigtes Haupt fällt fast wie von selbst und rollt von ganz allein in die richtige Richtung. Daran wird auch dein Einspruch nichts ändern. Und auch in Zukunft will ich von Freundschaft nicht reden. Doch bevor du mit Rumolt auf Rente gehst, sei mir ein letztes Mal Onkel und Helfer in einer Person und erweise die Ehre unserem gemeinsamen Schatz.

Und die Königin reicht ihm das Buttermesser.

Wie Hagen dem letzten Schatz aus der Torte hilft

Bataille Royale! Der Widersacher zögert keine Sekunde und schiebt das grüne Schwert ohne Anstand und Sorge immer weiter nach unten bis hinab auf den Grund, damit sich der süße verdorbene Rest endlich aus der Geschichte erhebt: Einbeinig, fürchterlich abgemagert, unrasiert und noch schlechter riechend, die entzündeten Augen tief in den Höhlen, in der Linken die Krücke und in der Rechten die goldene Rute, erscheint die ungeladene Goldene Dreizehn.

Da erzittert der Hofstaat, es verstummt die Musik, Siegfrieds Schatten beginnt endlich wieder zu schrumpfen, und die Donau fängt an, frisches Eis auszubilden. Die Bestecke frösteln, die Gläser klirren, und das Tischtuch gefriert, während die Zwerge und Söldner nicht müde werden, immer heftiger gegen die Tür des Festsaals zu schlagen. Einzig Kriemhilds Serviette fällt nicht zitternd zu Boden, weil sie besser als alle anderen weiß, dass jetzt das letzte Halslöserätsel kommt, dreizehn Fragen, die selbst Hagen nicht beantworten kann.

Was ist das? Erstens König ohne Land, zweitens Fiedler ohne Hand, drittens Jäger ohne Meute, viertens Braut und ohne Beute, fünftens Schatz und ohne Truhe (ein Gewissen ohne Ruhe), sechstens Krone ohne Kopf, siebtens Köche ohne Topf, achtens Karten ohne Spiel, neuntens Speere ohne Ziel, zehntens Fährmann ohne Lohn, elftens nur ein leerer

Thron, zwölftens Tote ohne Täter, dreizehntens der Hochverräter.

Aber Kreuzworträtsel haben Hagen noch nie interessiert. Und schon gar nicht sein rheinisches Publikum, zumal es gerade wieder heftig zu regnen beginnt. Ein Wolkenbruch über dem Freilichttheater. Die Zuschauer spannen die Schirme auf, die Menge erhebt sich auf sämtlichen Rängen, wird groß und bedrohlich und schreit unisono und zunehmend schunkelnd: Schlagt ihm endlich den Kopf ab!

Pause

Der Wormser Nibelungenkurier ist allerdings auch in diesem Jahr schneller und lässt uns bereits vor der Pause wissen: »Ein Held, der nichts als ein Schatten ist, eine Königin, die nicht mehr als den Kreuzstich beherrscht, die Tischkarten beschriftet und Torten backt, ein Widersacher, der einem verkrüppelten plappernden Schatz aus einer vermeintlich vergifteten Torte hilft, und ein alternder Küchenmeister zwischen Lorbeer und Linde: Auch in diesem Jahr präsentiert uns Frau Kettelhut vorzugsweise schwächliche Typen; abgesehen von einem Laien aus Worms, der seiner rudernden Zunft alle Ehre macht und mit großem Abstand der Einzige ist, der in seiner Rolle zu überzeugen vermag, während er im Angesicht von Totschlag und Mord den Tod als Rose zwischen den Zähnen zeigt.«

In der Umkleide entsprechend gedämpfte Stimmung, deshalb unsere erste Frage an Rumolt: Rumolt rät ab, so steht's auf dem Spruchband. Wie beurteilen Sie den zweiten Teil der Geschichte? Antwort: Dass der erste Teil an den zweiten nicht so recht anschließen will, merkt jedes Kind, dazu muss man kein Schauspieler sein. Siegfried ist tot, der Grüne Zwilling ist höfisch eingemeindet, und das Schicksal nimmt seinen realpolitischen Lauf. Dass Rumolt abraten muss, liegt in der Natur der Sache.

Frage: Bleibe im Lande und nähre dich redlich? Antwort: Rumolts Rolle ist groß, aber sein Auftritt ist kurz. Auf den ersten Blick hat er in der ganzen Geschichte nicht viel zu sagen, obwohl er, von Hagen abgesehen, offenbar der Einzige ist, der begreift, was hier vor sich geht. Frage: Können Sie Ihre Rolle als Koch etwas genauer erläutern? Antwort: Da verwechseln Sie was. Im höfischen Kontext ist mit dem Küchenmeister der Hofmeister gemeint, eine ziemlich komplexe Position. Als Frau Kettelhut auf die absurde Idee kam, mich unter einer Kochmütze auftreten zu lassen, habe ich sofort Widerspruch eingelegt. Rumolt ist alles andere als ein Dienstleister, sondern lediglich ein Mann mit guten Manieren. Und das ist nicht ästhetisch, sondern politisch gemeint.

Frage: Sollten nicht auch Köche insgesamt politischer sein? Antwort: Wir reden hier nicht von Pfeffer und Salz oder von einem fleischfreien Freitag, sondern von einer alten höfischen Ordnung, die sich auf der Bühne von Worms kaum vermitteln lässt. Parlamentarisch und demokratisch gedacht, wäre Rumolt in der Opposition, weil er in seiner Küche, genauer bei Hof, bemerkt, dass die Sache längst aus dem Ruder läuft, dass sich die Kräfte der Regierung auf Ziele richten, die de facto nicht zu verwirklichen sind. Etwas blanker gesagt: Er ist der Pragmatiker unter den Mördern, der seine Hände am liebsten in Unschuld wäscht. Nichts dagegen, er liebt das Leben, und das kommt im Rheinland ja bekanntlich immer gut an.

Frage: Hätten Sie lieber einen andern gespielt? Antwort: Nein. Um die Rolle von Rumolt reißen sich alle, jedes Jahr wieder aufs Neue, nicht nur weil er klar und entschieden ist, sondern weil sein Auftritt so komfortabel und kurz ist, dass er nach der Pause nicht wieder auftauchen muss, sondern durch ein schlichtes Spruchband ersetzt werden kann. Mit anderen Worten: Er kann nach dem ersten Akt einfach nach Hause gehen und sich endlich ein Bier aufmachen.

Frage: Und warum sind Sie dann nicht längst schon zu Hause? Antwort: Alte Schule und die Liebe zum großen Applaus. (lacht) Natürlich könnte ich jetzt mit einem Bier in der Hand zu Hause vor dem Fernseher sitzen, aber ich ziehe es, übrigens zum Unmut meiner Frau und meiner zwei Kinder, immer noch vor, mit dabei zu sein, bis Hagen endlich den Kopf verliert. Nichts ist schöner, als sich danach zusammen mit den anderen zu verbeugen. Ein geneigter Kopf wird nicht abgeschlagen! (lacht) Frage: Also doch Lorbeer- statt Lindenblatt? Antwort: Theater ist keine Küchenparty. Das ist schlicht eine Frage der Solidarität.

Frage: Solidarität ist ein ziemlich großes Wort. Ist Rumolt nicht das Zünglein an Kriemhilds Waage? Antwort: Kriemhild ist keine Küchenfee, die hat keine Waage, und es gibt auch kein Zünglein, von Gleichgewicht kann keine Rede sein. Sicher ist nur: Das Ende der Geschichte ist unabwendbar, daran kann auch die kühnste Regie nichts ändern und schon gar nicht die brave Frau Kettelhut.

Warner sind auf diesem Weg nicht erwünscht? Antwort: Denken Sie an die Waschfrauen oder an den armen Kaplan. Die Geschichte folgt ihren eigenen Gesetzen. Darin unterscheiden sich unsere Nibelungen nicht im Geringsten von der Realpolitik. Kampfsport und Denksport, wie es im Text so schön heißt, sind die Parameter, zwischen denen sich alles entscheidet.

Frage: Und Rumolt gehört auf die Denksportlerseite? Antwort: Wohin sonst? Ein durch und durch vernünftiger Mann. Eine bessere Besetzung für das Amt des nächsten Bundestagspräsidenten könnte man sich kaum wünschen. Frage: Sie lesen den Text also tatsächlich politisch? Antwort: Die Frage beantwortet sich von selbst. Wer die Nibelungen nicht politisch liest, hat sie aus meiner Sicht überhaupt nicht gelesen. Die Wissenschaft liest das natürlich anders, von der Regie an dieser Stelle gar nicht zu reden. Nichts gegen die Regie von Frau Kettelhut und nichts gegen die Fassung des Bischofs aus Passau. Aber wer sich bis heute darüber streitet, welcher Schreiber am Ende recht gehabt hat und welche Handschrift womöglich den Vorsitz hat, A, B oder C, der ist für mich aus dem Rennen.

Frage: Rumolt rät also von der Wissenschaft ab? Antwort: Als Schauspieler rate ich nichts und niemandem ab. Wer auf der Bühne steht, liest Handschriften anders. Die übertriebene Expertise hat bei uns allem voran für Gelächter gesorgt, weil von denen, die hier die Hauptrollen spielen, keiner das Mittelhochdeutsche beherrscht. Wir sind auf Übersetzungen angewiesen, qua Profession übrigens ganz ohne Not, weil jeder Schauspieler ein Übersetzer ist und dem Text seine eigene Stimme verleiht. Nibelungische Werktreue, falls es sie jemals gab, ist für uns kein Thema.

Frage: Und wie gibt man einer Nebenrolle eine eigene Stimme? Antwort: In den Nibelungen gibt es keine Nebenrollen. Von Siegfried bis hinunter zum Lindenblatt ist jeder einzelne Kopf von höchster Bedeutung. Was auch immer man gegen Frau Kettelhut sagt, das jedenfalls hat sie sofort begriffen und das Stück entsprechend paritätisch besetzt. Vom ersten Schatz bis zum letzten Verräter bekommt auf der Bühne jeder seinen eigenen Platz. Im Theater sitzen wir alle im selben Boot.

Frage: Aber auf der letzten Fahrt ist Rumolt doch gar nicht dabei? Antwort: Ich wiederhole mich, er hält auf gute Manieren. Die Tortenschlacht und der Stummfilm des Ostens sind für einen rheinischen Küchenmeister keine Option.

Etwas gereizter reagiert Rüdiger alias RvP, als wir ihn in der Pause auf seine Rolle ansprechen: Auf den ersten Blick sind Sie ein Liebling des Publikums, ein Sympathieträger erster Klasse, wie es im Text so schön heißt; aber hat man jemals von einem Vater gehört, der seine Tochter an den jüngsten Bruder eines Königs verkauft, der nicht sein eigener ist? Und sein bestes Schwert kurz vor der Reise ins Nichts an den erfolglosen mittleren Bruder verschenkt, um am Ende durch dasselbe Schwert umzukommen? Das hört sich nicht gerade nach einer Traumrolle an!

Antwort: Da gibt es noch ganz andere Rollen! Rein historisch betrachtet, ist RvP zunächst mal nichts als ein Lehnsmann. Für einen Schauspieler, der die Knute der Hierarchie besser als jeder andere kennt, ein vertrauter Spaziergang zwischen Unterwerfung und Abhängigkeit. Als Schauspieler ist man immer der Zweite, niemals der, der man ist, sondern der, den man spielt. Auf dem Theater ist jedes Schwert ein geliehenes Schwert. Traumrollen haben bekanntlich so gut wie nichts mit dem wirklichen Leben zu tun, mit dem eigenen schon gar nicht.

Frage: Also doch eine Traumrolle? Antwort: Denken Sie an Shakespeare, an Schiller, an Büchner. Traumrollen sind Rollen, die das Zeug dazu haben, im Lauf des Stückes zu Albtraumrollen zu werden. Wie sich übrigens sämtliche Rollen in diesem Stück als ein galoppierender kopfloser Albtraum erweisen. Das macht die Nibelungen ja bis heute so reizvoll; ganz egal, wer darin welche Rolle spielt, am Ende kommen fast alle um und damit alle auf ihre Kosten, jeder verliert seinen eigenen Kopf und ist damit buchstäblich bei sich.

Einwand: Das mag gerecht sein, aber ist das ein Vorzug? Kein Licht am Ende des Tunnels, keine Chance auf Versöhnung? Antwort: Ich fürchte, Sie haben das Prinzip nicht verstanden. RvP ist auf den ersten Blick zwar ein guter Mann, heute würden wir sagen: integer, aber wer hat schon Lust, einen guten Mann zu spielen? Das Theater ist nicht dazu da, uns mit der Welt zu versöhnen oder zu behaupten, die Geschichte ginge womöglich gut aus. Schließlich sind wir keine Märchenerzähler. Auch Rüdiger muss sein Leben verlieren, an einem Tisch, der nicht rund, sondern eckig ist, in einem

Gemetzel, das seinesgleichen sucht. Sein Tod zieht sich über Strophen und Seiten hin, an denen sich bestenfalls noch Mediävisten erfreuen.

Frage: Und wie gehen Sie mit diesen Längen um? Antwort: Auf den Proben hat uns Frau Kettelhut immer wieder erklärt, dass besonders der zweite Teil seine Dynamik aus genau diesen Längen bezieht, um auf diese Weise deutlich zu machen, dass sich das Unausweichliche grundsätzlich quälend langsam ereignet. Ein Prinzip, das ich nie ganz verstanden habe, weil ich es, schon rein dramaturgisch, für ziemlich zweifelhaft halte. Theater, ich wiederhole mich, ist nicht das wirkliche Leben, das sich leider wie ein Kaugummi in die Länge zieht. Für Zuschauer von heute nur schwer erträglich. Die zweite Pause hätte man sich ohne Not sparen können. Kein Cliffhänger rettet die Nibelungen. Er dient einzig und allein dem Verkauf von Getränken, an dem wir als Schauspieler bekanntlich keinen Anteil haben.

Frage: Sie wären also lieber schon vor der Pause gestorben? Antwort: Die Frage ist nicht wann, sondern wie. Es geht um die Plattform. Bei Frau Kettelhut hat Rüdiger keine eigene Bühne, deshalb kann er keine eigene Wirkung entfalten. Der Konflikt wird nicht von innen nach außen erzählt, sondern von außen nach innen. Einwurf: Frau Kettelhut hat Ihnen also die Show gestohlen?

Antwort: Die Antwort darauf überlasse ich Ihnen, Sie haben das fade Stück ja gesehen. In Wahrheit könnte Rüdiger großes Theater sein, spätestens dann, wenn er am Schluss seinem Mörder begegnet und im letzten Augenblick sagt, ich zitiere: »Denkt an eure Treue, wenn Gott euch von hier wegkommen lässt, und lasst das Mädchen nicht für meine Taten büßen. Seid euch selbst zur Ehre nachsichtig mit mir.«

Frage: Sie zitieren das Original? Antwort: Was sonst?

Übrigens nur der kleinste Teil einer sehr großen und sehr ergreifenden Rede, die im strophischen Mitteldeutschen vermutlich ganz anders klingt, von dem, mich eingeschlossen, die meisten Schauspieler ja gar keine Ahnung mehr haben. Doch auch in gebräuchlichem Deutsch ist die Szene an Grausamkeit kaum zu übertreffen, wenn Gernot mit seinem geschenkten Schwert den Schwiegervater in spe seines kleinen Bruders mit den folgenden Worten erschlägt: »Nun soll euer Geschenk euch zum Verderben werden!«

Einwand: Ein schönes Beispiel für nachhaltige Textarbeit! Antwort: Allem voran wohl eher ein Beispiel dafür, dass die Nibelungen schon lange nicht mehr als Role Model taugen und dass die meisten von uns, die nach wie vor mit im Festspielboot sitzen, das Geschäft aus rein folkloristischen Gründen betreiben. Frage: Die Nibelungen nichts als Folklore? Antwort: Ich persönlich nehme die Geschichte ernster denn je. Nie habe ich Rüdiger von Pöchlarn lieber gespielt als in diesem Sommer, weil ich zum ersten Mal wirklich begriffen habe, dass er besser als jeder andere weiß, dass zwei Könige nicht unter denselben Kettelhut passen.

Nachfrage: Ein klassischer Loyalitätskonflikt? Antwort: Niemand weiß, wie man einen Rüdiger spielt. Niemand weiß, was Rüdiger wirklich empfindet, wenn er Hagen den letzten Schild überreicht und sich kurz vor seinem Tod ein letztes Mal vor ihm verbeugt. Der Leser wird weinen, aber die Zuschauer klatschen; sie wissen genau, ihr Held muss jetzt sterben, aber wenn er wenig später tatsächlich stirbt, haben sie keinen Anteil am Drama, weil die Regie sich im Slapstick erschöpft und keine Sekunde lang deutlich macht, warum Gernot und Rüdiger sich gegenseitig erschlagen.

Einwand: Das klingt so dramatisch wie undurchsichtig. Antwort: Dann lesen Sie doch einfach das Original, ich zitiere:

»Der Lärm war verebbt. Die Stille dauerte so lange, dass Etzel verdrossen wurde. Wehe über solche Dienstleistung, sagte Kriemhild, sie ist nicht zuverlässig genug, um unseren Feinden zu schaden.« Frage: Und was will Kriemhild uns damit sagen?

Antwort: Dass die Geschichte noch nicht zu Ende ist. Irgendein Kopf bleibt immer übrig, nicht nur auf dem Theater. Irgendeiner denkt immer weiter. Nachfrage: Und was machen wir mit diesem übrigen Kopf? Antwort: Das sollten Sie besser Frau Kettelhut fragen. Mit der Inszenierung des letzten Abendmahls hat sie die Zahl der Köpfe ja praktisch und drastisch begrenzt. Einwand: Vielleicht hat sie den Überblick verloren? Antwort: Wer würde den nicht verlieren, sobald er jenseits der Donau unterwegs ist?

Frage: Ist die Inszenierung des letzten Abendmahls nicht bloß ein billiges Ticket auf die Erlösung, also nichts als der Rückgriff auf ein so bekanntes wie bewährtes Narrativ für das rheinisch-katholische Publikum, das außerhalb des Karnevals kein Blut sehen möchte? Antwort: Kommen Sie mir nicht mit dem Narrativ. Das Narrativ ist für Schauspieler mit Sinn und Verstand nichts als ein kleines hungriges Tier, das man, genau wie ein Tamagotchi, jeden Morgen aufs Neue dick und rund füttern muss.

Nachfrage: Es hat sich also in Siegfrieds Drachen verwandelt? Antwort: Das Narrativ ist der Hammer und Siegfrieds Drache der Nagel, auf dessen Kopf der Schauspieler schlagen muss, damit es sich endlich in nichts auflöst. Frage: Und mit welchem Ergebnis? Antwort: Auch in diesem Fall hilft, wie meistens, der Hammer nicht weiter, schon gar nicht gegen die Verzweiflung an einem Stoff, dessen Personal unüberschaubar ist, sobald das finale Gemetzel beginnt. Was das betrifft, hat Frau Kettelhut übrigens ganze Arbeit geleistet: Tausend hunnische Recken und drei Könige mit ihren Vasallen vom Rhein auf zwölf Jünger und einen Verräter herunterzukürzen – das muss man sich erst mal trauen. Das hätte ihr nicht mal Fritz Lang nachgemacht.

Einwand: Sie vergleichen Frau Kettelhut mit Fritz Lang? Antwort: Nein, Äpfel mit Birnen. Obst bleibt nun mal Obst. FL war ein Genie, aber auch Genies sind bekanntlich auf ein Budget angewiesen. Nachfrage: Und in Worms ist man nach wie vor knapp bei Kasse? Antwort: Worms bleibt eben Worms. Dass auf der Festspielbühne ein rudernder Laie den Tod spielen muss, sagt ja wohl alles. Und dass der Männergesangsverein aus Pfiffligheim auf dem Rücken seiner Kostüme das Logo von Lotto und Toto Worms trägt, ist für jeden, der weiß, was ein Hofmeister ist, schlicht und einfach eine Bankrotterklärung.

Nachfrage: Mit anderen Worten: ein Hilferuf? Antwort: Hilferufe sind nicht des Rheinländers Art. Eher ein karnevalesker Hinweis darauf, dass wir für Spenden und Zuschüsse jederzeit offen sind.

Grund genug, an die Tür des Kaplans zu klopfen, der in der Umkleide nebenan seine Kutte ausbürstet. Erste Frage an den Kaplan: Wie fühlt es sich für einen Nichtschwimmer an, ohne Rettungsmittel und Klingelbeutel in die reißende Donau geworfen zu werden?

Fragen Sie den, der ihn spielt, oder seine Rolle? Persönlich bin ich ein sehr guter Schwimmer, jeden Morgen zweitausend Meter, manchmal auch mehr und im Sommer im Rhein, weshalb die Rolle eines Nichtschwimmers für mich die größte Herausforderung ist. Einen Kaplan zu spielen, der im Wasser nicht weiß, wie man Hände und Füße faltet, außer wenn es um große Gebete geht, ist so, als würden Sie den Laien aus Worms darum bitten, so zu tun, als könnte er gar nicht rudern.

Frage: Und wie lösen Sie dieses Problem? Antwort: Wie jeder geübte Rückenschwimmer. Man vertraut sich physikalisch dem Wasser an, legt sich mit ausgebreiteten Armen und Beinen auf die an sich feste Oberfläche, atmet dabei möglichst regelmäßig, pumpt sich zu einem körpereigenen Schlauchboot auf und praktiziert das, was man im Volksmund unter Hobbyschwimmern den TOTEN MANN nennt.

Apropos toter Mann: Ist die Darstellung kirchlich oder religiös grundierter Rollen auf der Bühne inzwischen nicht insgesamt problematisch, womöglich sogar etwas unappetitlich, vor allem im Rheinland? Antwort: Unappetitlich sind vor allem die Nibelungen! Dagegen nimmt sich der Kaplan ehrlich gesagt völlig harmlos aus. (lacht) Denken Sie bloß an das Etzelgemetzel, letzter Akt, vorletzte Szene, wenn Kriemhild der Tischgesellschaft die Treue aufkündigt, den Speisesaal von oben bis unten verriegelt und zum guten Schluss einfach abfackeln lässt, während drinnen weiter die Köpfe rollen und die Überlebenden gegen Feuer und Durst schließlich anfangen, das Blut ihrer Opfer zu trinken.

Das hört sich kannibalistisch an. Antwort: Das hört sich nicht nur so an, das ist auch so, weshalb es natürlich kein Wunder ist, dass Frau Kettelhut diese Szene immer wieder gestrichen hat und damit aus meiner bescheidenen Sicht auf einen der schönsten Effekte verzichtet, ich zitiere: »[...] ›Ihr Herren, wer unter dem Durst leidet, der mag Blut trinken. Das ist bei solcher Hitze noch besser als Wein, und besser können wir es jetzt nicht haben.‹ Da ging einer der Ritter zu einer Leiche und kniete an der Wunde nieder; er band den Helm ab und begann, das strömende Blut zu trinken.

So wenig er es gewöhnt war, es schien ihm erfrischend. ›Vergelt Euch Gott, Herr Hagen‹, sagte der Erschöpfte, ›dass ich mich auf Euren Rat hin habe satt trinken können. Mir hat der Wein selten besser geschmeckt.‹ [...]«

Da vergeht einem der Appetit natürlich doppelt und dreifach. Aber um auf den Kannibalismus der Kirche zurückzukommen, da kennen Sie sich als Kaplan doch wohl aus: Wird dort nicht jeden Sonntag von neuem nicht nur das Blut, sondern auch der Leib Christi gereicht? Was ist der Unterschied zwischen Mythos und Ritus, zwischen hunnisch-heidnischer Vorzeit und plumpem Missbrauch? Redet sich die Kirche hier nicht mit der Kunst heraus?

Gegenfrage: Was ist Theater, was ist alte Gewohnheit? Als Schauspieler bin ich grundsätzlich für alles offen. Gestern war ich noch Zwerg, heute bin ich Kaplan.

Einwand: Manchmal fragt man sich schon, wie das zugeht bei der Besetzung der Rollen. Antwort: Was ich jetzt sage, wird Sie vielleicht überraschen, aber letztes Jahr war ich tatsächlich noch nicht der Kaplan, sondern Zwerg Zorn. Damit bin ich allerdings auf wenig Zuspruch gestoßen, weil ich mich weder häuten noch kreuzigen lassen wollte. Im Übrigen gebe ich neidlos zu, dass mein Nachfolger das dieses Jahr wesentlich besser macht. Frage: Trotzdem sind Sie im Spiel geblieben? Antwort: Nicht ich, sondern der Kaplan ist im Spiel geblieben, nach meinem Flop mit dem Zwerg meine letzte Chance. Die habe ich mit beiden Händen ergriffen und damit eine Rolle gefunden, die ich wesentlich besser ausfüllen kann.

Frage: Geht das etwas genauer? Antwort: Einen Kaplan zu spielen, ist keine Kleinigkeit. Schauen wir uns die Rolle mal unter der Lupe an: ein Mann, der in einer verschwitzten Kutte in der schmutzigen Donau auf einem Floß steht, von dem er längst ahnt, dass sein Widersacher es in Kürze in Stücke zerhaut. Einwand: In der Natur des Kaplans liegt es doch, Leben zu retten, an einen Untergang darf er schon qua Profession weder denken noch glauben.

Antwort: Was auch immer dieser Kaplan denkt oder glaubt – meine Lieblingsszene ist jedenfalls die, in der er plötzlich in aller Seelenruhe beginnt, auf selbigem Floß sein Kirchengerät zu polieren. Das ist im Wortsinn ein durch und durch magischer Auftritt. Wer nimmt sich heute noch die Zeit, im Angesicht seines nahenden Untergangs mit Hingabe einen Kelch zu polieren? Man kann das auf zweierlei Weise ausdeuten, als Akt der Verlegenheit oder als Akt größter Souveränität.

Einwand: Die Rolle des Kaplans bleibt trotzdem so fremd wie erstaunlich. Antwort: Allerdings. Nicht zuletzt deshalb, weil sie, allen Behauptungen zum Trotz, Kriemhild sei jeden Morgen in ihrem prächtigen Witwenschwarz artig zur Messe in den Wormser Dom gegangen, in das durch und durch heidnische Lied nicht so richtig hineinpassen will. Nachfrage: Da war wahrscheinlich ihr Onkel, der Bischof von Passau, am Werk? Antwort: Dieser Bischof von Passau ist zwar eine interessante Nebenfigur, aber doch eher ein Fall für die Wissenschaft. Auf der Bühne von Worms entwickelt er, jedenfalls für mein Empfinden, keine nachhaltige oder besondere Wirkung.

Einwand: Auf der Bühne von Worms vielleicht nicht. Aber im Rathaus von Passau hat er sie schon. Antwort: Historienschinken sind keine Kulisse von heute. Ich komme, genau wie Brunhild, aus Hamburg. Dem rheinischen Katholizismus bin ich genauso abhold wie den fetten katholischen Wiener Torten. Mit dem Bischof von Passau habe ich wenig zu schaffen, und aus einem Kelch würde ich nie im Leben trinken, egal ob Wein darin ist oder das Blut des Erlösers. Mit solchen Fragen befasse ich mich nicht, das sind für mich Kategorien von gestern.

Metaphysik ist in der Rolle also kein Thema für Sie? Antwort: Wenn Sie mich damit fragen wollen, ob ich womöglich an Wunder glaube, dann beantworte ich die Frage getrost mit nein. Einwand: Wunder gibt es immer wieder! Antwort: Beim letzten Abendmahl mit Sicherheit nicht. Auf dem Theater dagegen ganz ohne Zweifel. Da gehören Wunder natürlich zum Repertoire. Aber das ist keine Metaphysik, das ist das einfache Überrumpelungsprinzip, der unerwartbare Rest, das, womit keiner gerechnet hat. Sonst würde man ja nicht ins Theater gehen. Man will sehen, wie die Bühne sich ständig dreht.

Einwand: Das Theater als Überraschungsei? Antwort: Wenn Sie so wollen. Aber auch das Ei des Kolumbus ist keine Metaphysik. Metaphysisch ist für mich lediglich jener kurzfristig feste Vertrag, den ich in diesem Sommer abschließen konnte und der mit etwas Glück mich und meine Familie ernährt, bis auch dieses Floß den Bach runtergeht. Diesbezüglich ist allerdings in jeder neuen Saison ein beharrlicher Wunderglaube gefragt.

Und mit was laden Sie Ihre Rolle bis zum nächsten Vertrag auf? Antwort: Mit meiner kleinen Freude darüber, meinen alten Zorn über diesen hässlichen Stoff nicht vor seiner Zeit begraben zu haben; mich stattdessen einfach in fremdes Wasser zu werfen und darauf zu vertrauen, dass mich die Donau ans richtige Ufer spült.

Letzte Frage: Richtiges Ufer klingt in diesem Fall euphemistisch. Als vorzeitig fast einziger Überlebender der Katastrophe zwischen Donau und Rhein sind Sie doch längst schon wieder so gut wie in Worms und haben Königin Brunhild vermutlich spätestens in der zweiten Pause gesteckt, dass der Ausgang des Unternehmens noch ungewiss ist, und dabei vermutlich nach alter Pfaffenart wohlweislich verschwiegen, dass außer Ihnen so gut wie niemand zurückkehren wird. Ist es traditionell nicht der Überbringer der schlechten Nachricht, der als Erster den Kopf verliert? Hätte man die Botschaft nicht einfach twittern können?

Antwort: Was den medialen Einsatz betrifft, ist Frau Kettelhut nach wie vor beharrlich von gestern. Ich sage nur: SPRUCHBAND! Mauerschau und Botenbericht, von Angesicht zu Angesicht, stille Post und höchste Gefahr, darauf lässt sie nichts kommen. Auf ihrer Bühne hat Twitter keine Chance. Doch selbst wenn – in diesem Fall schützt mich mein Beruf. Mein Beichtgeheimnis wird erst nach der Pause, also frühestens in der Klage, gelüftet. Bis dahin bleibe ich, was ich bin: die verschwiegenste und treibendste Kutte Deutschlands.

Ermutigt durch den Beistand der Kirche, empfängt uns Kriemhild diesmal bereits nach dem ersten Klopfen. Aus ihrer Trauer erwacht, von oben bis unten verlässlich blondiert, steht vor uns, strahlend und schön, Deutschlands beweglichste Superwitwe, die Verkörperung eines Supertraums, den sie selbst am allerwenigsten träumt. Erste Frage, seien wir ehrlich: Wer traut sich heute noch, eine blonde Kriemhild zu geben?

Antwort: Außer mir offenbar niemand. (lacht) Als mich Frau Kettelhut vor ein paar Jahren fragte, ob die Festspiel-Kriemhild eine Option für mich wäre, habe ich klipp und klar nein gesagt: Every German knows that story! Der Rest ist Wissenschaft oder Kitsch. Einwand: Aber war Kriemhild nicht mal eine der ganz großen Rollen? Rache,

Vergeltung, Emanzipation? Die Überwindung von Onkeln und Brüdern und Jägern, die sie de facto ins Unglück bringen?

Große mordende Frauen hat es in der Geschichte und auf dem Theater schon immer gegeben: Judith schlägt Holofernes den Kopf ab, Penthesilea verbeißt sich in Achill, und mein Kollege und alternder Freund Tarantino versucht in *Kill Bill*, Kriemhild in eine amerikanische Zwillingsschwester von Brunhild zu verwandeln. Dem Publikum wird jede Menge geboten, aber wenn Sie mich als Schauspielerin fragen: Schwert gegen Schwert ist für mich keine Option, auf der Bühne schon gar nicht. Oppositionen langweilen mich, sie stiften keine Erkenntnis.

Einwand: Dafür haben sie Unterhaltungswert. Antwort: Dafür geht man nicht ins Theater, sondern lieber zum Fußball, in den Zirkus, zum Film. Nachfrage: Kriemhild ist also Schnee von gestern? Kriemhild ist nicht Schneewittchen, weder schwarz noch weiß, weder die Gold- noch die Pechmarie, sondern höchst kompliziert. Aus jeder Rolle lässt sich Gold für die Gegenwart schlagen. Mich interessieren die Zwischentöne, die Schneiderstrophen und Unterzeilen, die sich in die Länge und Breite ziehen und sich dem Zugriff auf den Stoff womöglich verweigern.

Einwand: Das klingt theoretisch und ziemlich ermüdend. Antwort: Schönheit ist grundsätzlich ermüdend – listen, look and repeat, immer wieder von vorn. Aber mal ehrlich, wer träumt nicht davon, in der großen Betrachtung wenigstens kurzfristig endlich mal einzuschlafen? Seit zwei Jahren leide ich unter Schlaflosigkeit, weil ich den roten Faden verloren habe. Das Aufsagen einer Schneiderstrophe hilft da besser als jeder Rosenkranz.

Roter Faden? Antwort: Früher wurde man Schauspielerin,

um sich zu verkleiden und sich in das zu verwandeln, was man im wirklichen Leben nicht sein kann. Heute dagegen kommt man auf die Bühne, um zu verkörpern, was man tatsächlich ist. Authentizität ist das Gebot der Stunde. Frage: Warum spielen Sie dann in diesem Sommer trotzdem die Kriemhild? Antwort: Weil ich das richtige Leben im falschen liebe! Authentizität ist ein löblicher Ansatz, sofern man naiv genug ist, zu glauben, man könnte das Echte auf der Bühne zur Sichtbarkeit bringen. Bei Licht besehen der Tod des Theaters.

In anderen Worten: das Ende des Spiels? Antwort: Wenn nur noch der, der das Leben wirklich verkörpert, auch tatsächlich auf der Bühne erscheinen darf, hat sich die Bühne als Mittel erledigt. Sobald der erste echte Mensch die Bühne betritt, hat der Mensch vom Rollenspiel Abschied genommen; er tritt nicht mehr auf, sondern ist einfach da. Eine schlichte Erkenntnis, aber künstlerisch betrachtet eine Revolution und aus meiner bescheidenen Sicht als Schauspielerin ein Weg in die Zukunft, der mir selbst natürlich das Wasser abgräbt.

Frage: Aber Sie endlich vom Zwang der Rolle erlöst? Antwort: Nicht nur erlöst, sondern vor allem arbeitslos macht. Frage: Also lieber doch nicht Schluss mit dem alten Spiel? Antwort: Erst mal Schluss mit heute blond, morgen schwarz, Schluss mit Kriemhild und Brunhild. Und endlich Schluss mit Siegfried, der sich sowieso keiner Farbe zuschlagen lässt. Einwand: Ist Siegfried nicht eindeutig auf der Seite der Grünen? Die profitieren doch bis heute vom Lindenblatt! Antwort: Mit Siegfried tut man den Grünen keinen Gefallen. Aber Politik interessiert mich nicht, genauso wenig wie große Gefühle. Kunst ist das eine, politische Praxis geht anders.

Einwand: Verkennen Sie da nicht die Figur, die Sie spielen? Antwort: Wer sich heute noch anmaßt, eine Kriemhild zu spielen, geht bei jeder zweiten Zeile sofort in die Falle. Nichts davon ist auch nur annähernd zeitgemäß, alles geht in die Hose. Und genau das ist die Botschaft: Die große Selbstbehauptung geht schief. Am Ende steht eine Königin, die Tischkarten beschriftet und Torten bestellt, schlimmer könnte die ganze Geschichte nicht enden. Und gendertheoretisch natürlich das reine Desaster. Aber damit kommt man Kriemhild natürlich nicht bei. Frau Kettelhut ist nicht Milo Rau, und Kriemhild ist mit allen Wassern gewaschen und authentischer als jeder Laie aus Worms.

Frage: Haben Sie deshalb das Angebot angenommen? Ehrliche Antwort: Es geht nicht um Worms, es geht mir um Wien, denn die zweite Hochzeit ist bekanntlich immer die schönste. Nichts gegen Siegfried, den Grünen Jäger, aber wenn ich an dieser Stelle nicht als Schauspielerin, sondern als Frau sprechen darf, dann ist Etzel natürlich die bessere Wahl. Wer, wenn nicht er, wäre dazu imstande, einen hunnischen Schatz gegen einen deutschen zu tauschen und im Schlepp eine ganze Familie in Kauf zu nehmen, die sein herrliches Reich zwischen Osten und Westen mit einem einzigen Handstreich versenkt. Wie verliebt muss ein König tatsächlich sein, um eine irre Königin wie Kriemhild zur Frau zu nehmen?

Frage: Sie glauben tatsächlich noch an die Liebe? Antwort: Irrsinn und Liebe fallen nicht selten in eins, in der Rolle von Kriemhild ja sowieso. Aber ewige Liebe gibt es nicht, sie ist ein Produkt des Theaters, das sie wie eine hässliche Schleimspur hinter sich herzieht. Nur für den Fall, dass Sie mich hier als Privatperson fragen: Für die große Liebe bin ich sowieso zu spät dran. Ich glaube an den nützlichen Pakt. Darüber können wir von den alten Texten bis heute übrigens einiges lernen.

Frage: Alter und Jugend mal beiseitegelassen: Was soll man von einem König lernen, der sich nach dem Tod seiner ersten Frau nicht nur einen fremden Drachen ins Haus holt, sondern auch die Schatten einer Vergangenheit, mit der er de facto überhaupt nichts zu tun hat? Wie kommt ein König wie Etzel auf die Idee, seinen Schatz mit einer Frau zu teilen, die dafür bekannt ist, dass sie alles, was sie besitzt, mit vollen Händen über den Jordan bringt?

Antwort: Vermutlich hat Etzel das Original nicht gelesen: Alle Schätze der Welt gehören ja sowieso einer Frau. Aber Textscherz beiseite. Wir befinden uns hier in einer anderen Welt, die sich mit heutigem Maßstab nicht messen lässt. Eine Kriemhild von heute würde sich keine Sekunde lang mit einem Tortenheber wie Hagen befassen, weshalb meine innere Kriemhild eine andere ist als die, die jetzt gleich auf der Bühne erscheint, um ihm endlich den Kopf abzuschlagen.

Frage: Sie haben also tatsächlich vor, den Widersacher kurz nach der Pause doch noch zur Strecke zu bringen? Antwort: Hagen, sweet Darling, ist kein Held, sondern nichts als ein deutscher Bestatter, und Bestatter bestatten sich in der Regel von selbst, so wie auch Kriemhild sich ganz von allein zu Fall bringen wird. Um ihr wirklich den Kopf abzuschlagen, braucht es weder Hagen noch Volker noch Hildebrandt, sie hat sich längst selbst um Kopf und Kragen geredet.

Frage: Denksport statt Kampfsport? Antwort: Wäre es wenigstens einmal nach mir gegangen, hätte man diesen Satz längst aus dem Text gestrichen. Aber Sie kennen Frau Kettelhut nicht: Brandmauer und Firewall in einer Person. Unerbittlich rund um die Uhr. Postmoderner gesagt: eine

Diskurshoheit, an der jeder Einspruch abprallen muss. Einwand: Also Kampfsport statt Denksport?

Antwort: Haben Sie jemals eine Nacht mit einem Grünen Zwilling verbracht, während nur eine Wand weiter Ihr großer Bruder und König als doppelte Null am Nagel hängt? Da relativiert sich das Heldentum auf so einfache wie überzeugende Weise. Mann und Frau sind doch schon lange kein Thema mehr, da kämpft Ungeheuer gegen Ungeheuer. Was die Nibelungen in den Stand einer Schullektüre erhebt, von der noch Generationen nach uns profitieren werden.

Von den Nibelungen lernen heißt also verlieren lernen? Antwort: Der Sieg steht jedenfalls nicht auf der Liste. Trotzdem möchte ich diese Rolle nicht missen. Ich bin weiß Gott nicht in Kriemhild verliebt, aber nach wie vor in ihre Rolle, weil Kriemhild so gut wie fast alles spielt, was ich mir persönlich niemals erlauben würde. Nachfrage: Nur en gros oder auch im Detail? Antwort: Diese lachhafte Trennung zwischen en gros und Detail, das große Ganze gegen das süße kleine Habacht, ist doch auch bloß so eine Wiener Erfindung. Sehnsucht und Unglück speist man nicht mit Pralinen ab. Selbst wer den Tod mit Rosen belohnt, weiß, dass er in Wahrheit zum Himmel stinkt. Was man bei den Nibelungen meistens vergisst, ist, wie grausam das letzte Gemetzel ist. So viel Blut passt in keinen Orchestergraben.

Von Ihren Kollegen dagegen hören wir, dass sie das Etzelgemetzel eher komisch finden. Antwort: Da sollten Sie lieber Frau Kettelhut fragen, die bis heute versucht, sich mit Torten statt Schwertern aus der Affäre zu ziehen. Ihr Sinn für ironische Brechung in Ehren, aber ich vermute, der Darsteller von König Etzel sieht die Geschichte ein bisschen anders. Nachfrage: Apropos Etzel: Ist es bloß ein Theatergerücht, dass der Darsteller von König Etzel seit zwei Wochen realiter

Ihr Ehemann ist? Hat Deutschlands beweglichste Superwitwe endlich ihren König gefunden?

Antwort: Schatz und Schatz haben einander ein Zeichen gegeben. Nachfrage: Und was bedeutet das für den Schatten von Siegfried? Antwort: Dass er kleiner und immer kleiner wird, um zu werden, was er von Anfang an ist: nichts als die Erinnerung an ein Lindenblatt und an einen Drachen, der längst verhandelbar ist. Letzte Frage: Und was hätte Ihre Mutter dazu gesagt? Antwort: Ich bin nicht der Traum einer höfisch liebenden Mutter, die ihrer Tochter den eigenen Untergang auslegt. Träume haben mich nie interessiert, genauso wenig wie der graubraune Falke, der mit knapper Not einem Albtraum entrinnt und längst auf der Schulter von Giselher sitzt.

Giselhers Tür, Jahrgang 2000, steht uns sperrangelweit offen: Sehr jung und sehr schön, in sehr hohen Stiefeln und endlich befreit von seinen zwei älteren Brüdern, tritt uns die Gestalt eines Jünglings ohne nennenswerte Haarfarbe und Bartwuchs entgegen, der genauso gut eine Frau sein könnte und seinen Schmerz mehr spielt als wirklich empfindet, weil er immer noch übt, was er niemals erlebt hat, während der Tod sein Gefolge zusammenruft.

Noch bevor wir die erste Frage stellen, begrüßt er uns mit seinem Lieblingszitat: »Der Tod hat uns arm gemacht, nun lasst das Weinen. Stellen wir uns in die Zugluft, damit die Harnische abkühlen. Ich glaube, Gott wird uns hier nicht länger leben lassen.« Frage: Man muss dem Tod also zwischen Tür und Angel begegnen? Antwort: Der Tod ist ein Laie aus Worms (lacht) und fürchtet Zugluft mehr als Gott und den Teufel. Ich dagegen ziehe die Arbeit an frischer Luft vor.

Frage: Dann sind Sie ja für Open Air wie geschaffen?

Antwort: Als Anfänger ist man offen für alles, der Stoff ist schließlich erstickend genug. Einwand: Der Höhepunkt des großen Gemetzels findet allerdings in geschlossenen Räumen statt, heiß wie die Hölle! Antwort: Der Untergang ist das reinste Grauen, aber auch hier achte man allem voran auf die Pausen, die viel quälender sind als der ganze Rest: »Der eine Ritter saß, der andere lehnte sich an, der Lärm war verebbt. Die Stille dauerte so lange, dass Etzel verdrossen wurde. Wehe über solche Dienstleistung, sagt Kriemhild, auf nichts und niemanden ist hier Verlass.«

Nachfrage: Diese Stelle haben bereits Ihre Kollegen zitiert, aber ist das wirklich das Original? Antwort: Ich zitiere nur das, was man unter Kollegen die goldene Schnittmenge nennt, eine Mischung aus Urtext und eigener Empfindung, die sich natürlich nur ein Schauspieler erlauben darf. Die Freiheit der Bühne, die Gunst des Moments: Hier eine Auslassung, da eine Ergänzung, damit sich das Große und Ganze besser vermittelt; aber im Großen und Ganzen regiert die Treue zum Stoff.

Apropos Treue: Wie halten Sie es mit ihrer feindlichen Schwester? Antwort: Ich liebe und verehre sie, auf der Bühne wie auch im wirklichen Leben. Allerdings ist Giselher eine Nebenfigur. Die größte und schönste Rolle spielt für mich immer noch Kriemhild, davor gehe ich nach wie vor in die Knie. Einwand: Dass Kriemhild ihre drei Brüder verrät und sie am Ende der Rache des Schwertes ausliefert und damit den Abschied vom Traum der Versöhnung nimmt, ficht Sie nicht an?

Antwort: Träume bringen ein Stück nicht voran. Träume wiederholen sich ständig. Nichts gegen den Falken, der bis zum schlechten Schluss versucht, so zu tun, als seien die Nibelungen nichts als ein Albtraum.

In Wahrheit ist also alles real? Real ist alles und nichts. Real ist der Bus, den ich jeden Morgen besteige, aber genauso real ist Frau Kettelhut, wenn sie mich zwingt, eine Rolle zu spielen, die es in echt vermutlich niemals gegeben hat. Einwurf: Sie meinen das dritte und kleinste und erbärmlichste G? Antwort: Nicht erbärmlicher als die Rolle von Hagen, die genauso real ist wie der versunkene Rheinschatz, mit anderen Worten: so irreal wie meine Theaterbrüder Gunther und Gernot, die als Brüder auf der Bühne realiter nerven; und, last, but not least, genauso real wie die Donau, an der ich realiter niemals gewesen bin. Real ist, was ich mir vorstellen kann, also – ich wiederhole mich – alles und nichts.

Nachfrage: Also auch das Schwert, unter dem einer stirbt, den sie angeblich nur spielen? Wir dürfen zitieren: »Da rief Giselher ihn an: ›Nun wendet Euch zu mir, edler Ritter. Ich will ein Ende schaffen, länger darf es nicht dauern.‹ Wolfhart drängte sich so ungestüm zu Giselher durch, dass ihm das Blut unter seinen Tritten bis zum Kopf spritzte.« Das klingt doch ziemlich real. Wenn wir den Text allerdings zu Ende denken, müssten Sie jetzt längst schon zu Hause sein, Ihr Kopf ist gerollt, und Sie können sich die erste Flasche aufmachen.

Antwort: Die erste Flasche wird erst nach der Klage geköpft, vorher fließt kein einziger Tropfen. Einwand: Es ist ja auch so schon genug geflossen, Tränen und Blut jede Menge. Aber um auf die Liebe zu Ihrer Schwester zurückzukommen: Haben Sie niemals über Kriemhilds Liebe zum Schatz nachgedacht?

Antwort: Der versenkte Schatz bleibt ein großes Geheimnis, aber Kriemhild selbst ist überhaupt nicht geheimnisvoll. Wer versuchen will, Kriemhild näherzukommen, muss allem voran ihre mathematische Seite begreifen, ihren Sinn für

Kalkulation und Berechnung, ihr Talent für den großen theatralischen Auftritt, ihre unschlagbare Gabe für die Rhetorik des Dramas.

Einwand: Schuld ist also kein Thema für Sie? Antwort: Wo kein Richter, da kein Kläger, und wo kein Geheimnis, da keine Enthüllung. Und ich weiß genau, wovon ich hier rede, ich habe nicht nur das Original gelesen, A, B und C, sondern auch sämtliche Filme gesehen, in denen Kriemhild immer wieder von vorn die blonde Schwester dreier alberner Brüder gibt, die sie angeblich bis heute noch unterdrücken. Alles richtig und falsch.

Frage: Nimmt der kleinste und jüngste Bruder in der Geschichte einen besonderen Platz ein? Antwort: Der kleinste und jüngste Bruder, das beweist jedes Märchen, ist schon immer besonders gewesen. Die älteren Brüder sind in der Regel verzichtbar, immer ist es der Jüngste, der am Ende die Kastanien aus dem Feuer holt und dann auf Umwegen zum Lohn die Prinzessin bekommt.

Einwand: Aber in den Nibelungen stirbt er am Ende ja doch, und auch die Liebe seiner Schwester rettet ihn nicht, wenn zwischen Tür und Angel der Tod den Sieg davonträgt, mit den zugegebenermaßen sehr schönen Worten: »Da ließ Wolfhart den Schild fallen, er schwang sein starkes scharfes Schwert hoch empor und schlug Giselher durch Helm und Harnisch. Sie hatten einander den Tod bereitet.« Das ist doch auch aus dem Original? Antwort: Zum Teufel mit dem Original!

Nachfrage: Bei aller Fixierung auf Ihre Schwester sollte man allerdings nicht vergessen, dass sich Giselher, bevor er in den Untergang geht, mit der Tochter Rüdiger von Pöchlarns verlobt. Ist Verlobung heute noch eine Kategorie? Ist das nicht bloß ein Ausweichmanöver? Antwort: Das Format der

Verlobung ist auf allen Kanälen im Kommen. Die alte Form ist mehr als gefragt. Einwand: Mit allen Risiken und Nebenwirkungen.

Antwort: Klar, dass der Apfel sauer ist, in den Giselher so kurz vor dem Untergang beißt. Denn wer sagt uns, bei Licht besehen, dass er Rüdigers Tochter wirklich heiraten wollte? Klar, es hört sich gut an, klingt ergreifend und süffig und fügt sich bestens in den dramatischen Stoff, Giselher kurz vor dem Untergang ganz nebenbei auch noch unter die Haube zu bringen. Doch vergessen Sie nicht, dass seine Liebe einer anderen Frau gehört, nämlich seiner Schwester, die er beim Wiedersehen in Esztergom höher gen Himmel wirft als jede Geliebte!

Nachfrage: Verlobte leben also nicht länger? Antwort: Vielleicht leben sie länger, aber sie verpassen das Beste. Verliebt, verlobt, verheiratet – das ist Theater von gestern. Nicht umsonst werbe ich am Theater seit Jahren für einen Rollentausch, allerdings nicht im Sinn der alten verstaubten Hosenrollen, sondern im Sinn eines echten Geschlechterwechsels. Einwand: Damit haben Sie bei Frau Kettelhut wohl kaum eine Chance? Antwort: Da machen Sie jetzt tatsächlich ein Fass auf, das schon seit Jahren überläuft: In den Nibelungen wimmelt es doch nur so von Frauen, die davon träumen, endlich in Männer verwandelt zu werden. Und umgekehrt natürlich genauso.

Einwand: Aber Sie wollen jetzt doch nicht ernsthaft behaupten, Männer wie Hagen und Dankwart oder Volker von Alzey hätten jemals davon geträumt, eine Frau zu sein? Antwort: Da missverstehen Sie mich. Hagen ist kein Mann, sondern ein Pfosten, der hat kein Geschlecht, der ist eine Erscheinung, ein Relikt aus einer anderen Welt. Was auch immer die Regie mit Hagen im Sinn hat, ganz egal, in welches Kostüm man ihn hüllt, ganz egal, in wen man ihn umdeuten möchte: Gegen Hagen hat das Theater der Gegenwart aus meiner Sicht nicht die geringste Chance.

Einwand: Aber Hagen ist doch Ihr Onkel! Antwort: Verwandtschaft ist eine Setzung von gestern, und die sucht man sich bekanntlich nicht aus. Wenn es um den Untergang geht, spielen Mann und Frau überhaupt keine Rolle. Einwand: Damit kommen Sie jetzt aber doch mächtig ins Träumen! Antwort: Ich träume nicht, ich komme zur Sache. Als der jüngste und kleinste Bruder einer uralten Königin, der davon träumt, seine eigene Schwester zu sein.

Einwand: Die ihre drei Brüder zur Hölle schickt, weil sie genau weiß, was die drei ihr angetan haben? Antwort: Um die Toten wird zwischen Tür und Angel bis zum Schluss ziemlich viel Gerede gemacht, von ihren Gräbern dagegen ist nirgends die Rede. Ein Thema, das mich beschäftigt, denn letztes Jahr ist meine Mutter gestorben, und da ging es plötzlich um Erde, Wasser und Luft: Wohin sollen wir ihre Asche verstreuen? Nachfrage: Und zu welchem Ergebnis sind Sie gekommen? Antwort: Wir haben uns für das Wasser entschieden.

Und gibt es einen Grabstein am Rheinkilometer? Antwort: Das bleibt ein Geheimnis. Aber so viel kann ich verraten: Zwei Kilometer weiter oben liegt Giselher. Und zehn Kilometer weiter unten, in Richtung Lochheim, vermutlich Hagen. Und irgendwo dazwischen der Schatz, dem meine Schwester den Kopf nicht abschlagen konnte.

An einem Stehtisch im Heylshof erzählt uns Blödelin kurz vor Mitternacht die Geschichte eines anderen jüngeren Bruders, der die Donau nicht mit dem Rhein verwechselt. Berufswunsch seit seiner Kindheit: Königsdarsteller. Trinkt keinen Tropfen, nicht mal ein Glas Sekt. Beim Casting trotzdem fünfzehn Mal durchgefallen. Danach die erste Entziehungskur: Bauchladenmann auf dem Festspielgelände. Türsteher mit Aussicht auf Kartenabreißer. Zwei Jahre lang Kantinenkassierer, Pferdewart und Steigbügelhalter. Im Nebenamt melancholischer Damenbegleiter. Falkenfütterer und Münzenpolierer.

Zweite Entziehungskur: Casting als Double von Zwerg Zorn. Durchgefallen. Unter Tage nachgerückt als Laternenträger und Käfigbetreuer. Wegen mangelhafter Bewachung des Schatzes entlassen und zwei Jahre als Schürfer auf Halde gesessen. Danach Arbeit in der Werbung für Perücken und Tarnhaut. Trinkt nach wie vor keinen Tropfen. Nebenbei Heldenbegleiter und Wanderführer. Drachenzähmer und Frauenversteher im Vorzimmer einer Königin, die sich bis heute zwischen Blau und Grün nicht entscheiden kann.

Dritte Entziehungskur: ein Steckbrief des Scheiterns, bis der kleine Bruder endlich aus seinem Tiefschlaf erwacht und sich entschließt, sich auf den dreizehnten Platz zu bewerben. Wird wider Erwarten auf Anhieb genommen, mit der so einfachen wie schlagend scheinhaften Begründung: Auf genau diesen Mann haben wir schon seit Jahren gewartet, weil seine deutsche Treue ihn so weich gekocht hat, dass er keine Sekunde lang zögern wird, endlich in die Rolle des Verräters zu schlüpfen, während der große geschlagene König Etzel von einem neuen Anfang nach dem alten Ende erzählt.

Um Etzels Rolle nicht mit seiner Person zu verwechseln, die sichtbar dickleibig und hörbar kurzatmig ist, zielt unsere erste Frage nicht auf seinen jüngeren Bruder, sondern auf den historischen Kontext: Haben Sie, bevor Sie Ihren Vertrag unterschrieben haben, jemals darüber nachgedacht, wer dieser Etzel alias Attila wirklich war?

Antwort: Wer auf dem Theater den Etzel spielt, denkt über solche Kategorien in der Regel nicht nach. Unter Schauspielern gibt es ein altes Spiel, das Sie vermutlich nicht kennen: Wer bei der Verteilung der Rollen »den Etzel« zieht, hat auf Anhieb die ganz große Null gezogen, den schönsten Verlierer der deutschen Theatergeschichte.

Können Sie das genauer erläutern? Antwort: Bevor ich Schauspieler wurde, habe ich Mathematik studiert, das hilft mir bis heute bei der Wahl meiner Rollen: Die Zahl Null ist nicht mehr und nicht weniger als die Anzahl der Elemente in einer leeren Ansammlung von Objekten und damit mathematisch gesprochen die Kardinalität der leeren Menge an sich. Je nach Kontext also verschiedenartig definierte Objekte, die allerdings oft miteinander identifiziert werden können, das heißt als dasselbe Objekt angesehen, das verschiedene miteinander kompatible Eigenschaften vereint.

Einwand: Das klingt kryptisch. Antwort: Nicht kryptischer als die Bühne und das wirkliche Leben. Als Schauspieler weiß man sofort, was gemeint ist. Da Kardinalzahlen als Anzahl der Elemente einer Menge mit speziellen Ordinalzahlen identifiziert werden und die Null die kleinste Kardinalzahl ist, wird die Null – im Gegensatz zum gängigen Sprachgebrauch – auch als *erste* Ordinalzahl gewählt. Als endliche Kardinal- und Ordinalzahl wird sie, je nach Definition, auch zu den natürlichen Zahlen gerechnet. Die Null ist also das neutrale Element, im Klartext bezüglich der Addition mithin die Differenz zweier gleicher Zahlen. Um es etwas einfacher auf den Punkt zu bringen: Als ganze Zahl ist die Null die erbliche Nachfolgerin der Minus-Eins, zugleich aber auch ihre Vorgängerin.

Nachfrage: Wir hinken immer noch hinterher. Antwort: Die Konkurrenz in der Thronfolge ist doch ganz offensichtlich.

Aber ich helfe gern nach: Stellen Sie sich die nibelungische Bühne, die sich heute Abend leider andauernd dreht, einfach als Zahlengerade vor, als den klassisch-historischen Zahlenstrahl, auf dem der Nullpunkt, in unserem Fall also Etzel, die positiven von den negativen Zahlen trennt. Die Null ist die einzige reelle Zahl, weil sie weder positiv noch negativ ist.

Nachfrage: Mit anderen Worten: Die Zahl Null ist dauerhaft rund und gerade und damit die Brandmauer zwischen Leben und Tod? Antwort: Besser gesagt zwischen dem Hier und dem Abgrund. Jeder Mathematiker und jeder Schauspieler weiß, dass die Null eine abstrakte Größe ist, dass es sie realiter also gar nicht gibt. Um es positiv auszudrücken: Sie ist unerreichbar. Nachfrage: Das heißt, König Etzel ist de facto inexistent?

Antwort: Man kann es auch metaphysisch ausdrücken: Als die größte und einzige Null ist er der unbewegliche erste Beweger in einem Kosmos, den er vermutlich selbst nicht kennt. Nachfrage: Und damit gewissermaßen ein Gottesbeweis? Antwort: Ich spiele den König, aber ich interpretiere ihn nicht. Diese unergiebige Aufgabe überlasse ich Ihnen. Unter uns, die wir in der Pause zwischen den einzelnen Auftritten hin und wieder tatsächlich noch Karten spielen, ist die Null natürlich kein Thema. Es gibt kein Kartenspiel, in dem eine Null auftritt.

Einwand: Im Skat gibt es doch Null oder Null ouvert? Antwort: Das ist mehr oder weniger Schlaumeierei. Die Nullspiele sind erst nachträglich ins System der übrigen Spiele eingebaut worden, sind also de facto nichts als Sonderspiele und stellen das Spielverfahren ungewollt auf den Kopf. Will man beim Farbspiel und beim Grand möglichst viele Stiche und Augen erspielen, so gilt bei den Nullspielen umgekehrt, diese erfolgreich abzuwehren. Nachfrage: Das heißt, man macht Stiche, ohne wirklich Stiche zu machen? Antwort: Man macht Gewinn durch Verlust. In den Nibelungen wird Null gegen Nichtig gespielt. Sie versuchen, die Niederlage in einen Sieg zu verwandeln.

Gehört in dieselbe Kategorie auch der Schatz, dessen Bedeutung durch seine Versenkung gesteigert wird? Antwort: Jedes Kind weiß, dass Schätze höchst bewegliche Güter sind, ständig auf Wanderschaft, heute hier, morgen dort. Bekanntlich bekommt man sie nur selten zu fassen. Ihr Wert ist durch und durch schwankend, mal steigend, mal fallend; nicht zuletzt, weil sie sich ständig verwandeln, weil ihre Erscheinungsformen verwechselbar sind, heute Echtgold und morgen Blattgold und Bitcoins.

Nachfrage: Was man heute noch zu besitzen geglaubt hat, ist also schon morgen verloren und damit nichts wert? Antwort: Davon singt jeder Börsianer sein eigenes Lied. Da helfen kein rechnender Zwerg, keine Kryptowährung, kein goldener Schirm, kein Söldner, kein Heer. Und schon gar nicht das Museum für Gegenwartskunst. Schätze werden angehäuft und gesammelt, aber was ihre Sammler betrifft: Da geht es nach wie vor um den großen und ungesättigten Rest, der sich weder mathematisch noch chemisch nach null auflösen lässt. Alles in allem eine heikle Geschichte, zumal es in den Nibelungen um Schätze geht, die an der Börse sehr unterschiedlich notiert sind.

Bis jetzt war nur von einem einzigen Schatz die Rede, der unter dem Tarnnamen Goldene Dreizehn firmiert und offenbar immer noch hoch gehandelt wird, obwohl er bekanntlich nur ein einziges Bein hat. Wie ist es den Nibelungen gelungen, jenseits ihrer finalen Katastrophe ihren Verlust langfristig in einen Marktwert zu verwandeln? Antwort: Das hat schlicht und ergreifend mit dem alten Label zu tun, also sprichwörtlich mit der Goldenen Dreizehn.

Die Kraft der alten Zahlensymbolik? Antwort: Jetzt mal ernsthaft und ehrlich: Wem hat die Dreizehn jemals Unglück gebracht? Sind Sie jemals im dreizehnten Stock abgestürzt, in der dreizehnten Etage stecken geblieben oder unter der Zimmernummer Dreizehn erstochen worden? Die Dreizehn ist nicht mehr und nicht weniger als die natürliche Zahl zwischen der Zwölf und der Vierzehn. Sie ist ungerade und eine Primzahl und damit schuldnerisch vollkommen unbelastet. Warum sie bis heute trotzdem den Ruf des Glücks und des Unglücks gleichermaßen genießt, kann ich Ihnen als schlichter Mathematiker nicht erklären. Was die Chemie und Lithurgik betrifft, so wird die Gruppe 13 im Periodensystem der Elemente als Gruppe der Erdmetalle oder auch als Borgruppe bezeichnet. Dazu gehört auch das Element mit der Ordnungszahl 13, was Ihnen Zwerg Zorn, der damit weit besser vertraut ist, jederzeit gern bestätigen wird.

Ihr Kenntnisreichtum in allen Ehren, aber was haben Mathematik und Chemie mit König Etzel zu tun? Antwort: Aus meiner bescheidenen Sicht, als der also, der ihn bloß spielen muss, ist es weder sein Wissen noch seine Kenntnis, die ihn im günstigsten Fall sympathisch macht, sondern seine tiefe Ratlosigkeit, die ihn so angreifbar, verletzlich und hilflos macht. Das kommt insgesamt gut, denn, seien wir ehrlich, wer kennt ihn nicht: diesen herrlich verträglichen dicklichen Typen, der auf den ersten Blick über alles verfügt, was um Längen und Breiten größer ist als der ganze Plunder, der angeblich bis heute bei Lochheim im Rhein versenkt ist oder im Baseler Museum für G-Kunst liegt. Der um der Schönheit einer Königin willen seinen weit größeren Schatz in die Waagschale legt und danach, mit Pomp und Posaune, buchstäblich alles verliert, was er jemals besessen hat. Für mich ist dieser freundliche Etzel, der früher mal der böse Attila war, die interessanteste Figur in der ganzen Geschichte.

Können Sie das noch näher erläutern? Antwort: Da ist nicht viel zu erläutern. Da genügt das Spruchband aus der Kettelhutwerkstatt, das, wenn ich das schon mal verraten darf, gleich, kurz nach der zweiten Pause, erscheint: EIN KÖNIG FÄLLT RHEIN UND HEBT AN, ZU KLAGEN. Einwand: Ziemlich plump für ein deutsches Theaterstück. Gegeneinwand: Die Wormser Festspiele sind nicht das Deutsche Theater, sondern ein Spektakel für jedermann. Aber davon mal abgesehen: Haben Sie jemals einen König erlebt, der in eine tiefere Grube fällt? Shakespeare und Co in allen Ehren, aber Etzels Schicksal ist auf dem Theater unerreicht.

Ist das nicht doch etwas hoch gehängt? Antwort: Auf dem Theater hängt das meiste zu hoch, meistens noch etwas höher. Alles immer ein bisschen groß, alles verzerrt, nichts kommt mit der Wirklichkeit ernsthaft zur Deckung. Und das ist auch gut so. Dafür hat man das Theater ja schließlich erfunden. Wer hat schon Lust, die Wirklichkeit nachzuahmen? Wir machen nichts nach, wir machen es vor.

Das sieht Ihre Königin vermutlich anders. Antwort: Meine Königin ist eine phantastische Schauspielerin, allerdings ohne jeden Sinn für die Theorie. Deshalb spielt sie ja auch um Längen besser als ich. Eine überzeugendere Kriemhild werden Sie in diesem Jahrhundert nicht finden, und ich weiß, was ich sage, denn sie ist nicht die erste Kriemhild in meinem Leben. Nachfrage: Aber vermutlich die letzte? Antwort: Wer kann das schon wissen, das Jahrhundert ist ja noch jung. Auch wenn ich inzwischen etwas Fett angesetzt habe.

Einwurf: Negative Konkurrenz belebt das Geschäft. Antwort: Es gibt Tage, da treten Sie in die Manege und fragen sich ernsthaft, warum Sie in diesem gähnenden Abgrund der einzige Königsclown sind. Aber sobald man sich ernsthaft zum Affen macht, kann von Konkurrenz keine Rede mehr sein. Der durchschnittliche Affe befindet sich gern in Gemeinschaft, aber der Oberaffe ist immer allein. Frage: Sie sprechen von Etzel? Antwort: Ich spreche von einem Königsaffen, der den Nibelungen in Echtzeit dabei zusehen muss, wie sie nicht nur seinem Sohn den Kopf abschlagen, sondern seinen gesamten Hofstaat und sämtliche seiner Alliierten aus ganz Europa nach Strich und Faden gründlich vernichten. Mit so was kommt man bestenfalls auf der Bühne zurecht.

Zwischenfrage: Da Sie hier Ihren Sohn, also Ortlieb, erwähnen: Warum wird der zwar beim Namen genannt, kommt aber auf der Bühne nicht vor? Antwort: Weil Frau Kettelhut Mitglied im Deutschen Kinderschutzbund ist. Die Enthauptung eines Kindes auf offener Bühne käme für sie niemals in Frage. Frage: Und für Sie? Antwort: Theater hat grundsätzlich doppelten Boden. Im wirklichen Leben würde Etzel vermutlich niemals die Kraft aufbringen, dem ganzen Geschehen tatenlos zuzusehen und nach dem ultimativen Etzelgemetzel seine Boten zurück ins Rheinland zu schicken, um unterwegs allen, die es wissen oder auch nicht wissen wollen, davon zu erzählen, was auf Burg Esztergom wirklich passiert ist. Theater ist keine Realpolitik.

Stattdessen Flucht aus der Gegenwart? Antwort: Aus der Gegenwart kann man doch gar nicht fliehen, schließlich lebt man darin. Deshalb kann man aus ihr ja auch so wenig lernen. Das Theater ist bestenfalls ihr Spiegel, in dem man bekanntlich alles seitenverkehrt sieht. Nachfrage: Und wie sieht es mit der Vergangenheit aus? Antwort: Vergangenheit ist, was gestern Gegenwart war, und auch da hält sich der Lernerfolg bekanntlich in Grenzen. Kriemhild ist das beste Beispiel dafür.

Inwiefern? Antwort: Ihre Vergangenheit vergeht einfach nicht, Schnee von gestern, der einfach nicht schmilzt, der Inbegriff eingefrorener Trauer, die sich beim besten Willen nicht auftauen lässt. Zwischenfrage: Hätten Sie da einen therapeutischen Rat? Antwort: Das Schauspiel ist kein Therapeutikum. Außerdem fragen Sie mich das doch nur, weil Ihnen meine geschwätzige Frau vermutlich vorhin verraten hat, dass Kriemhild und Etzel mittlerweile auch im wirklichen Leben ein Paar sind. Was unseren Auftritt auf der Bühne allerdings nicht authentischer macht.

Frage: Sie hätten das lieber für sich behalten? Antwort: Da zitiere ich gern meinen alten Freund Hagen: »Dein Schwatzen, Held, war schlimmer als ein Mord.« Einwand: Das würde Ihre Frau aber nicht unterschreiben? Antwort: Meine Frau ist nicht Kriemhild, und ich bin nicht Etzel. Einwand: Trotzdem stehen Sie kurz nach dem letzten Abendmahl einem Widersacher gegenüber, der sich nicht mehr und nicht weniger wünscht, als Ihrer Bühnengattin den Kopf abzuschlagen. Abstraktionen in allen Ehren, aber wie geht ein Schauspieler mit Kopf und Kragen um?

Wen auch immer ich auf der Bühne gebe: Einen Kopf habe ich bis heute nicht abgeschlagen. Da fragen Sie besser bei Dietrich und Hildebrandt nach. Passwort: Handwerk!

Vorletzte Staffel an Dietrich von Bern: Sie tragen Ihren Kopf als einer der Letzten überraschenderweise immer noch auf den eigenen Schultern und nach wie vor ziemlich oben. Selbst Siegfried, der größte deutsche Held aller Zeiten, hat Sie nicht zu Fall bringen können. Einwand: Der größte deutsche Held aller Zeiten ist nicht Siegfried von Xanten, sondern Dietrich von Bern.

Kommen wir von der Geschichte zur Praxis: Vor kurzem ist ein Handbuch mit dem Titel *Tod auf dem Deutschen Theater* erschienen. Untertitel: *Wie stirbt man richtig?* Machen Sie als Schauspieler von solchen Handreichungen Gebrauch? Antwort: Unter Schauspielern gilt bis heute das alte Gesetz: durch Tun zum Tun! Weinen und Verdursten geht ziemlich leicht, das beherrschen wir aus dem Effeff, das macht jeder Schauspieler auf seine eigene Art: Der eine erzeugt Emotion durch Technik, der andere Technik durch Emotion, insgesamt also eine Typfrage.

Und wie köpft man richtig? Antwort: Das Köpfen gehört zu den eher vernachlässigten Techniken, die jenseits des wirklichen Lebens, wo es bekanntlich nach wie vor praktiziert wird, heute kaum noch jemand ernsthaft beherrscht. Nehmen wir zum Beispiel den Kopfball im Fußball, der ein perfektes Zusammenspiel von Anlauf, Absprung und Schwertstoß erfordert. Um diese Techniken zu vermitteln, bedarf es allem voran einer guten Bewegungsvorstellung der verschiedenen Angriffs- und Abwehrarten. Das Köpfen kann aus dem Stand, aus dem Lauf oder aus dem Sprung erfolgen. Der Absprung kann ein- oder beidbeinig sein.

Kommt es dabei mehr auf die Technik oder mehr auf die Emotion an? Antwort: In erster Linie geht es darum, die typischen Fehler zu vermeiden. Nachfrage: Und die wären? Antwort: Ein grundlegender Fehler ist, die Muskulatur im Nacken falsch anzuspannen, Passivität ohne Rückenspannung. Nur ein Beispiel für jede Menge anderer Fehler, die im Offensivspiel nicht selten dazu führen, dass aus oft guten Chancen trotzdem kein Tor wird, dass der Kopfball nicht in die richtige Richtung fällt. Im Defensivspiel ist es hingegen eher ein schlechtes Timing oder ein unzureichendes Stellungsspiel, das dazu führt, dass das Duell verloren geht und daraus womöglich ein Gegentor resultiert.

Sind Fußball und Theater nicht zweierlei? Antwort: Das ist eine unergiebige Frage. Es geht nicht um das, was in der Manege passiert, sondern um das, was sich dabei auf den Rängen abspielt. Ob auf dem Fußballplatz oder auf der Bühne, der Held, den man beklatscht, ist reines Mittel zum Zweck, mit anderen Worten: eine Gefühlsmaschine, die sich ohne Spannung und Applaus nicht in Gang setzen lässt. Nachfrage: Heißt das, Sie bleiben vom Geschehen auf der Bühne selbst eher unberührt? Antwort: Berührt oder unberührt – das ist nicht die Frage. Wären Sie bei den Proben dabei gewesen, wüssten Sie besser als ich, dass wir bis zum letzten Blutstropfen buchstäblich alles geben. Theater ist keine Sparkasse.

Einwand: Bis kurz vor der Pause sah das finale Gemetzel allerdings tatsächlich eher nach einer harmlosen Tortenschlacht aus, nach einem klassischen Stummfilm von gestern. Antwort: Offenbar haben Sie keine Ahnung von Stummfilm und Slapstick. Nichts erfordert mehr Konzentration und Aufmerksamkeit als das Werfen von Torten. Die Hemmschwelle ist erfahrungsgemäß ziemlich hoch, wenn es darum geht, mitten in ein Gesicht zu treffen. Die Torte meint das Gesicht, nicht den Kopf.

Nachfrage: Eine Torte zu werfen fällt schwerer als köpfen? Antwort: Das Schwert sucht nicht das Gesicht, sondern den Hals oder den Nacken. Das geht auch von hinten. Aber eine Torte muss man von vorne werfen. Was den letzten Auftritt des letzten Schatzes betrifft, waren die Proben bis zum Schluss das reine Desaster, alles ging aus dem Ruder, der Verlust jeder klaren Position. Ganz zu schweigen von diesem lachhaften Streit um den dreizehnten Platz, weil plötzlich jeder von uns der Verräter sein wollte. Stundenlang rannten wir um den Tisch, ohne dabei den richtigen Platz zu erreichen. Kriemhilds Tischkarten waren die reine Lachnummer.

Die Reise nach Jerusalem? Antwort: Gewissermaßen. Allerdings mit dem so kleinen wie feinen Unterschied, dass auf der *Reise nach Jerusalem*, so will es die Regel, grundsätzlich ein Platz zu wenig ist, während auf der Bühne von Frau Kettelhut immer einer zu viel ist, der sich bis zum Schluss nicht besetzen lässt. Der Spion und Verräter lässt sich einfach nicht blicken. Nachfrage: Das heißt, der Sündenbock hält sich bis zum Ende bedeckt?

Antwort: Hielte er sich bedeckt, dann wäre es echtes Theater, doch das Problem ist in diesem Fall anders gelagert – es gibt überhaupt keinen Sündenbock. Ein schönes Spiel, aber wo bleibt der Verrat, wenn es nicht mehr um Schwerter, sondern um Torten geht und drei Könige sich gegenseitig unter Kunstsahne begraben? Selbst Hagen musste sich den Schaum aus den Barthaaren wischen. Das Ganze hat hinten und vorn nicht geklappt. Wir haben uns dabei fast zu Tode gelacht.

Ist Totlachen nicht auch eine Todesart? Antwort: Vermutlich die grausamste Art von allen, wie der Stummfilm seit über hundert Jahren beweist. Aber ein echtes Gemetzel ist nun mal weder Stummfilm noch Comic und eine Torte kein Schwert. Für einen halbwegs seriösen Schauspieler, ganz egal ob er den Helden oder den Schatz spielen soll, ist die Torte eine Zumutung ersten Ranges. Frage: Sie hätten das Ende des Stückes also lieber anders gespielt? Antwort: Dietrich von Bern ist ein Held mit großer Bühnenerfahrung, von Hagen und Hildebrandt gar nicht zu reden. Cliffhänger waren noch nie unsere Sache. Wir ziehen es vor, zur Tat zu schreiten, und halten uns, wenn auch mit Zeitverschiebung, am liebsten nach wie vor an das Original. Da steht, von Technik bis Emotion, alles drin, was man als Schauspieler braucht.

Konkret? Antwort: Wenn ich zitieren darf, und ich zitiere: »Da Dietrich nun Hagens Gesinnung kannte, riss er den Schild hoch. Und sofort sprang ihm Hagen auf der Treppe entgegen. Das Nibelungenschwert klirrte auf Dietrichs Rüstung, und er verteidigte sich gegen die rasenden Streiche. Er kannte Hagen und fürchtete die gewaltige Waffe, denn Hagens Schwert war sein letzter Jäger und bis zum letzten Moment seine letzte Hoffnung.«

Großer Text. Antwort: Vor allem Ausdruck einer großen Erschöpfung und wie immer dem Original etwas abgemogelt, also nicht so ganz texttreu, aber immer noch nah genug dran. Trotzdem hat sich Frau Kettelhut, dem ganzen schweißtreibenden Training zum Trotz, am Ende gegen das grandiose Tableau des Gemetzels entschieden. Was uns ziemlich frustriert hat. Schließlich hatten wir uns längst in Staub und Asche geprobt.

Und was geschah dann? Antwort: Was in der Regel immer geschieht, wenn man das Schreckliche abwehren will: Die Niederlage verdoppelt sich. Ich habe, dem alten Drehbuch folgend, erst Hagen und danach Gunther gefesselt. Danach doppelte Geisel- und Einzelhaft. Kurzer Boxenstopp auf der dramatischen Bühne. Obenauf ein paar Zeugen und zwei bis drei Sänger mit einer abgeschlagenen Hand auf der letzten Geige oder einer herausgeschnittenen Zunge im Botenmund. Deutsche Bühnentechnik in allen Ehren: Das war selbst als Spiel nicht mehr lustig.

Auf die Sänger kommen wir nach der Pause zurück. Lassen Sie uns hier der Einfachheit halber bei den letzten Protagonisten bleiben, bei Etzel und Kriemhild, Gunther und

Hagen und bei Dietrich und Hildebrandt. Und in deren Mitte der letzte Schatz, der bis heute der Stein des Anstoßes ist, den Hagen bis zum Schluss nicht preisgeben will, weil er besser als alle anderen weiß, dass er einzig und allein einer Frau gehört, die ihm kurz vor der Pause den Kopf abschlägt, um die Staffel an Hildebrandt weiterzugeben, damit er seinerseits ihr den Kopf abschlägt.

Nachfrage: Ist das nicht eher Selbstmord statt Mord? Wie liest man das richtig? Antwort: Da müssen Sie schon Frau Kettelhut fragen, denn inzwischen gehören ja alle Schätze der Welt der Regie. Der unerbittlichen Herrschaft der zweiten Reihe. Aber erst nach der Pause wird sich zeigen, wie die Geschichte tatsächlich ausgeht und ob nicht doch noch einer von uns imstande sein wird, den Schatz der Nibelungen zu heben.

Sicher ist nur: Alle sind tot, es gibt keine Sieger, und Frau Kettelhut ist nach wie vor nicht zu sprechen. Vermutlich ist sie einfach nach Hause gegangen, der alten goldenen Regel folgend: Flucht vor der Pause bringt vor Elend nach Hause. Und hat den letzten Recken der alten Truppe in seiner Umkleide einfach sitzen gelassen, weil Hildebrandt sich wie jeden Abend nach dem großen Gemetzel heillos betrinkt.

Als wir ihn auf das oben erwähnte Handbuch ansprechen, hebt er nur müde den Kopf und beginnt leise zu lachen. Erste und letzte Frage an Hildebrandt: Wie fühlt es sich an, einer Königin den Kopf abzuschlagen? Ernüchternde Antwort: Wer einer Königin ihren Kopf abschlägt, trifft in der Regel seinen eigenen Nacken. Das ist die Geschichte der Nibelungen.

DIE KLAGE

Wie Siegfrieds Schatten im Beiboot mit seinem schlechten Gewissen kämpft

Ja, ich geb's zu: Ich war nicht dabei, ich schreibe meine Trauer bloß ab. Stummer Zeuge im Beiboot der schlechten Geschichte, war ich mit nichts als einem Fernglas und einer Angel bewaffnet, als Rüdiger durch sein eigenes Schwert umkommen musste; ich war nicht dabei, als Gernot fiel, während Giselher zwischen Tür und Angel versuchte, seinen Harnisch kurzfristig an die Frischluft zu bringen; ich war nicht dabei, als Hildebrandt so lange auf Volker einschlug, bis die Bänder von Schild und Helm im Saal herumflogen.

Und ich war auch nicht dabei, als die Fiedel von Volker für immer verstummte und Dietrich auf der Treppe nach unten reichlich verspätet mit Hagens Gesinnung in Streit geriet und ihm die letzte Wunde beibrachte; ich war nicht dabei, als Gunther und Dietrich rasende Todfeinde wurden und Palast und Türme von ihren Schlägen erschallten, bis sie am Ende beide zugleich ins Knie gehen mussten.

Und ich war erst recht nicht dabei, als Dietrich erst Gunther und danach Hagen in Fesseln schlug und in die Hand meiner geliebten Königin gab, die, als hätten sich ihre Taten tatsächlich gerechnet, vor lauter Glück und Freude zweimal laut aufschrie, bevor sie sich vor Dietrich, dem Helden, verneigte, während der noch um beider Leben bat.

Und ich war Gott sei Dank schon gar nicht dabei, als sie zum guten Schluss leise lachte, bevor sie die beiden für immer trennte, um sie, ohne Anstand und Beistand, jeden für sich, im Kessel ihrer deutschen Treue schmoren zu lassen. Denn mit seiner eigenen Angst im eigenen Kopf stirbt jeder allein.

Trotzdem sehe ich durch mein Fernglas genau, was Frau Kettelhut vor mir verbergen will: wie meine über alles geliebte Königin hoch beherzt die Zelle von Gunther betritt und ihrem eigenen Bruder den Kopf abschlägt, um ihn an den Haaren nach nebenan zu tragen und Hagen ein letztes Mal auf die Probe zu stellen. Seht sie, da steht sie, Deutschlands unerbittlichste Superwitwe! Und hört das Lachen des Widersachers, als die Nichte ihrem Onkel das erste reimlose Halslöserätsel der deutschen Geschichte stellt: Wo ist der Schatz? Und hört danach seine unschlagbar juristische Antwort: Ein Schatz ist, was so lange verborgen liegt, dass sich sein Eigentümer nicht mehr ermitteln lässt. Wird er trotzdem entdeckt, womöglich gehoben und daraufhin in Besitz genommen, gehört das Eigentum zur Hälfte seinem Entdecker und zur anderen Hälfte dem, der das Grundstück besitzt.

Aber wer besitzt das Grundstück der Nibelungen, wenn kein Kopf und kein Koch mehr übrig sind? Wenn bei Hof nichts als tödliche Stille herrscht? Wenn die Spielleute keine Hände mehr haben? Wenn der Schatz seine Truppe verlassen hat und auf seinem letzten Bein trostlos umherwandern muss, bis er als Ketzer auf dem Domplatz im Käfig sitzt und sein goldener Schirm zu Staub und Asche zerfällt? Wenn das Schwert keine Beute mehr macht und der Drache verhungert? Wenn die Fähre keinen Fährmann mehr hat und die Flüsse nicht mehr ins Meer münden können? Wenn der Thron so leer ist wie der dreizehnte Platz, weil es keine Verräter mehr gibt, sondern nur noch Verlierer?

Spätestens hier hätte ich mein Beiboot verlassen müssen. Ja, ich gebe es zu, ich hätte mich endlich erheben müssen, um endlich meinen eigenen Zorn zu häuten und der Königin in den rechten Arm zu fallen, bevor der letzte Kopf fiel. Aber ich war nicht dabei, ich war, wie immer, nicht schnell genug, ich bin zwischen Rhein und Donau sitzen geblieben und habe, wie immer, im Trüben gefischt und nicht das Geringste getan, um das Schlimmste vielleicht noch zu verhindern. Ich habe meine Hände in Unschuld gewaschen und mich in die reine Betrachtung versenkt.

Und, weit schlimmer: Ich habe bis zum Schluss im Beiboot Karten gespielt und so getan, als ginge mich das alte Stück auf der Bühne nichts an, als ginge es bloß um den letzten Stich zwischen zwei liebenden Herzen, während meine über alles geliebte Königin ihr letztes Kreuz über dem letzten Nacken schlug und im Publikum der letzte Bauchladenmann umging, um die Wettscheine einzusammeln: die guten ins Kröpfchen, die schlechten aufs Köpfchen, denn die Mehrheit setzt deutlich auf Hildebrandt.

Wäre ich ernsthaft meiner Königin treu gewesen, wäre ich spätestens hier auf der Stelle ins Wasser gesprungen, um der Geschichte entschieden ein Ende zu machen; nicht nur um meinen Zorn zu befreien, sondern auch den Falken wieder zum Fliegen zu bringen. Doch ich konnte nicht springen, denn ich kann bis heute weder schwimmen noch fliegen noch retten. Und trauern schon gar nicht, denn als Karnevalist hänge ich an nichts als an meinem eigenen Leben und an meinem lachhaften Ehrgeiz, mir niemals die Finger schmutzig zu machen.

Doch bis heute kann ich mich von dem schrecklichen Anblick nicht lösen: wie meine über alles geliebte Königin dem Widersacher das grüne Schwert abnimmt, es mit beiden

Händen nach oben hebt und ihm damit entschlossen sein linkes Bein abschlägt. Nichts als ein lachhafter Kompromiss, denn was ist ein Bein gegen die Schätze der Welt? Weshalb der stumme Hauptheld keine Miene verzieht, stattdessen bloß seine gefesselten Hände erhebt, um deutlich ein kleines Stück weiter nach oben zu deuten, auf seinen Hals. Schatz und Hals haben einander ein Zeichen gegeben, um endlich zu tun, was längst hätte getan werden müssen.

Alles in allem ein Werk von Sekunden, mit einem Ergebnis, das ziemlich enttäuschend ist: Zwischen Kopf und Hals stecken nicht mehr als drei goldene Münzen, also nur der kleinste Teil einer größeren Sammlung, die sich längst im Museum für Gegenwartskunst in Basel befindet und für Besucher leider nicht zugänglich ist.

Denn auch Kriemhild hat nur getan, was sie konnte. Allerdings wäre es langfristig wohl besser gewesen, sie hätte Hagens rechtes Bein lebendig gemästet, um es erst später festlich zu schlachten, dann wäre es bis zum Hals echtes Rheingold gewesen. Doch auch diesmal ist er davongekommen, denn ich sehe durch mein Fernglas genau, wie es Hagens alter Falte gelingt, auf den letzten Drücker ins Freie zu kommen: Der Wurm hat sich aus dem faulen Apfel gerettet, und der Schatz ist wieder an Frischluft gekommen.

Applaus

Rauschender Applaus auf sämtlichen Rängen! Nur ich bin nach wie vor mit meinem schlechten Gewissen beschäftigt, das mir bis heute den dreizehnten Platz frei hält und sich in ein schlechtes Gedicht verwandelt, das das Gute besingt, während das Böse geschieht. Trotzdem werde ich den leisen Verdacht nicht los, dass der, in dessen grünem Schatten ich reise, keinen geringeren Anteil als ich daran hat, dass ich bis heute auf meiner Suche nach Rute und Ring weder ins Ruder noch richtig zur Ruhe komme.

Denn wer, wenn nicht Siegfried, ist es gewesen, der den Stein der Geschichte ins Rollen gebracht hat? Wer, wenn nicht er, hat den Schatz in zwei ungleiche Hälften geteilt? Wer, wenn nicht er, hat den Drachen erschlagen, in seinem Blut gebadet, mit einem Lindenblatt sein Schicksal besiegelt, zwei Könige, vierzehn Riesen erschlagen und Hunderte von den Nibelungen? Nicht zu reden von einem Zwerg namens Zorn, den er eigenhändig gehäutet hat, um sich unter der geliehenen Haut kurzfristig zum Verschwinden zu bringen?

Wer zog die Jagd dem Regieren vor und das Abenteuer der höfischen Sitte? Wer hat je müheloser die Betten gewechselt? Wer hat erst Brunhild geliebt und sie dann mit Kriemhild betrogen? Wer hat erst die eine getäuscht und dann die andere verprügelt? Wer hat drei Könige und zwei Frauen erst zum Reden und danach zum Schweigen gebracht? Wer hat lebenslänglich das Spiel mit dem Ernst verwechselt? Wer hat den Bären an der Nase herumgeführt und der Goldenen Dreizehn ihr erstes Bein abgeschlagen? Wer hat den Wärter in Basel mit der falschen Rute gefoppt? Und wer hat mich in mein leckes Beiboot gesetzt und sich im Traum in einen Falken verwandelt, um den ganzen Hof von Worms durcheinanderzubringen und sich am Ende an einer Quelle im Wald durch nichts als seinen lachhaften Durst kurzfristig aus der Affäre zu ziehen? Um wenig später beim letzten Abendmahl als Wiedergänger nach einem Glas Wein zu verlangen?

Summa summarum: Es ist weder Brunhild noch Kriemhild gewesen und mein alter Freund Hagen schon gar nicht, sondern der Schatten des Grünen Jägers, der die alten Herrschaften zwischen Donau und Rhein unwiderruflich zum Einsturz gebracht hat. Und das Ganze mit größter Laune und Lust. Und, ja, ich geb's zu, bis heute gäbe ich alles dafür, an seiner Stelle gewesen zu sein, als meine über alles geliebte Königin ihn zum ersten Mal durch ihr kleines Fenster zum Hof erblickte, wo er so selbstherrlich auf und ab ging, als wäre er Herr und Haus in einer Person.

Und obwohl mir mein schlechtes Gewissen verbietet, Teil einer großen Geschichte zu werden, träume ich immer noch, Nacht für Nacht, mit einem Stein unter der Zunge in meinem lecken Beiboot davon, endlich selbst ein König zu werden, der Schätze nach Belieben hebt und versenkt, hin und wieder unterwegs ein paar Köpfe abschlägt und seinem Zorn gelegentlich die Haut abzieht. Denn ich will, dass man mir endlich beim Wachsen zusieht und wie sich mein Haar dabei vor lauter Eifer und Tatkraft in steile heldische Locken legt.

Ein König räumt auf

Große Stille und Schweigen. Koma und Rauschen. Kein Meer weit und breit. Einzig Etzel ist noch am Leben und versucht verzweifelt, zwischen den Trümmern für Ordnung zu sorgen. Da steht er, der große König von gestern, der niemals wieder ein König sein wird, weil der hunnische Laie vom Rhein ihm alles geraubt hat: Krone, Kegel und Kind. Und seine über alles geliebte Königin.

Seht, wie er schrumpft und wie sein Elend ihm dabei über den Kopf wächst, wie es sich mit Tücke und Tatkraft seines Verstandes bemächtigt, wie es ihn quälend langsam von oben bis unten mit dem Schwert seiner eigenen Trauer halbiert und ihm die Sprache verschlägt; bis die eine Hälfte allmählich verstummt, während die andere Hälfte vergeblich versucht, wenigstens durch einen Schrei an Frischluft zu kommen. Aber nichts. Kein Ton, keine Stimme. Einzig die Hände sind ihm geblieben, die er verzweifelt presst und knetet und ringt, wie kein König es jemals vor ihm getan hat und kein anderer es jemals nach ihm tun wird.

Hat man jemals von einem König gehört, der für seine Gastfreundschaft schrecklicher büßen musste? Der seine Unterschrift jemals so bitter bereute? Dem man so heimtückisch in seine fütternde Hand biss, während man hinterrücks sein Tischtuch zerschnitt? Auf dessen Schwelle zu einer offenen Tür so sinnlos die prächtigsten Köpfe Europas fielen, während er bei Tisch bloß die andere Wange hinhielt, anstatt selbst entschlossen zum Schwert zu greifen? Wo sah man jemals so viele zerbrochene Teller und Tausende von durchlöcherten Helmen? So viel Rache und Wut, so viel Trost- und Ratlosigkeit? Wo fiel jemals aus Wolken so roter Regen vom Himmel? Und wo ist das Schweigen danach so groß und entsetzlich, dass es lauter als jede Trommel dröhnt?

Doch jetzt kommen, um das Schweigen zu brechen, statt der dröhnenden Trommeln die stöhnenden Damen, die auf ihre kostbaren Handschuhe pfeifen und ihre Hände ringen, bis sie zerbrechen. Wo haben jemals so viele Gelenke geknackt und die Knochen von Frauen lauter gekracht? Wo reißen die Mädchen sich bündel- und büschelweise ihre frisch frisierten Haare vom Kopf und gehen laut schreiend hin zu den Toten, um ihre Kleidersäume in Wunden zu baden? Wo hörte man jemals so schreckliche Schneiderstrophen?

Was sie denken und fühlen, wissen wir nicht, wer die Toten bestattet, gibt selten Auskunft darüber. Denn es sind lauter Untote, die hier ihre Toten bestatten; ihr kleiner irdischer Rest sitzt bekanntlich nur bei und pflegt im Publikum nur zum Schein seine Trauer, seinen Kummer und sein schlechtes Gewissen. Am liebsten besetzt er den dreizehnten Platz, streut sich pathetisch Asche aufs Haupt, fängt an zu weinen und spannt einen billigen Schirm auf, weil es in Worms bereits wieder zu regnen beginnt.

Fragt also nicht mich, sondern den Laien aus Worms, der vermutlich niemals davon geträumt hat, sich in ein Gedicht zu verwandeln, und vermutlich besser als ich weiß, wie es sich anfühlt, mit einem Widersacher am Feuer zu sitzen, den man noch nach seinem Tod für unsterblich hält. Aber es sind nicht die Helden, es sind ihre Frauen, die den trostlosen Anblick ertragen müssen, während sie die Toten im Original entwappnen: rote Panzer, die man wie eine zweite Haut von den erschlagenen Körpern zieht, lauter Riemen, die sich nicht lösen lassen, weshalb man sie mit Scheren herausschneiden muss.

Sicher ist nur, dass es früher, so jedenfalls hört man, jede Menge Dichter und Sänger gab, die das Elend und den Tod, seinen nächsten Freund, weit besser beschreiben konnten als ich: das Ringen, das Raufen, das Reißen und Schreien; das Klappern und Sägen, das Hämmern und Schneiden; ob sie in Esztergom Särge zimmerten, weiß ich nicht, keine Ahnung, wie viel Holz sie auf Vorrat hatten. Vermutlich reichte es hinten und vorne nicht, um die Toten ordnungsgemäß unter die Erde zu bringen, weshalb man bestenfalls Asche und Kalk auf sie streute, denn von Rosen und Kreuzen ist im Original keine Rede.

Genauso todsicher ist allerdings auch, dass sich nichts davon ernsthaft beschreiben lässt, weder damals noch heute; weder das Weinen und Klagen noch diese unappetitliche Mischung aus Salz und aus Blut, die ihre frisch gebügelten Taschentücher für immer daran zu hindern versucht, endlich befreit gen Himmel zu fliegen; weil es in dem ganzen entsetzlichen Stück nicht eine einzige lebendige Seele gibt, die darauf aus wäre, wirklich gerettet zu werden, weil sie es vorzieht, ihrem Untergang treu zu bleiben.

So sehr auch Etzel sie darum bat, die Frauen hörten einfach nicht auf zu weinen, und wenn sie nicht gestorben sind, weinen und schreien sie heute noch, während das Publikum sich die Ohren verstopft und am Ende einfach nach Hause geht, während ihre Tränen den Rhein und die Donau befüllen, bis die Flüsse über die Ufer steigen, um ihren Kummer ans Festland weiterzugeben und danach, halbe-halbe, zurück an die Nordsee und das Schwarze Meer.

Gelobt sei das große Deutsche Theater, auf dem, aller Verzweiflung zum Trotz, irgendwann endlich mal Schluss sein muss. Schließlich haben nicht nur die in den ersten Reihen einen hohen Preis für ihre Treue bezahlt und sich damit einen Ablass erworben, um am Ende beruhigt nach Haus zu gehen. Ein letztes Hoch auf Frau Kettelhut, die auf erprobte Hausfrauenart auch auf den letzten Metern Ordnung sorgt, weil sie sehr genau weiß, dass selbst in einem Freilichttheater bei gutem Wetter die erprobte Galgenfrist von zwei Stunden keinesfalls zu überschreiten ist.

Auch der tapfere Laie will inzwischen einfach nach Hause, weil ihn die Reise nach Osten ziemlich erschöpft hat; weniger das ermüdende Rudern und das Fallen der Köpfe als die verzweifelte Suche nach einer passenden Ansichtskarte für seine daheimgebliebene Frau, deren Klage sich mit einer verblühten Rose vermutlich kaum besänftigen lässt. Sicher ist nur, dass der rheinische Haussegen schief hängen wird, wenn die versprochene Karte aus Budapest nicht rechtzeitig eintrifft.

Wie König Etzel versucht, seinen Verstand zu retten, indem er den Zeugen aus dem Beiboot befragt

Im Zweifel für den Angeklagten, er hat getan, was er konnte. Nur die Post kam nicht an. Kann aber auch sein, dass es in Wahrheit umgekehrt ist: Nicht die Post, sondern der Bote ist auf der Strecke geblieben, denn meine Zeit ist so gut wie fast abgelaufen, und es gibt nichts, womit ich mich lossprechen könnte, die Fakten sprechen ihre eigene Sprache: Ich habe meine Königin in ihrer letzten und höchsten Not unwiderruflich im Stich gelassen. Ich habe versäumt, ihr das Schwert aus der Hand zu nehmen, und wie immer versucht, mich damit herauszureden, dass man nicht retten kann, was nicht zu retten ist, weil man einen Stein, der einmal ins Rollen kommt, bekanntlich nicht aufhalten kann.

Doch wer sagt mir, dass das tatsächlich stimmt? Muss man nicht tun, was man nicht kann, sondern soll? Und wenn ich ihren Kopf schon nicht retten konnte, bleiben mir immer noch ihre Ehre und Seele, um, wenigstens juristisch betrachtet, für einen halbwegs gerechten Ausgleich zu sorgen. Denn die alte Bühne zwischen Osten und Westen, zwischen oben und unten, zwischen Walhalla und Unterwelt hat sich nicht bloß noch einmal gedreht, sondern dabei auf den Kopf gestellt.

Denn Frau Kettelhut hat eben wider Erwarten das letzte Abendmahl hinaus ins Freie getragen und damit die Tür zum Jüngsten Gericht geöffnet: Am Kopfende des Tisches sitzt der große König von gestern, der genau wie ich auf den letzten Drücker versucht, mit seinem Schicksal ins Reine zu kommen und den stummen Zeugen um Rede und Antwort zu bitten.

Etzel: Kronzeuge im Beiboot, Sie haben wiederholt und ausdrücklich angegeben, nicht dabei gewesen zu sein, erwähnen allerdings, neben Ihrer großen Nähe zur Königin, ebenso wiederholt ein Fernglas, durch das Sie angeblich gesehen haben, was am Hof von Esztergom gestern wirklich geschah. Außerdem geben Sie mehrfach an, auf der Fahrt nicht allein gewesen zu sein. Geben Sie uns gefälligst Auskunft darüber, wer außer Ihnen noch mit im Beiboot saß.

Antwort des angeklagten Zeugen im Beiboot: Euer Ehren, was zunächst das Fernglas betrifft, so halte ich es nicht für sehr zuverlässig. Was ich glaube gesehen zu haben, lässt sich mithin nicht verifizieren. Gerichtsschreiber A: Das Konica Minolta Sport Mini 10 x 25 ist über jeden Zweifel erhaben. Zeuge im Beiboot: Allerdings nur, was den Fall des Hagen von Tronje betrifft. Diesbezüglich kann ich mit ziemlicher Sicherheit sagen, dass es kein Laie, sondern eine Königin war, die ihm erst ein Bein und danach seinen Kopf abschlug. Gerichtsschreiber B: Da sind Sie sich sicher? Antwort: Absolut sicher.

Etzel: Ich frage noch einmal: Wer saß mit Ihnen im selben Boot? Antwort: Die meisten Teilstrecken habe ich nachweislich allein zurückgelegt. Auf der Rheinstrecke stieg kurzfristig Hagen zu. Nachfrage: War da bereits von der Donau die Rede? Antwort: Die Donau war kein Thema, wir haben Karten gespielt. Gerichtsschreiber C: *Bataille Royale?* Antwort: Was man eben so spielt. Schreiber A: Geht das vielleicht etwas genauer? Antwort: Kann auch Mau-Mau gewesen sein. Nachfrage: Oder *Leben und Tod*? Antwort: Man spielt, was man kann. Sobald es auf Schiffen dunkel wird, verschwimmen die Regeln.

Etzel: Lassen wir die Regeln beiseite. Wer ist später sonst noch so zugestiegen? Antwort: Zwischen Wien und Budapest waren kurzfristig Siegfrieds gehäuteter Zorn dabei und die beiden Sänger und Brautwerber vom hunnischen Hof, die Euer Ehren bekannt sein dürften. Etzel: Und was haben Wärbel und Swämmel im Beiboot erzählt? Antwort: Was fahrende Sänger so reden, alles und nichts. Wenn ich mich recht erinnere, waren sie vor allem mit ihren Instrumenten beschäftigt, die meiste Zeit haben sie allerdings geschlafen, auch als Zorn seine flammende Rede hielt.

Etzel: Zeuge im Beiboot, erzählen Sie uns mehr über die Rede des Zorn. Hat er zum Widerstand aus dem Untergrund aufgerufen? Antwort: Die Rede war groß, aber deutlich zu lang, an den genauen Wortlaut kann ich mich nicht mehr erinnern. Schreiber B: Dann graben Sie mal ein bisschen nach! Antwort: Da gibt's nichts zu graben, ich kann mich an so gut wie gar nichts erinnern. Schreiber C: So gut wie gar nichts ist mehr als nichts, denken Sie nach! Antwort: Große Worte und vage Pläne. Im Wachzustand ist davon nicht viel übrig geblieben. Wenn Sie mich fragen, der Zwerg spielt sich auf.

Etzel: Kann es sein, dass Sie versuchen, Zwerg Zorn zu decken? Antwort: Ich decke nur mich und meinen eigenen Zorn. Nachfrage: Mit dem Drama in Esztergom hat er also nichts zu tun? Antwort: Dafür kann ich mich nicht verbürgen, dazu sollten Sie Siegfrieds Schatten befragen, der kennt seine Tarnhaut besser als ich. Einwand: Siegfried ist tot. Antwort: Auch Tote sind schuldig.

Etzel: Wie Sie sehr genau wissen, Zeuge im Beiboot, haben sich Zwerg Zorn und die Goldene Dreizehn dem Gemetzel entzogen und sind noch am Leben. Einwand des Zeugen: Leben und Leben sind zweierlei, Euer Ehren. Ein Zorn ohne Haut und ein Schatz ohne Bein laden das Volk nicht zu Revolutionen ein! Einspruch Schreiber A: Vor Gericht bitte keine lyrischen Halslöserätsel! Zeuge im Beiboot: Wenn Sie nach einem Schuldigen suchen, dann kann ich Ihnen leider nicht weiterhelfen. So sehr sich Zwerg Zorn das gewünscht haben mag, aber am Untergang Ihres Reiches hat er aus meiner bescheidenen Fernsicht nennenswert keinen eigenen Anteil.

Etzel: Kommen wir also zur Königin. Sie haben mehr als nur einmal erwähnt, dass Kriemhild das erklärte Ziel Ihrer Wünsche war. Haben Sie unterwegs einen Pakt mit der Goldenen Dreizehn geschlossen, um sich mit der Aussicht auf die Restitution des Schatzes an meinem Hof ihre Gunst zu erwerben? Antwort: In einem Beiboot, Euer Ehren, das leck ist, wird man selten konspirativ, man versucht schlicht und einfach, sein Leben zu retten. Was allerdings die Königin betrifft, mache ich aus meinem Herzen keine Mördergrube. Nachfrage: Können Sie das etwas näher erläutern? Antwort: Ungern. Schreiber B: Ungern ist vor Gericht keine Kategorie!

Zeuge im Beiboot: Na gut, ich geb's zu: Ich habe unterwegs hin und wieder davon geträumt, mich kurzfristig in einen See zu verwandeln, um sie in Ruhe betrachten zu können und für den kurzen Rest meines Lebens endlos um ihre Hand anzuhalten. Und dann irgendwann tatsächlich den Mut gefasst, darüber ein kleines Gedicht zu verfassen. Schreiber A: Und was stand dadrin? Antwort: Vermutlich dasselbe wie in fast allen Gedichten, in denen es um Helden und Liebe geht: »Nicht die Fahrt ist gefährlich, sondern die Ankunft, nicht der Fluss, sondern sein Ufer, nicht das Meer, sondern die Küste.«

Etzel: Spielen Sie damit unter der Tarnhaut der Liebe nicht bereits deutlich auf das Gemetzel an? Antwort: Euer Ehren, Poesie ist kein Schwert. Sie will alles und bewirkt in der Regel so gut wie nichts. Etzel: Sie sprechen sich also von jeder Mitschuld frei? Antwort: Wo kein Dichter, da ist auch kein Richter. Was ich sage (Seitenblick auf Schreiber A), ist reine Prosa, und wie Euer Ehren die Sache persönlich auslegen, ist Ihnen allein und selbst überlassen.

Etzel: Der stumme Zeuge im Beiboot wäscht seine Hände also in Unschuld? Antwort: Euer Ehren, ich sage es freiheraus: Wäre ich meiner Königin treu, würde ich hier und jetzt ins Wasser der Donau springen, um meinen privaten Zorn im Schwarzen Meer zu ertränken und der Sache endlich ein Ende zu machen. Schreiber C: Und warum springen Sie nicht? Antwort: Weil ich nicht so mutig wie meine Königin bin. Schreiber A: Sie sind Nichtschwimmer? Zeuge: Nichtschwimmer!

Etzel: Apropos schwimmen und Untergang. Was weiß man im Beiboot über den Verbleib des Schatzes? Antwort: Alles und nichts. Sicher ist nur, dass es in Basel eine Vitrine gibt, die genauso leck wie mein Beiboot ist. Schreiber B: Einwand, Euer Ehren: Sie steht nachweislich unter Daueralarm, an Raub oder Entkommen ist also gar nicht zu denken. Einwand des Zeugen: Echte Schätze, Euer Ehren, stehen grundsätzlich nicht unter Alarm, sie kommen und gehen, woher und wohin auch immer sie wollen, und überwintern in der Regel zwischen dem Kopf und dem Hals ihrer Mörder.

Etzel: Sie wollen also tatsächlich behaupten, dass Sie vom Verbleib des Schatzes nichts wissen? Antwort: Wüsste ich vom Verbleib eines Schatzes, würde ich einen Anwalt bemühen, um mir meinen berechtigten Anteil zu sichern. Nachfrage: Zeuge im Beiboot, woraus leiten Sie diesen Anspruch ab? Antwort: Euer Ehren, ich leite nichts ab, ich rede von dem, was mir zusteht.

Etzel: Sie leugnen also die Konspiration? Antwort: Haben Euer Ehren jemals von einem Spion gehört, der auf der Suche nach einer kopflosen Königin in einem lecken Beiboot einem doppelt versenkten Schatz nachjagt? Nachfrage: Wenn das nicht der Fall ist – was jagen Sie dann? Antwort: Um ganz ehrlich zu sein, Euer Ehren, auch wenn ich bis heute davon träume, aber ich war noch nie auf der Jagd. Nachfrage: Schwerter und Speere sind Ihnen fremd? Antwort: Euer Ehren, ich kann kaum die Ruder halten, und ein Schwert hatte ich noch nie in der Hand.

Etzel: Um ein letztes Mal auf Ihr Beiboot zurückzukommen: Wann ist der Laie aus Worms zugestiegen? Antwort: Mit dem Tod, Euer Ehren, habe ich nicht das Geringste zu tun. Bis zum Schluss habe ich an nichts als das Leben geglaubt, an den dreizehnten Platz am Tisch meiner Königin. Schreiber A: Das hat sich allerdings als die falsche Lesart erwiesen. Zeuge: Rudernde Nichtschwimmer lesen nicht.

Wie Etzel sein letztes Urteil spricht und der Zeuge im Beiboot es annimmt

Vorläufiges Ende von Verhör und Verhandlung. Das Gericht zieht sich zur Beratung zurück und kehrt schon wenige Minuten später zurück, um das gefällte Urteil wie folgt zu verkünden: Die Anklage spricht den Zeugen im Beiboot in zwei von drei Punkten der Anklage frei: unterlassene Hilfeleistung und Veruntreuung eines Schatzes. Was den dritten und letzten Punkt anbelangt, unzuverlässiger Botenbericht unter Zuhilfenahme unlauterer Mittel, setzt das Gericht die folgende Strafe zur Bewährung aus:

Kronzeuge im Beiboot: Hiermit sind Sie von höchster Stelle dazu verurteilt, ohne Verzug, mithin auf dem schnellsten und direktesten Weg, die Wahrheit zurück von Osten nach Westen zu bringen und vor allem jenen, die sie am wenigsten hören wollen, die schlechte Nachricht zu übermitteln, dass kein Kopf mehr auf seinem eigenen Hals sitzt.

Egal, an welchen Hof und zu welchen Damen Sie kommen: Sie haben die große verdammte Pflicht, immer wieder von vorn, bis zum letzten Kopf, nicht nur die halbe, sondern die ganze Wahrheit zu sagen.

Des Weiteren ist das Gericht darin übereingekommen, den letzten Zeugen und Boten zur Erleichterung seines potenziell tödlichen Strafgangs mit den entsprechenden Hilfsmitteln auszustatten. Als da sind: ein frisch gesatteltes Pferd, ein grünes Schwert, eine Satteltasche mit frischem Brot und ein Stein, der auch unter der Zunge noch Wasser führt. Obenauf eine frisch abgezogene Tarnhaut. Und, last, but not least, der Ring und der Gürtel, um durch die feindlichen rheinischen Linien zu kommen.

Randnotiz aus dem Protokoll der Schreiber: Der verurteilte Zeuge wird vom Hohen Gericht allerdings ausdrücklich gewarnt und gehalten, sich nicht vom Vorteil der Ausrüstung täuschen zu lassen. Aufmerksamkeit ist das erste und höchste Gebot, denn die Köpfe fahrender Boten und Sänger sitzen nach wie vor locker. Dass sie Trauer tragen, riecht man bekanntlich von weitem.

Hohes Gericht: Ich begrüße mein Urteil mit offenen Armen und besteige, ohne mich umzudrehen, das erstbeste Pferd; und reite, ohne ein einziges Mal anzuhalten, in umgekehrter Richtung davon, weil ich weiß, dass man in Pöchlarn meine Ankunft schon seit Tagen erwartet. Schließlich hat Gotelind längst den Braten gerochen, denn auch in Pöchlarn riecht Blut bis heute anders als Wasser. Und wer, wenn nicht sie, versteht die Nachricht des stummen Boten sofort.

Stille Wasser sind nämlich nicht tief, sondern lau, und ein Mund, der behauptet, aus Treue zu schweigen, hütet nicht selten ein dunkles Geheimnis. Und Männer sind mutig nur, solange sie reiten, ziemlich feige dagegen, sobald sie stehen:

alte Meister der großen Zeitverschiebung, Könige des ewigen Aufschubs, Prinzen eines Versprechens, das keiner hält, Statthalter von Wünschen, die sich niemals erfüllen, Überbringer von Rosen, die über Nacht verblühen, Repräsentanten des ewigen guten Willens, der sich nie in die gute Tat übersetzt.

Frauen

Was also Wunder, dass es auch in Pöchlarn wieder die Frauen sind, die mir, dem Boten, die Zunge im Mund zweimal umdrehen müssen, um zu erfahren, dass darunter der alte Stein liegt, der schon lange kein frisches Wasser mehr führt, weil ich bis heute lieber verbergen würde, was in Esztergom vor zwei Tagen wirklich geschah. Lasst also Gnade vor Recht ergehen und verwechselt mich nicht mit den Boten von gestern, denn ich bin immer noch schneller als sie alle zusammen, der rasende Bote des Jüngsten Gerichts, der euch reitend und rudernd verspricht, alles um einen Kopf kürzer zu machen, was sich im Original seit fast tausend Jahren so fürchterlich in die Länge zieht.

Denn Rüdigers unberittenes Pferd ist mir bereits um zwei Längen voraus, um endlich tatsächlich für Klarheit zu sorgen, anstatt der frischgebackenen Witwe und ihrer mit dem eigenen Unglück verlobten Tochter noch für zwei bis drei Stunden weiszumachen, die Postkarte mit der siegreichen

Ansicht sei einfach bloß noch nicht angekommen. Wo hat man jemals von einer Frau gehört, die sich mit einer Postkarte hätte vertrösten lassen, wenn es um den reinen Tatbestand ging? Und von einer Braut, die ein Gramm auf ferne Ansichten gab?

Seht sie, da stehen sie, Hand in Hand und Schulter an Schulter, Mutter und Tochter, und schauen mir, dem windigen Boten, direkt ins Gesicht, während sie mir die nassen Steigbügel halten, meinem Pferd den Schaum von den Zügeln wischen und mir die Botschaft bereits von den Lippen lesen, die erste und letzte Antwort auf all ihre Fragen, die sie jetzt nur noch mit ihren Albträumen abgleichen müssen:

Warum ist Rüdigers Pferd nach wie vor ohne Reiter und Gotelinds Kopf in den letzten drei Nächten erst grau und dann weiß und dann kahl geworden? Und warum sitzt Dietelinds verlorene Jugend im Traum auf dem Streitross ihres verlorenen Vaters, an dessen Silberdecke immer noch goldene Glöckchen erklingen, die nach wie vor leise klingeln (Wir kommen, wir kommen!), während es viel zu viel Wasser trinkt und mitten im Traum auf der Stelle versinkt, kurz bevor der Bräutigam kommt?

Na gut, Träume sind Schäume. Aber nur so lange, bis sie mit dem Bericht eines Boten zur Deckung kommen, der ihre böse Ahnung unwiderruflich bestätigt. Denn bevor ich jetzt zu einer Lüge ansetze, schießt mir das Blut vom Herz hinauf in die Kehle und läuft mir wie Brei im Mund zusammen, um von dort aus über Lippen und Kinn weiter nach unten auf meinen Kragen zu tropfen. Gelobt sei mein rasendes reitendes Herz, das mir die Arbeit abnimmt, die Wahrheit zu sagen, und meine rudernde Zunge davor bewahrt, zwei Frauen mit einer Lüge zu füttern, die nicht ihre Hoffnung, sondern bloß ihren Kummer ernährt. Denn ich kann, summa summarum, weder das Richtige noch das Falsche sagen.

Denn sobald ich sprechen könnte, würde ich lügen, aber wenn ich jetzt schweige, lüge ich auch, und wenn ich jetzt eine Geschichte erfinde, um kurzfristig Trost und Hoffnung zu spenden, wie die silbernen Glöckchen am Zaumzeug der Pferde, lüge ich mehr als der ganze alte Hofstaat zusammen. Weil Gotelind längst viel besser als ich weiß, dass sie nicht kommen, weder heute noch morgen; weshalb sie bereits in der Nacht meiner Ankunft aus Kummer verstarb, während Dietrich, der Held, wie man mir später erzählt hat, Dietelind bis heute weismachen will, dass es ein Leben jenseits des Todes gibt und dass er, sobald in der Riege der nächste Platz frei wird, weder Mühe noch Aufwand scheuen wird, sie mit einem Helden ihrer Wahl zu verkuppeln.

Ob er sein Versprechen gehalten hat, kann ich nicht sagen. Denn meinem Urteil entsprechend, war ich in Eile und hatte keine Zeit, mich um die weinenden Frauen zu kümmern. Sicher ist nur, dass ich in Pöchlarn weder Wasser noch Wein trank, dass es keinen einzigen Bissen zu essen gab und dass niemand die Zeit fand, mir das laufende Blut vom Kragen zu wischen, weil man rund um die Uhr damit beschäftigt war, die schlechten Nachrichten vor dem Volk zu verbergen, das bis heute damit beschäftigt ist, sie so schnell wie möglich in Umlauf und von Pöchlarn weiter nach Passau zu bringen, wo mich der Bischof bereits erwartet.

Wie Pilgrim die Chronik in Auftrag gibt

Also habe ich meine Klage samt Trauer und Tränen heldenhaft unverdaut einfach nach unten geschluckt und bin fliegend von Pöchlarn nach Passau geritten. Denn ich war immer noch auf den großen Ritterschlag aus und hätte dem alternden Bischof von Passau um ein Haar nicht nur die Hände, sondern sogar die Füße geküsst, als er mich an der schönen blauen Donau empfing und mir, von Angesicht zu Angesicht, meinen ersten und größten Auftrag erteilte: die Geschichte der Nibelungen niederzuschreiben.

Erniedrigt und erhoben zugleich, bin ich zum ersten Mal wirklich ins Knie gegangen, um endlich selbst Teil der Geschichte zu werden. Ich weiß noch, als wäre es gestern gewesen, wie mir der Onkel meiner geliebten Königin seine schwere Bischofshand auf den Scheitel legte und dabei so leise wie freundlich und deutlich sagte: Junge, du machst dich! Und wie ich dabei, anstatt endlich zu wachsen, vor Freude und Stolz fast verging, weil ich wie immer das Kleingedruckte vergaß.

Denn ich konnte nicht lesen, ich lag ja bereits auf den Knien, die Stirn auf dem Pflaster, und hatte mein grausames Urteil vergessen, weil ich längst in den neuen Auftrag verliebt war, wie besessen von der verrückten Idee, es anders und besser als alle vor mir zu machen und meine Königin damit vielleicht doch noch zu retten. Ich war in diese alberne

Idee des Fortschritts verliebt, in meinen festen Glauben daran, der alten Geschichte zwischen zwei Flüssen zum guten Schluss doch noch eine bessere Wendung zu geben.

Einen kurzen Moment lang schoss mir sogar durch den Kopf, dass ich den Schluss einfach freihändig umschreiben könnte. Dass ich tatsächlich dazu in der Lage wäre, Kriemhilds Tischkarten umzuverteilen, mir selbst den dreizehnten Platz anzuweisen und das große *Bataille Royale* abzuwenden. Doch dann lief mir das Blut wieder im Mund zusammen, um mich daran zu erinnern, dass ich nicht allein unterwegs bin, sondern mit einem Drachen im Schlepptau, der nach wie vor nicht zu sättigen ist.

Wer wüsste das besser als der Bischof von Passau, der seinen großen Bischofskopf (den Kopf eines alternden, müden Pferdes) langsam zu mir nach unten neigt, seine gespitzten Lippen dicht an mein Ohr schmiegt und leise sagt: Dass du der unzuverlässigste Bote von allen bist, ist dem Hohen Gericht schon lange bekannt. Ich vertraue dir trotzdem, unter einer Bedingung: Spuck endlich den Stein aus! Schreib endlich auf, was du siehst, und nicht das, was du bloß glaubst gesehen zu haben. Danach mach, was du willst. Aber bevor du deine nächste Königin krönst, versprich mir, dass du Kopf und Schatz nicht verwechselst. Denn auf den letzten Metern gerät man bekanntlich sehr leicht ins Stolpern.

Wie der Bote den Hof zu Worms erreicht und Rumolt ihm aus den Steigbügeln hilft

Also gebe ich meinem Pferd seine letzten Sporen, um über die Donau zurück an den Rhein zu reiten, wo meine zweite Königin bereits auf mich wartet. Die Erste und Einzige, die mir bestätigen kann, dass meine Mission nicht umsonst war. Und während ich jetzt atemlos schon mehr fliege als reite, löst sich der Stein unter meiner Zunge, und ich beginne zu singen: die letzte und schönste Schneiderstrophe von allen, die erst im letzten Akt so richtig zur Geltung kommt, denn erst jetzt kommt Frau Kettelhuts Plan wirklich zum Vorschein, der Triumph der Geduld und des langen Atems, der sich über sämtliche Nibelungen erhebt.

Über Gunther, Gernot und Giselher; über die Tischkarten der Witwe und die Falte von Hagen; über den durstigen Zwilling und seinen gehäuteten Zorn; über den treuen Dankwart und den handlosen Volker; über Rüdiger, Dietrich und Hildebrandt; über den müden Bischof und seinen letzten Kaplan; über den kopflosen Fährmann und den rudernden Laien; über den ratlosen Rumolt und den Männerchor aus Worms-Pfiffligheim, der in der Konditorei Schmerker in der Wormser Fußgängerzone seinen letzten Auftritt am Morgen danach in einer heißen Schokolade mit Schuss ertränkt. Auf das Wohl einer kleinen goldenen Rute, die bis heute in Basel unter Alarm steht.

Doch erst als ich mein halbtotes Pferd anbinde, nimmt mein Wunsch die Gestalt meiner zweiten Königin an, die sich bei meiner Ankunft auf der Wormser Bühne erhebt, die wächst und sich ausdehnt, immer höher und breiter, bis sie schließlich auch die oberen Ränge erreicht und von dort aus den ganzen Himmel ausfüllt: Brunhild, die sesshafte Jägerin, Frau Kettelhuts liebstes und größtes Geschöpf. Denn während alle anderen unterwegs in den Untergang waren, ist Brunhild einfach zu Hause geblieben und weitergewachsen, hat am Rhein ihre Köpfe geordnet und ihre Konten sortiert.

Seht sie, das sitzt sie, Deutschlands gezähmteste Superwitwe, um mich mit Anstand und Sitte am Hof von Worms zu empfangen, in einem so schlichten wie einfachen Jagdkostüm, an den Rändern des Kragens und an den Ärmelaufschlägen mit rötlich glänzendem Fell besetzt. Ihre Trauer hält sich deutlich in höfischen Grenzen. Sie weint nicht, sie schreit nicht, ringt nicht die Hände und wringt keine Tücher. Witwe und Witwe haben einander ein Zeichen gegeben: Der Fuchs ist tot, also lebe sein Fell. Und was da neulich auf der Reise nach Osten geschah, sagt Rumolt, während er mir aus den Steigbügeln hilft, soll uns nicht Vorwurf, sondern reinste und schönste Erinnerung sein.

Und wer, wenn nicht Rumolt, wüsste besser als ich, dass die gefallenen Köpfe an der historischen Börse spätestens seit der zweiten Pause im Wert bereits wieder steigen. Denn der Schatz hat nun mal seinen eigenen Kopf und seine eigene Art, Geschäfte zu machen, mit der ich niemals ins Gespräch kommen werde, weil ich schon längst wieder auf den Knien liege, während meine neue Königin mich an den Armen emporhebt, um mich zurück auf die Bühne zu ziehen, und mich so leise wie heimtückisch fragt: Und was hast du mir mitgebracht?

Und zum ersten Mal möchte ich sprechen. Ich will ihr den singenden Stein vor die Füße spucken. Aber ich kann weder singen noch spucken noch sprechen, weil mir schon wieder das Blut unter der Zunge zusammenläuft. Sicher ist nur, dass, summa summarum, alles noch da ist: das Fernglas, die Angel, der Ring und der Gürtel. Und die verlässliche Tarnhaut, die mir allerdings nicht mehr viel nützen wird, denn Brunhild erkennt mich und meine Absicht sofort. Sie muss sich weder den Ring noch den Gürtel anlegen, um mich mit ihrer kleinen goldenen Rute zu ihrem ersten und letzten Ritter zu schlagen und danach, Arm in Arm, zum Domplatz zu führen, um mir endlich den leeren Käfig zu zeigen.

Das Programmbuch behauptet das Gegenteil.

Hier endet der Bericht des Zeitzeugen im Beiboot

Abspann/Credits

Der Schatz
Die Goldene Dreizehn

Der Grüne Jäger
Siegfried

Der Widersacher
Hagen von Tronje

Sein Bruder
Dankwart

Die deutsche Superwitwe
Kriemhild

Ihre Mutter
Königin Ute

Der Grüne Zwilling
Brunhild

Die Tarnkappe
Zwerg Zorn

Das dreifache G
Gunther, Gernot und Giselher

Der Tod
Ein Laie aus Worms

Der Fiedler
Volker von Alzey

Der Küchenmeister
Rumolt

Zwei Spielleute
Swämmel und Wärbel

RvP
Rüdiger von Pöchlarn

Seine Frau und seine Tochter
Gotelind und Dietelind

Die große Null
Etzel

Ihr kleiner Bruder
Blödelin

Der Bischof von Passau
Pilgrim

Der Kaplan
Ein Nichtschwimmer

Der Vollstrecker
Hildebrandt

Der größte Held von allen
Dietrich von Bern

Der Fährmann
Ein Angler

Die goldene Rute
N. N.

Ihr Wärter
Álvaro Cunqueiro

Drache und Lindenblatt
Animation

Blumenstreukinder und Drachenführer
Schülerinnen und Schüler des Rudi-Stephan-Gymnasiums Worms

Bergarbeiter, Höflinge, Hunnen, Steigbügelhalter und Vasallen
Wormser Ruderclub Blau-Weiss

Regie
Frau Kettelhut

Drehbuch und Zeuge im Beiboot
Felicitas Hoppe

Dramaturgie
Quentin Tarantino

Kamera
Thomas Brose

Schnitt
Sophie von Heppe, Oliver Vogel

Choreographie
Ulrike Rainer

Continuity
Birgit Schneider, Jutta Schulze

Casting
Almuth Voß

Kulissen
Frank Geck

Carpentry
Fritz Bartelt

Schiffsbauten
Angela Dietz, Pablo von Frankenberg

Kostüme
Jutta Raulwing

Dekoration
Giedre Bartelt

Spruchbänder
Christian Uetz

Requisite
Woolworth Worms

Maske
Thea Dorn, Richard Wagner

Stills
Renate von Mangoldt

Location Scouts
Dorothea Hoppe-Dörwald, Uwe Dörwald

Hofhaltung
Christine Gräfin von Brühl

Graphic Recording
Karlheinz Koinegg

Historical Framing
Valentin Groebner

Geographical Framing
Lukas Dörwald

Bergbau
Lorenz Dörwald

Cameos
Schrat

Stunts
Käpt'n Hueck

Zitation
Das Nibelungenlied in Prosaübertragung von Manfred Bierwisch und Uwe Johnson. Frankfurt am Main und Leipzig 2006

Motto
Frank Hertweck

Flüsterdolmetscher
Nikolaus G. Schneider

Synchronisation
Juliane Dobelmann, Anita Jantzer

Spiritual Care
Joachim Hake, Jürgen Israel

Musik
Männerchor Worms-Pfiffligheim

Backstage
Dietrich zur Nedden

Public Relations
Milena Kahlcke, Maggie Stolper

Programmbuch
N. N.

International Distribution
Detlef Gericke-Schönhagen

Gophers
Aurelia, Friedemann, Katharina

Catering
Heylshof Worms, Konditorei Schmerker

Produktion
S. Fischer Verlag

Realisiert mit der
großzügigen finanziellen Unterstützung
des Deutschen Literaturfonds e. V.